Die zentrale Thematik dieses 1866 erstmals erscheinenden Romans kreist um zwei Pole: die zerstörerische Leidenschaft zum Spiel und die Qual einer komplizierten, unglücklichen Liebesbeziehung. Das unaufhaltsame Hineingleiten in die Roulettbesessenheit, die sich stärker als jede Liebe erweist, in einer vollkommenen Studie darzustellen, ist die Meisterleistung eines zutiefst Betroffenen. Fjodor M. Dostojewskij hatte auf seinen mehrmaligen Auslandsreisen in deutschen Spielbanken selbst die verhängnisvolle Magie des Spiels entdeckt, das ihn zu ruinieren drohte. Auch die selbstquälerische Liebeserfahrung des Dichters mit Polina Suslowa geht in die Handlung ein. Dabei offenbart gerade die kunstvolle Verknüpfung von todernster Problematik und satirisch-amüsanter Erzählweise das unnachahmliche Können des großen russischen Epikers.

In der fiktiven deutschen Stadt Roulettenburg ist der junge Aleksej Iwanowitsch, Erzähler und Hauptfigur des Romans, Hauslehrer bei einem ehemaligen russischen General, der begierig den Tod seiner reichen Moskauer Erbtante herbeisehnt, um seinen finanziellen Ruin abzuwenden. Doch die schon Totgeglaubte erscheint eines Tages persönlich und verspielt in wenigen Tagen ihr gesamtes Vermögen. In dieser ausweglosen Situation der Generalsfamilie wendet sich Paulina, die von Aleksej seit langem heimlich geliebte Stieftochter, an den bisher Verschmähten und gesteht ihm ihre Liebe. Aber der junge Russe ist – nach scheinbar harmlosen ersten Spielversuchen – bereits der Faszination des Rouletts erlegen: Unter dem Vorwand, Paulina Geld verschaffen zu müssen, eilt er an den Spieltisch und gewinnt eine immense Summe, verliert aber seine Geliebte, die erkennt, daß ihre Liebe gegen die »Poesie des Spiels« ohnmächtig ist.

Literatur · Philosophie · Wissenschaft

Fjodor M. Dostojewskij

Der Spieler

Aus den Aufzeichnungen eines jungen Mannes

Deutscher Taschenbuch Verlag

Vollständige Ausgabe. Aus dem Russischen übertragen von
Arthur Luther. Mit einem Nachwort von Rudolf Neuhäuser,
einer Zeittafel und Literaturhinweisen.
Titel der Originalausgabe:
›Igrok. Iz zapisok molodogo čeloveka‹
(Leningrad 1866)

Von Fjodor M. Dostojewskij
sind im Deutschen Taschenbuch Verlag erschienen:
Der Idiot (2011)
Schuld und Sühne (2024)
Die Dämonen (2027)
Die Brüder Karamasow (2043)
Der Jüngling (2054)
Das Gut Stepantschikowo und seine Bewohner (2104)
Erniedrigte und Beleidigte (2119)
Aufzeichnungen aus einem toten Hause (2141)
Aufzeichnungen aus dem Untergrund (2154)
Onkelchens Traum (2169)
Der Doppelgänger (2177)
Der ewige Gatte (2186)
Arme Leute (2217)

Januar 1981
10. Auflage Juli 1990
Deutscher Taschenbuch Verlag GmbH & Co. KG, München
© 1963 Winkler Verlag, München
© für den Anhang: Deutscher Taschenbuch Verlag, München
Umschlaggestaltung: Celestino Piatti
unter Verwendung einer Zeichnung von
Alfred Kubin (© 1977 Spangenberg Verlag, München)
Gesamtherstellung: Friedrich Pustet,
Graphischer Großbetrieb, Regensburg
Printed in Germany · ISBN 3-423-02081-4

Erstes Kapitel

Endlich bin ich von meiner vierzehntägigen Reise zurückgekehrt. Unsere Gesellschaft ist schon seit drei Tagen in Roulettenburg. Ich hatte gedacht, man würde mich weiß Gott wie sehnsüchtig erwarten, habe mich aber getäuscht. Der General schaute mich sehr kühl an, sprach von oben herab mit mir und schickte mich zu seiner Schwester. Es ist klar, daß sie sich irgendwoher Geld verschafft haben. Es schien mir sogar, als wäre es dem General peinlich, mir ins Gesicht zu sehen. Marja Filippowna war außerordentlich geschäftig und wechselte nur ein paar Worte mit mir; das Geld nahm sie aber doch in Empfang, zählte es nach und hörte meinen Bericht an. Zum Diner erwarten sie Mesenzew, ein Französlein und irgendeinen Engländer; so ist es nun einmal Brauch: kaum ist Geld da, so wird sofort ein Diner mit geladenen Gästen veranstaltet – nach Moskauer Art. Als Paulina Alexandrowna mich erblickte, fragte sie, warum ich so lange weggeblieben sei. Dann ging sie weg, ohne eine Antwort abzuwarten. Selbstverständlich hat sie das mit Absicht getan. Wir müssen uns aber aussprechen. Es hat sich viel angesammelt.

Man wies mir ein kleines Zimmerchen im vierten Stock des Hotels an. Es ist hier bekannt, daß ich zum »Gefolge« des Generals gehöre. Man sieht aus allem, daß sie bereits Gelegenheit gefunden haben zu zeigen, wer sie sind. Den General halten hier alle für einen überaus reichen russischen Würdenträger. Er fand vor dem Diner noch Zeit, mir neben anderen Aufträgen zwei Tausendfranknoten zum Wechseln zu geben. Ich besorgte das im Büro des Hotels. Jetzt wird man uns mindestens eine Woche lang als Millionäre betrachten. Ich wollte Mischa und Nadja holen, um mit ihnen spazierenzugehen; aber von der Treppe weg beschied man mich zum General; er hielt es für ratsam, sich zu erkundigen, wohin ich sie führen wolle. Der Mann kann mir tatsächlich nicht gerade in die Augen schauen; er möchte es wohl sehr gern, aber ich sehe ihn jedesmal mit einem so scharfen, das heißt unehrerbietigen Blick an, daß er anscheinend verlegen wird. In einer überaus pathetischen Rede, die er mit Phrasen nur so spickte, bis er zu guter Letzt steckenblieb, gab er mir zu verstehen, daß ich mit den Kindern im Park spazieren solle, fernab vom Kursaal. Endlich wurde er ganz ärgerlich und fügte schroff hinzu: »Sonst führen Sie sie am Ende in den Kursaal zum Roulett. Sie werden mich entschuldigen«, fuhr er fort, »aber ich weiß, Sie sind noch ziemlich leichtsinnig und wären am Ende fähig, ein Spiel zu wagen. Obgleich ich nicht Ihr Mentor bin und ein solches Amt auch nicht auszuüben wünsche, habe ich doch mindestens das Recht zu wünschen, daß Sie mich sozusagen nicht kompromittieren.«

»Ich besitze ja gar kein Geld«, erwiderte ich ruhig; »um es zu verspielen, muß man es erst haben.«

»Sie werden es sofort bekommen«, antwortete der General mit leichtem Erröten, wühlte in seinem Schreibtisch, schaute in einem Büchlein nach – und es erwies sich, daß er mir noch gegen hundertzwanzig Rubel schuldete.

»Wie werden wir uns denn verrechnen?« sagte er. »Man muß es in Taler umsetzen. Nun, nehmen Sie hier rund hundert Taler, der Rest geht Ihnen natürlich nicht verloren.«

Ich nahm das Geld schweigend entgegen.

»Lassen Sie sich bitte durch meine Worte nicht kränken, Sie sind so empfindlich ... Wenn ich Ihnen gegenüber diese Bemerkung gemacht habe, so wollte ich Sie sozusagen warnen, und dazu habe ich natürlich ein gewisses Recht ...«

Als ich vor dem Mittagessen mit den Kindern nach Hause zurückkehrte, kam mir eine ganze Kavalkade entgegen. Unsere Herrschaften hatten irgendeine Ruine besichtigt. Zwei vorzügliche Wagen, herrliche Pferde. In dem einen Wagen Mademoiselle Blanche mit Marja Filippowna und Paulina; das Französlein, der Engländer und unser General zu Pferd. Die Vorübergehenden blieben stehen und gafften; der Effekt war erreicht; dem General wird es aber noch schlimm ergehen. Ich habe mir ausgerechnet, daß sie mit den viertausend Franken, die ich mitgebracht, und mit dem, was sie sich augenscheinlich noch anderweitig verschafft haben, jetzt sieben- bis achttausend Franken besitzen; das ist zu wenig für Mlle. Blanche.

Mlle. Blanche wohnt auch in unserem Hotel; irgendwo haust da auch unser Französlein. Die Dienerschaft nennt ihn

Monsieur le comte, die Mutter von Mlle. Blanche nennt sich Madame la comtesse; nun, vielleicht sind sie in der Tat comte et comtesse.

Ich wußte es ja, daß Monsieur le comte mich nicht wiedererkennen würde, wenn wir bei der Mittagstafel zusammentreffen. Dem General wäre es natürlich nicht eingefallen, uns bekannt zu machen oder wenigstens mich ihm vorzustellen; und Monsieur le comte ist selber in Rußland gewesen und weiß, daß das, was sie »outchitel*« nennen, kein großes Tier ist ... Er kennt mich übrigens sehr gut. Aber offen gestanden erschien ich ungebeten zum Diner; der General hatte wohl vergessen, seine Anordnung zu treffen, sonst hätte er mich sicherlich an die Table d'hote geschickt. Ich kam also von selber, so daß der General mich recht mißvergnügt anblickte. Die gute Marja Filippowna wies mir sofort einen Platz an; aber die Begegnung mit Mister Astley riß mich heraus, und so erschien ich nolens volens als zu ihrer Gesellschaft gehörig.

Diesem sonderbaren Engländer bin ich zum erstenmal in Preußen begegnet, wo wir uns im Eisenbahnwagen gegenübersaßen, als ich den Unseren nachreiste; dann traf ich ihn bei der Einreise nach Frankreich, endlich noch einmal in der Schweiz, im Verlauf der letzten vierzehn Tage also zweimal, und nun fand ich ihn plötzlich in Roulettenburg wieder. Mir ist in meinem ganzen Leben kein so schüchterner Mensch begegnet; er ist schüchtern bis zur Albernheit und weiß das natürlich auch, denn er ist keineswegs dumm. Im übrigen ist er sehr still und sehr nett. Bei unserer ersten Begegnung in Preußen brachte ich ihn zum Sprechen. Er erzählte mir, daß er in diesem Sommer am Nordkap gewesen sei und daß er sehr gern nach Nischnij-Nowgorod zur Messe gefahren wäre. Ich weiß nicht, wie er den General kennengelernt hat; mir scheint, er ist grenzenlos in Paulina verliebt. Als sie eintrat, erglühte er wie das Morgenrot. Er war sehr erfreut, daß ich mich bei Tisch neben ihn setzte, und betrachtet mich offenbar als seinen besten Freund.

Während des Essens führte der Franzose das große Wort; er behandelt alle sehr von oben herab und spielt den vornehmen Herrn. Und in Moskau – ich erinnere mich noch sehr gut – log er das Blaue vom Himmel herunter. Er redete furchtbar viel über die Finanzen und die russische Politik.

---

* Lehrer.

Der General wagte es bisweilen zu widersprechen, aber ganz bescheiden, nur um sein Ansehen nicht ganz zu verlieren.

Ich befand mich in einem sonderbaren Gemütszustand; natürlich hatte ich mir schon während der ersten Hälfte des Diners die gewohnte, ständige Frage vorgelegt, warum ich hinter diesem General herliefe und mich nicht längst von ihnen allen getrennt hätte. Ab und zu sah ich zu Paulina Alexandrowna hinüber; sie nahm keinerlei Notiz von mir. Schließlich geriet ich in Zorn und faßte den Entschluß, grob zu werden.

Es begann damit, daß ich mich plötzlich mir nichts, dir nichts laut und ungebeten in ein fremdes Gespräch einmischte. Es lag mir hauptsächlich daran, mit dem Französlein in Streit zu geraten. Ich wandte mich dem General zu und bemerkte, ihn unterbrechend, sehr laut und deutlich, daß es den Russen in diesem Sommer fast ganz unmöglich sei, in den Hotels an der Table d'hote zu speisen. Der General sah mich erstaunt an.

»Wenn Sie ein Mensch sind, der sich selber achtet«, führte ich aus, »so setzen Sie sich unbedingt Schmähungen aus und müssen die derbsten Nackenschläge hinnehmen. In Paris und am Rhein, sogar in der Schweiz, sind an den gemeinsamen Mittagstafeln so viele Polacken und mit ihnen sympathisierende Französlein, daß Sie keine Möglichkeit haben, ein Wörtlein zu reden, wenn Sie Russe sind.«

Ich hatte das französisch gesagt, der General sah mich zweifelnd an und wußte nicht recht, ob er sich ärgern sollte oder nur darüber staunen, daß ich mich so weit vergessen konnte.

»Das heißt, daß irgend jemand Sie irgendwo zurechtgewiesen hat«, sagte das Französlein nachlässig und verächtlich.

»Ich bin in Paris erst mit einem Polen aneinandergeraten«, antwortete ich, »dann mit einem französischen Offizier, der dem Polen beipflichtete. Dann aber schlug sich die Hälfte der Franzosen auf meine Seite, als ich ihnen erzählte, wie ich dem Monsignore in den Kaffee spucken wollte.«

»Spucken?« fragte der General mit würdevollem Staunen und blickte sich sogar um. Das Französlein betrachtete mich ungläubig.

»Ganz recht«, erwiderte ich. »Da ich ganze zwei Tage lang die Überzeugung hegte, daß ich in unserer Angelegenheit vielleicht für kurze Zeit würde nach Rom reisen müssen, ging ich in die Gesandtschaft des Heiligen Vaters in Paris, um meinen Paß visieren zu lassen. Dort empfing mich ein Äbtlein von ungefähr fünfzig Jahren, hager und mit frostigem Gesicht; er hörte mich höflich, aber ganz teilnahmslos an und bat mich zu warten. Ich hatte zwar wenig Zeit, setzte mich aber natürlich hin, nahm die ‚Opinion nationale' und stieß sofort auf einen gräßlichen Schmähartikel gegen Rußland. Mittlerweile hörte ich, wie jemand durch das Nebenzimmer zu dem Monsignore hineinging; ich sah, wie mein Abt sich verneigte. Ich wiederholte ihm meine Bitte; er bat mich wieder zu warten, aber diesmal mit noch viel kühlerer Miene. Kurze Zeit darauf kam noch ein Fremder, aber in Geschäften, irgendein Österreicher; man hörte ihn an und führte ihn sofort hinauf. Da wurde ich sehr ärgerlich. Ich stand auf, trat zu dem Abt und sagte ihm ganz entschieden, daß Monsignore, wenn er empfange, auch meine Sache erledigen könne. Der Abt prallte in höchstem Erstaunen zurück. Es war ihm ganz unbegreiflich, wie sich ein nichtiger Russe mit den Gästen von Monsignore vergleichen könne. Er maß mich von Kopf bis Fuß und schrie mich im unverschämtesten Ton an, gleichsam erfreut, daß er mich beleidigen konnte: ‚Ja, glauben Sie denn wirklich, daß Monsignore seinen Kaffee Ihretwegen im Stich lassen wird?' Da fing auch ich an zu schreien, aber noch lauter als er: ‚So wissen Sie denn, daß ich auf den Kaffee Ihres Monsignore spucke! Wenn Sie meine Paßangelegenheit nicht augenblicklich erledigen, so gehe ich selber zu ihm hinein.' – ‚Wie! Jetzt, wo der Kardinal bei ihm sitzt?' schrie das Äbtlein, trat entsetzt von mir weg, stürzte zur Tür und breitete die Arme weit aus, um zu zeigen, daß er eher zu sterben bereit wäre, als mich durchzulassen.

Darauf antwortete ich ihm, daß ich ein Ketzer und Barbar sei – que je suis hérétique et barbare – und daß mir alle diese Erzbischöfe, Kardinäle, Monsignore und so weiter, und so weiter höchst gleichgültig seien. Mit einem Wort, ich gab ihm zu verstehen, daß ich nicht weichen würde. Der Abt maß mich mit einem unglaublich wütenden Blick, riß mir den Paß aus der Hand und trug ihn hinauf. Eine Minute später war alles erledigt. Hier, wollen Sie sich überzeugen?«

Ich zog meinen Paß hervor und zeigte das römische Visum.

»Da haben Sie aber...« wollte der General beginnen.

»Es hat Sie gerettet, daß Sie sich als Barbar und Ketzer bezeichneten«, bemerkte der Franzose lächelnd. »Cela n'était pas si bête.«

»Soll man unsere Russen wirklich so behandeln dürfen? Sie sitzen da, wagen nicht zu mucken und sind vielleicht sogar bereit zu verleugnen, daß sie Russen sind. In meinem Hotel in Paris wenigstens fing man an, mich viel aufmerksamer zu behandeln, nachdem ich allen meinen Streit mit dem Abt erzählt hatte. Der dicke polnische Pan, der mir an der Table d'hote am feindlichsten gesinnt war, zog sich zurück. Die Franzosen nahmen es sogar hin, als ich erzählte, daß ich vor zwei Jahren einen Mann gesehen hätte, den ein französischer Jäger im Jahre zwölf angeschossen hatte – einzig und allein, um sein Gewehr zu entladen. Dieser Mann war damals ein zehnjähriges Kind, dessen Familie Moskau nicht rechtzeitig hatte verlassen können.«

»Das kann nicht sein«, fuhr das Französlein auf, »ein französischer Soldat wird niemals auf ein Kind schießen.«

»Und dennoch ist es geschehen«, entgegnete ich. »Das hat mir ein ehrenwerter Hauptmann a. D. erzählt, und ich selber habe auf seiner Wange die Schramme von der Kugel gesehen.«

Der Franzose begann viel und schnell zu reden, der General wollte ihn unterstützen, aber ich empfahl ihm, doch ein paar Stücke aus den »Aufzeichnungen« des Generals Perowskij zu lesen, der 1812 in französischer Gefangenschaft war. Endlich begann Marja Filippowna von etwas anderem zu reden, um das Gespräch abzubrechen. Der General war sehr unzufrieden mit mir, da der Franzose und ich beinahe schon ins Schreien geraten waren. Mister Astley aber hatte mein Streit mit dem Franzosen anscheinend sehr gefallen; als wir von der Tafel aufstanden, bot er mir an, ein Glas Wein mit ihm zu trinken. Abends gelang es mir, eine Viertelstunde mit Paulina Alexandrowna zu sprechen, denn das mußte sein. Unsere Unterredung fand während eines Spazierganges statt. Alle gingen in den Park, zum Kursaal. Paulina setzte sich auf eine Bank gegenüber dem Springbrunnen und ließ Nadja in der Nähe mit den Kindern spielen. Ich schickte Mischa auch zur Fontäne, und so waren wir endlich allein.

Zuerst sprachen wir natürlich von den Geschäften. Paulina wurde einfach böse, als ich ihr insgesamt nur siebenhundert Gulden übergab. Sie war überzeugt, daß ich ihr für ihre versetzten Brillanten mindestens zweitausend Gulden oder sogar mehr aus Paris mitbringen würde.

»Ich brauche unbedingt Geld«, sagte sie, »es muß herbeigeschafft werden, sonst bin ich verloren.«

Ich fragte, was sich während meiner Abwesenheit ereignet habe.

»Weiter nichts, als daß zwei Nachrichten aus Petersburg gekommen sind; zuerst, daß es der Großtante sehr schlecht geht, und zwei Tage darauf, daß sie bereits gestorben sei. Diese Mitteilung kam von Timofej Petrowitsch«, fügte Paulina hinzu, »und er ist ein zuverlässiger Mensch. Nun warten wir auf eine endgültige Bestätigung.«

»So sind hier also alle in Erwartung?« fragte ich.

»Natürlich, alle und alles; seit einem halben Jahr hofft man einzig und allein nur noch darauf.«

»Und Sie hoffen auch?« fragte ich.

»Ich bin ja gar nicht verwandt mit ihr, ich bin nur die Stieftochter des Generals. Aber ich weiß bestimmt, daß sie mich im Testament bedenken wird.«

»Ich glaube, daß Sie sehr viel erhalten werden«, bestätigte ich.

»Ja, sie hatte mich gern; aber warum glauben Sie das?«

»Sagen Sie mir«, stellte ich die Gegenfrage, »unser Marquis ist anscheinend auch schon in alle Familiengeheimnisse eingeweiht?«

»Und warum interessieren Sie sich selber dafür?« fragte Paulina und sah mich kalt und unfreundlich an.

»Wie sollte ich nicht? Wenn ich nicht irre, hat der General bereits Geld von ihm geborgt.«

»Sie haben es getroffen.«

»Nun, hätte er ihm denn Geld gegeben, wenn er nichts von der ‚Baboulenka' wüßte? Haben Sie es bemerkt, daß er sie bei Tisch zwei- oder dreimal, wenn er von der Großtante sprach, ‚Baboulenka' nannte, ‚la baboulenka'? Das nenne ich ein intimes, ein höchst freundschaftliches Verhältnis!«

»Ja, Sie haben recht. Sobald er erfährt, daß mir auch etwas von der Erbschaft zugefallen ist, hält er sofort um meine Hand an.«

»Erst dann? Ich dachte, daß er sich schon längst um Sie bewirbt.«

»Sie wissen sehr gut, daß dies nicht der Fall ist«, sagte Paulina zornig. »Wo sind Sie mit diesem Engländer zusammengekommen?« fügte sie nach einem minutenlangen Schweigen hinzu.

»Ich wußte ja, daß Sie mich gleich nach ihm fragen würden.«

Ich erzählte ihr von meinen früheren Begegnungen mit Mister Astley auf der Reise.

»Er ist schüchtern und leicht entflammt und natürlich schon in Sie verliebt?«

»Ja, er ist in mich verliebt«, antwortete Paulina.

»Und natürlich ist er zehnmal reicher als der Franzose. Ja, besitzt denn der Franzose tatsächlich etwas? Ist das nicht eine sehr zweifelhafte Sache?«

»Ganz und gar nicht. Er besitzt irgendein château. Das hat mir der General erst gestern als ganz sicher mitgeteilt ... Nun, genügt Ihnen das?«

»Ich würde an Ihrer Stelle unbedingt den Engländer heiraten.«

»Weshalb?« fragte Paulina.

»Der Franzose ist hübscher, aber gemein, der Engländer dagegen ist nicht nur ein anständiger Mensch, sondern hat auch zehnmal mehr«, antwortete ich.

»Ja; aber dafür ist der Franzose Marquis und klüger«, entgegnete sie mit größter Seelenruhe.

»Ob dem so ist?« forschte ich weiter.

»Ganz gewiß.«

Meine Fragen mißfielen Paulina außerordentlich, und ich sah, daß sie mich durch den Ton und die Seltsamkeit ihrer Antworten ärgern wollte. Ich sagte ihr das auch sofort.

»Nun ja, es macht mir tatsächlich Spaß zu sehen, wie Sie in Wut geraten. Schon allein dafür, daß ich Ihnen gestatte, solche Fragen und Vermutungen auszusprechen, sind Sie in meiner Schuld.«

»Ich halte mich in der Tat für berechtigt, Ihnen allerhand Fragen zu stellen«, erwiderte ich ruhig; »eben weil ich bereit bin, diese Schuld in jeder Weise wettzumachen, und mein Leben jetzt für nichts achte.«

Paulina lachte laut auf.

»Sie sagten mir letzthin auf dem Schlangenberg, daß Sie bereit seien, auf mein erstes Wort hin kopfüber in die Tiefe zu springen, und das waren dort wohl tausend Fuß. Ich spreche dieses Wort noch einmal aus, wenn auch nur, um zu sehen, wie Sie Ihre Schuld begleichen, und seien Sie überzeugt, ich bleibe mir treu. Sie sind mir verhaßt – eben weil ich Ihnen soviel gestattet habe, und noch verhaßter, weil ich Sie so sehr brauche. Aber solange ich Sie nötig habe, muß ich Sie schonen.«

Sie erhob sich. Sie hatte in sehr gereiztem Ton gesprochen.

In letzter Zeit geriet sie bei jedem Gespräch mit mir schließlich in Erregung und Zorn, wirklichen Zorn.

»Gestatten Sie mir zu fragen, wer ist Mlle. Blanche?« sagte ich, nicht gewillt, sie ohne Erklärung fortzulassen.

»Sie wissen selber, wer Mlle. Blanche ist. Daran hat sich seither nichts geändert. Mlle. Blanche wird wahrscheinlich Generalin werden – natürlich nur dann, wenn sich die Nachricht vom Tod der Großtante bestätigt, da Mlle. Blanche, ebenso wie ihre Mutter und der Vetter Marquis, sehr gut wissen, daß wir ruiniert sind.«

»Und der General ist tatsächlich verliebt?«

»Darauf kommt es jetzt nicht an. Hören Sie jetzt, und merken Sie es sich! Nehmen Sie diese siebenhundert Gulden, und gehen Sie spielen; gewinnen Sie im Roulett möglichst viel für mich; ich muß jetzt Geld haben, koste es, was es wolle.«

Nach diesen Worten rief sie Nadinka zu sich und ging zum Kurhaus, wo sie sich mit unserer ganzen Gesellschaft vereinte. Ich aber bog in den ersten Seitenweg links ein. Ich grübelte und staunte. Der Befehl, zum Roulett zu gehen, hatte mich wie ein Schlag auf den Kopf getroffen. Und sonderbar! ich hatte genug zu bedenken, aber ich vertiefte mich ganz und gar in eine Analyse meiner Gefühle für Paulina. Es war mir wirklich in den zwei Wochen meiner Abwesenheit leichter zumute gewesen als heute, am Tag der Rückkehr, obwohl ich mich unterwegs wie ein Verrückter gesehnt hatte, wie ein Besessener umhergerannt war und sie sogar im Traum ständig vor mir gesehen hatte. Einmal (das war in der Schweiz) war ich im Eisenbahnwagen eingeschlafen und muß im Traum laut mit Paulina gesprochen haben, denn alle meine Mitreisenden fingen zu lachen an. Und nun legte ich mir wieder die Frage vor: Liebe ich sie? Und vermochte wieder keine Antwort zu finden, das heißt, richtiger gesagt, ich antwortete mir zum hundertstenmal, daß ich sie haßte. Ja, sie war mir verhaßt. Es gab Augenblicke, und zwar immer am Schluß unserer Unterredungen, wo ich mein halbes Leben hingegeben hätte, um sie zu erwürgen! Ich schwöre, wenn ich die Möglichkeit gehabt hätte, ein scharfes Messer langsam in ihre Brust zu bohren – ich hätte es mit Wonne getan. Und dabei schwöre ich bei allem, was mir heilig ist: wenn sie mir auf dem Schlangenberg, auf dem beliebten Aussichtspunkt, wirklich gesagt hätte: Springen Sie hinunter, ich hätte mich sofort hinabgestürzt, und noch dazu mit Wonne. Das wußte ich. Es muß sich entscheiden, so oder so. Alles das begreift sie durchaus, und der Gedanke, daß ich mir ganz klar und deutlich des Umstandes bewußt bin, daß sie für mich unerreichbar ist, daß keiner meiner Träume sich je erfüllen kann – dieser Gedanke gewährt ihr, davon bin ich überzeugt, einen außerordentlichen Genuß; würde sie bei ihrer Klugheit und Vorsicht sonst so intim und offenherzig mir gegenüber sein? Mir scheint, sie hat mich bis jetzt so betrachtet wie jene Kaiserin des Altertums, die sich vor ihrem Sklaven entkleidete, weil sie ihn nicht zu den Menschen zählte. Ja, sie hat mich oft nicht zu den Menschen gerechnet.

Nun aber war ich von ihr beauftragt, beim Roulett zu gewinnen, koste es, was es wolle. Ich hatte keine Zeit, darüber nachzudenken, warum und wie bald ich gewinnen mußte und was für neue Erwägungen in diesem ewig berechnenden Geist entstanden waren. Außerdem hatte sich in diesen zwei Wochen offenbar allerlei ereignet, wovon ich noch nichts ahnte. Ich mußte alles erraten, in alles eindringen – und zwar so schnell wie möglich. Doch jetzt war keine Zeit dazu: ich mußte zum Roulett.

Zweites Kapitel

Ich gestehe, daß mir das unangenehm war; ich war zwar entschlossen zu spielen, aber durchaus nicht geneigt, damit für andere anzufangen. Das brachte mich sogar etwas aus der Fassung, und ich betrat die Spielsäle in einer überaus verdrießlichen Stimmung. Alles mißfiel mir dort auf den ersten Blick. Ich hasse diese elenden Liebedienereien in den Feuilletons der ganzen Welt, ganz besonders aber in unseren russischen Zeitungen, in denen unsere Feuilletonisten beinahe jedes Frühjahr von zwei Dingen erzählen: erstens von der ungewöhnlichen Pracht und dem Luxus der Spielsäle in den Spielstädten am Rhein, und zweitens – von den Haufen Gold, die auf den Tischen liegen sollen. Man zahlt ihnen doch nichts dafür; sie schildern das einfach so, aus uneigennütziger Lakaiengesinnung. Es herrscht keinerlei Pracht in diesen erbärmlichen Sälen, und das Gold liegt keineswegs haufenweise auf den Tischen – man sieht kaum etwas davon. Natürlich erscheint wohl einmal im Lauf der Saison ein Sonderling, ein Engländer oder irgendein Asiate oder wie in diesem Sommer ein Türke, und verspielt oder gewinnt auf einmal sehr viel. Alle anderen spielen aber mit wenigen Gulden, und im Durchschnitt liegt immer sehr wenig Geld auf dem Tisch. Als ich den Spielsaal betrat (zum erstenmal im Leben), konnte ich mich nicht gleich zum Spielen entschließen. Zudem staute sich die Menge. Aber auch wenn ich allein gewesen wäre, hätte ich mich wahrscheinlich nicht an den Spieltisch gesetzt, sondern wäre schnell fortgegangen. Ich gestehe, daß mir das Herz klopfte und daß ich nicht kaltblütig war; ich wußte bestimmt und hatte längst beschlossen, daß ich Roulettenburg nicht so verlassen würde, daß sich hier unbedingt etwas für mein Schicksal Entscheidendes und Abschließendes ereignen würde. So muß es sein – und so wird es sein.

Es mag lächerlich erscheinen, daß ich für mich soviel vom Roulett erwarte; aber noch lächerlicher ist meiner Ansicht nach die bei allen feststehende landläufige Meinung, daß es dumm und absurd sei, etwas von dem Spiel zu erwarten. Warum ist das Spiel schlechter als irgendeine andere Art, Geld zu erwerben, beispielsweise als der Handel? Es ist ja wahr, daß von Hunderten einer gewinnt. Aber – was geht das mich an?

Auf alle Fälle beschloß ich, mich erst zu orientieren und am heutigen Abend nichts Ernstes zu beginnen. Sollte sich an diesem Abend doch etwas ereignen, so sollte es zufällig und wie von selbst kommen – so meinte ich. Außerdem mußte ich das Spiel erst studieren; denn trotz den tausend Schilderungen des Rouletts, die ich stets so begierig gelesen, hatte ich nichts von der Einrichtung begriffen, ehe ich sie selber erblickte.

Erstens erschien mir alles so schmutzig – moralisch widerwärtig und schmutzig. Ich rede keineswegs von den gierigen und unruhigen Leuten, die die Spieltische zu Dutzenden, ja zu Hunderten umdrängen. Ich finde durchaus nichts Schmutziges in dem Bestreben, recht schnell und recht viel zu gewinnen; der Gedanke jenes satten und wohlversorgten Sittenpredigers, der auf irgend jemandes Entschuldigung, daß »sie ja nur mit kleinen Einsätzen spielen«, die Antwort gab: »Desto schlimmer, denn das ist kleinliche Gewinnsucht« – dieser Gedanke ist mir immer sehr dumm erschienen. Als ob kleinliche Gewinnsucht und Gewinnsucht im großen nicht ein und dasselbe wären! Das ist ein relativer Begriff. Was für

Rothschild wenig ist, ist für mich sehr viel, und was den Erwerb und den Gewinn anbetrifft, so versuchen die Menschen nicht nur am Spieltisch, sondern allerorten einer dem anderen etwas abzujagen oder abzugewinnen. Ob Erwerb und Gewinn überhaupt etwas Häßliches sind – das ist eine andere Frage. Aber die will ich hier nicht lösen. Da ich ja selber in hohem Maß von dem Wunsch zu gewinnen erfüllt war, wirkte diese ganze Gewinnsucht, all dieser schmutzige Eigennutz beim Betreten des Saales beruhigend und anheimelnd auf mich. Es ist das Allerschönste, wenn man sich voreinander nicht zu zieren braucht, sondern offen und freimütig handeln kann. Und wozu soll man sich selber betrügen? Das ist höchst unnütz und unpraktisch. Ganz besonders häßlich wirkt auf den ersten Blick bei diesem Roulettpack die Ehrfurcht vor der »Arbeit«, der Ernst, ja sogar die Andacht, mit der alles um die Tische herumsteht. Darum wird hier auch so scharf unterschieden, ob ein Spiel als mauvais genre anzusehen ist oder ob es einem anständigen Menschen gestattet werden darf. Es gibt zwei Arten von Spiel, die eine ist gentlemanlike, die andere plebejisch, gewinnsüchtig, das Spiel für allerlei Gesindel. Hier wird das streng unterschieden – und wie gemein ist im Grunde genommen diese Unterscheidung! Ein Gentleman kann zum Beispiel fünf oder zehn Louisdor setzen, selten mehr; er kann auch tausend Franken setzen, wenn er sehr reich ist, aber einzig und allein des Spieles wegen, zum Vergnügen, und eigentlich nur, um den Prozeß des Gewinnens und Verlierens zu beobachten; für den Gewinn selbst aber darf er sich nicht interessieren. Wenn er gewinnt, darf er zum Beispiel laut lachen, zu einem der Umstehenden ein paar Worte sagen, sogar noch einmal setzen, noch einmal verdoppeln, aber einzig und allein aus Neugier, um die Chancen zu beobachten, Berechnungen anzustellen, nicht aber aus dem plebejischen Wunsch zu gewinnen. Mit einem Wort, er darf alle diese Spieltische, das Roulett, das trente et quarante für nichts anderes ansehen als für einen Zeitvertreib, der zu seiner Unterhaltung da ist. Den Eigennutz, die Fallen, auf denen sich die Spielbank gründet und aufbaut, darf er nicht einmal ahnen. Es wäre sogar sehr, sehr schön, wenn er sich einbilden könnte, daß alle die anderen Spieler, dieses ganze Geschmeiß, das um den Gulden zittert, ebensolche reiche Gentlemen seien wie er selber und ebenfalls nur zu ihrem Vergnügen und zum Zeitvertreib spielten.

Eine solche vollständige Verkennung der Wirklichkeit, eine solche unschuldsvolle Beurteilung der Menschen wären natürlich in hohem Maß aristokratisch. Ich habe gesehen, wie viele Mamas ihre unschuldigen, eleganten Töchterlein, fünfzehn- und sechzehnjährige Misses, nach vorn drängten, ihnen ein paar Goldstücke gaben und ihnen das Spiel erklärten. Das Fräulein verlor oder gewann, lächelte in jedem Fall und ging sehr befriedigt von dannen. Unser General trat würdevoll und gewichtig an den Tisch heran; ein Diener stürzte herbei, um ihm einen Stuhl anzubieten, doch er übersah den Dienstbeflissenen. Sehr langsam zog er seinen Geldbeutel hervor, sehr langsam entnahm er ihm dreihundert Franken in Gold, setzte auf schwarz und gewann. Er nahm den Gewinn nicht an sich, sondern ließ ihn stehen. Schwarz gewann wieder; er nahm das Geld auch jetzt nicht, und als beim drittenmal rot an die Reihe kam, verlor er mit einem Schlag zwölfhundert Franken. Er ging lächelnd weg und bestand die Probe. Ich bin überzeugt, daß sich sein Herz zusammenkrampfte; wäre der Einsatz doppelt oder dreimal so hoch gewesen, hätte er die Haltung wohl nicht bewahrt, sondern Erregung gezeigt. Übrigens gewann ein Franzose in meinem Beisein gegen dreißigtausend Franken und verlor sie wieder, heiter und ohne jegliche Erregung. Ein wirklicher Gentleman darf sich nicht aufregen, selbst dann nicht, wenn er sein ganzes Vermögen verspielt. Seine Vornehmheit muß so hoch über dem Geld stehen, daß er es kaum der Mühe wert hält, sich darum zu kümmern. Es wäre natürlich sehr aristokratisch, den ganzen Schmutz dieses Gesindels und der ganzen Umgebung nicht zu bemerken. Aber manchmal ist wieder das Gegenteil durchaus aristokratisch, man bemerkt dieses ganze Pack, sieht es sich genau an, prüft es sogar durch die Lorgnette; aber nur von dem Standpunkt aus, daß man diese ganze Menge, diesen ganzen Schmutz als eine Art Zerstreuung auffaßt, eine Vorstellung, die zum Vergnügen des Gentleman veranstaltet ist. Man kann sich selber in dieser Menge herumstoßen, aber man muß vollständig davon durchdrungen sein, daß man lediglich Beobachter ist und keinesfalls dazugehört. Übrigens darf man auch nicht allzu scharf beobachten: das wäre wieder nicht gentlemanlike, denn dieses Schauspiel ist in jedem Fall einer allzu genauen Beobachtung nicht wert. Es gibt überhaupt wenig Schauspiele, die der näheren Beachtung eines Gentleman wert sind. Mir persönlich jedoch erschien es, daß dies alles sehr wohl eines eingehenden Studiums wert sei, besonders für jemanden, der nicht nur zur Beobachtung hergekommen ist, sondern sich selber aufrichtig und ehrlich als zu dem Gesindel gehörig betrachtet. Was jedoch meine allergeheimsten sittlichen Anschauungen anbetrifft, so ist für sie in diesen Aufzeichnungen kein Platz. Mag es denn so sein; ich sage es, um mein Gewissen zu entlasten. Aber eines muß ich bemerken: daß es mir in der letzten Zeit ungemein zuwider war, meine Gedanken und Handlungen irgendeinem sittlichen Maßstab anzupassen. Es ist etwas anderes, was mich leitet...

Das Pack spielt in der Tat sehr schmutzig. Ich bin sogar nicht abgeneigt zu glauben, daß hier am Tisch sehr oft auch in ganz gewöhnlicher Weise gestohlen wird. Die Croupiers, die zu beiden Enden der Tische sitzen, die Einsätze beobachten und auszahlen, haben ungemein viel zu tun. Ist das ein Geschmeiß! Es sind zum größten Teil Franzosen. Im übrigen beobachte und bemerke ich das alles durchaus nicht zu dem Zweck, das Roulettspiel zu beschreiben; ich will mich anpassen, damit ich weiß, wie ich mich in Zukunft zu verhalten habe. Ich habe zum Beispiel bemerkt, daß es nichts Außergewöhnliches ist, wenn sich plötzlich irgendein Arm über den Tisch streckt und das einsteckt, was der Gegenübersitzende gewonnen hat. Es kommt zum Streit, oft zu Geschrei – und nun beweist einmal, sucht euch gefälligst Zeugen dafür, daß der Gewinn euch zukam!

Am Anfang waren das alles böhmische Dörfer für mich; ich erriet nur und konnte zur Not unterscheiden, daß man auf Zahlen setzte, auf gerade und ungerade, und auf Farben. Ich beschloß, an diesem Abend hundert Gulden von dem Geld Paulina Alexandrownas zu wagen. Der Gedanke, daß ich das Spiel nicht für mich begänne, brachte mich etwas aus der Fassung. Es war ein überaus unangenehmes Gefühl, und ich wollte es so schnell wie möglich loswerden. Es kam mir vor, als ob ich mein eigenes Glück untergrübe, indem ich für Paulina begann. Ist es wirklich unmöglich, an den Spieltisch heranzutreten, ohne sofort von Aberglauben erfaßt zu werden? Ich fing damit an, daß ich fünf Friedrichsdor, das heißt fünfzig Gulden, herausnahm und sie auf eine gerade Zahl setzte. Das Rad drehte sich und blieb auf dreizehn stehen – ich hatte verloren. Mit einem geradezu schmerzlichen Gefühl und um irgendwie ein Ende zu machen und fortgehen zu können, setzte ich noch fünf Friedrichsdor auf Rot. Rot gewann. Ich setzte alle zehn Friedrichsdor – Rot gewann wieder. Noch einmal setzte ich die ganze Summe – wieder Rot. Nachdem ich vierzig Friedrichsdor erhalten hatte, setzte ich zwanzig auf die zwölf mittleren Zahlen, ohne zu wissen, was dabei herauskommen würde. Man zahlte mir den dreifachen Betrag aus. Auf diese Weise besaß ich statt der zehn Friedrichsdor plötzlich achtzig. Ein ungewohntes, ganz seltsames Gefühl peinigte mich bis zur Unerträglichkeit, so daß ich beschloß fortzugehen. Mir schien, daß ich ganz anders gespielt hätte, wäre es für mich selber gewesen. Trotzdem setzte ich noch einmal sämtliche achtzig Friedrichsdor auf gerade. Das Rad blieb auf vier stehen, man schob mir noch achtzig Friedrichsdor zu; ich nahm das ganze Häufchen – hundertundsechzig Friedrichsdor – und entfernte mich, um Paulina Alexandrowna aufzusuchen.

Sie gingen alle irgendwo im Park spazieren, und es gelang mir erst, sie beim Abendessen wiederzusehen. Diesmal war der Franzose nicht da, und der General wurde gesprächig. Unter anderem hielt er es für nötig, mir nochmals zu bemerken, daß es ihm nicht erwünscht sei, mich am Spieltisch zu sehen. Es würde ihn – seiner Ansicht nach – allzusehr bloßstellen, wenn ich einmal zu viel verlieren sollte. »Aber Sie kompromittieren mich auch, wenn Sie sehr viel gewinnen«, fügte er bedeutungsvoll hinzu. »Natürlich habe ich kein Recht, Ihre Handlungen zu bestimmen, aber Sie werden selber zugeben...« Er sprach seiner Gewohnheit gemäß den Satz nicht zu Ende. Ich erwiderte sehr kühl, daß ich nur wenig Geld besäße und daher nicht in der Lage sei, auffallend viel zu verlieren, selbst wenn ich spielen wollte. Als ich mein Zimmer aufsuchte, fand ich Gelegenheit, Paulina den Gewinn zu übergeben und ihr zu erklären, daß ich ein zweites Mal nicht mehr für sie spielen würde.

»Warum nicht?« fragte sie unruhig.

»Weil ich für mich selber spielen will«, antwortete ich und sah sie erstaunt an, »und das stört mich.«

»So sind Sie entschieden nach wie vor überzeugt, daß das Roulett Ihr einziger Ausweg und Ihre Rettung ist?« fragte sie spöttisch.

Ich bejahte sehr ernsthaft; was aber meine feste Zuversicht zu gewinnen anbelange, so gäbe ich gern zu, daß das vielleicht lächerlich sei, man möge mich aber in Ruhe lassen.

Paulina Alexandrowna bestand darauf, daß ich den heutigen Gewinn unbedingt mit ihr teilen müsse, wollte mir die achtzig Friedrichsdor übergeben und schlug mir vor, das Spiel unter diesen Bedingungen fortzusetzen. Ich wies die Hälfte des Gewinns entschieden und ein für allemal zurück und erklärte, daß ich für andere nicht spielen könne, nicht weil ich nicht wolle, sondern weil ich sicherlich verlieren würde.

»Dabei ist das Roulett, so dumm das sein mag, doch beinahe auch meine einzige Hoffnung«, sagte sie nachdenklich. »Und darum müssen Sie unbedingt das Spiel fortsetzen, halbpart mit mir, und Sie werden es selbstverständlich tun.«

Damit verließ sie mich, ohne meine weiteren Einwendungen anzuhören.

Drittes Kapitel

Und trotzdem hat sie gestern den ganzen Tag kein Wort über das Spiel mit mir gesprochen. Sie hat es gestern überhaupt vermieden, mit mir zu reden. Ihr früheres Verhalten mir gegenüber hat sie nicht geändert. Es ist dieselbe vollendete Geringschätzung im Verkehr und bei zufälligen Begegnungen sogar etwas wie Verachtung und Haß. Sie gibt sich überhaupt keine Mühe, ihre Abneigung gegen mich zu verbergen; das sehe ich. Trotzdem verhehlt sie mir nicht, daß sie mich für irgend etwas nötig hat und mich deshalb schont. Es haben sich zwischen uns ganz eigenartige Beziehungen herausgebildet, die mir in vielem unverständlich sind, wenn man ihren Stolz und ihren Hochmut allen anderen gegenüber in Betracht zieht. Sie weiß zum Beispiel, daß ich sie bis zum Wahnsinn liebe, läßt mich sogar von meiner Leidenschaft reden; kann sie mir aber ihre Verachtung deutlicher zeigen als dadurch, daß sie mir gestattet, unbehindert und frei von meiner Liebe zu sprechen? »Das bedeutet, daß ich deine Gefühle für so gering achte, daß es mir völlig gleichgültig ist, wovon du mit mir sprichst und was du für mich empfindest.« Über ihre eigenen Angelegenheiten hatte sie auch schon früher viel mit mir gesprochen, ohne jemals ganz aufrichtig zu sein. Doch das ist noch nicht alles! In ihrer Geringschätzung für mich gibt es zum Beispiel noch solche Feinheiten. Nehmen wir an, sie weiß, daß mir irgendein Umstand ihres Lebens bekannt ist oder etwas, was sie heftig beunruhigt; sie wird mir sogar selber etwas von ihren Sorgen erzählen, wenn sie mich irgendwie für ihre Zwecke braucht, sei es als Sklaven oder als Laufburschen; aber sie sagt dann gerade nur so viel, wie ein Mensch wissen muß, der als Laufbursche benutzt wird; wenn mir der ganze Zusammenhang der Ereignisse nicht klar ist, wenn sie selber sieht, wie ich mich sorge und quäle um ihrer Sorgen und Qualen willen, so wird sie es doch nie für nötig erachten, mich durch eine freundschaftliche Aufrichtigkeit zu beruhigen, obwohl sie meiner Meinung nach verpflichtet wäre, ganz aufrichtig zu sein, da sie mir oft nicht nur sehr mühevolle, sondern gefährliche Aufträge erteilt. Ja, ist es denn der Mühe wert, sich um meine Gefühle zu kümmern und darum, daß ich auch in Unruhe bin und mich vielleicht dreimal mehr ihrer Sorgen und Mißerfolge wegen quäle als sie selber!

Ich wußte schon vor drei Wochen um ihre Absicht, Roulett zu spielen. Sie hatte mir sogar schon damals zu verstehen gegeben, daß ich für sie spielen müsse, da es für sie selber nicht anständig sei. Am Ton ihrer Worte hatte ich sofort gemerkt, daß eine ernste Sorge sie beherrschte, nicht nur der Wunsch, Geld zu gewinnen. Was bedeutet ihr das Geld an und für sich! Hier ist ein Zweck vorhanden, hier liegen Umstände vor, die ich erraten muß, die ich aber bis jetzt nicht kenne. Die Erniedrigung und die Sklaverei, in der sie mich hält, könnten mir selbstredend das Recht geben (und sie tun es auch häufig), sie geradewegs und schroff auszufragen. Da ich für sie nur ein Sklave bin und sie mich für nichts achtet, dürfte meine grobe Neugierde sie nicht einmal beleidigen. Aber die Sache liegt so: Sie gestattet mir wohl, Fragen zu stellen, aber sie antwortet nicht. Oft überhört sie sie vollständig. So steht es zwischen uns.

Gestern wurde bei uns viel von dem Telegramm gesprochen, das vor vier Tagen nach Petersburg abgegangen ist, ohne daß bis jetzt eine Antwort eingetroffen wäre. Der General ist sichtlich erregt und nachdenklich. Natürlich handelt es sich um die Großtante. Auch der Franzose ist in Aufregung. So hatten sie gestern nach Tisch eine lange und ernsthafte Unterredung. Der Franzose schlägt uns allen gegenüber einen überaus geringschätzigen und hochmütigen Ton an. Hier bewährt sich das Sprichwort: Reiche einem den kleinen Finger, so nimmt er die ganze Hand. Er ist sogar gegen Paulina hochfahrend bis zur Grobheit. Übrigens nimmt er mit Vergnügen an den gemeinsamen Spaziergängen zum Kursaal teil oder an den

Ausritten und Ausfahrten in die Umgebung. Mir ist auch schon längst einiges über die Beziehungen bekannt, die zwischen dem Franzosen und dem General bestehen: sie hatten die Absicht, in Rußland gemeinschaftlich eine Fabrik zu gründen; ich weiß nicht, ob der Plan gescheitert ist oder noch weiter erwogen wird. Außerdem kenne ich durch puren Zufall einen Teil des Familiengeheimnisses. Der Franzose hat den General im vorigen Jahr tatsächlich gerettet und ihm dreißigtausend Rubel gegeben, damit er bei seinem Dienstaustritt die in der Regierungskasse fehlende Summe ersetzen könne. Nun ist der General natürlich in seiner Gewalt; doch jetzt, gerade jetzt spielt bei alledem Mlle. Blanche die Hauptrolle, und ich bin überzeugt, daß ich mich darin nicht täusche.

Wer ist Mlle. Blanche? Hier sagt man, sie sei eine vornehme Französin, die ihre Mutter bei sich habe und ein Riesenvermögen besitze. Es ist auch bekannt, daß sie irgendwie mit unserem Marquis verwandt ist, aber recht entfernt, eine Kusine zweiten oder dritten Grades. Es heißt, daß vor meiner Pariser Reise der Verkehr zwischen dem Franzosen und Mlle. Blanche viel zeremonieller und daß in ihren Beziehungen mehr Vornehmheit und Freiheit gewesen sei; jetzt sehen ihre Bekanntschaft, ihre Freundschaft und ihr verwandtschaftliches Verhältnis recht grob und intim aus. Vielleicht erscheinen ihnen unsere Verhältnisse bereits so schlecht, daß sie es nicht mehr für nötig halten, viel Wesens mit uns zu machen. Ich habe vorgestern bemerkt, wie Mister Astley Mlle. Blanche und ihre Mutter musterte. Es kam mir vor, daß er sie kenne. Es kam mir sogar vor, daß unser Franzose auch Mister Astley schon früher begegnet sei. Übrigens ist Mister Astley so schüchtern, so schamhaft und schweigsam, daß man sich ganz auf ihn verlassen kann – er plaudert nicht aus der Schule. Jedenfalls grüßt ihn der Franzose kaum und sieht ihn fast gar nicht an – er hat ihn also nicht zu fürchten. Das ist auch zu begreifen, aber warum sieht Mlle. Blanche ihn auch nicht an? Um so mehr, als der Franzose sich gestern verplapperte: er erwähnte plötzlich im allgemeinen Gespräch (ich weiß nicht mehr, in welchem Zusammenhang), daß Mister Astley ungeheuer reich sei und daß er darum wisse; da müßte Mlle. Blanche Mister Astley doch beachten! Überhaupt ist der General in großer Unruhe. Man kann verstehen, was die Nachricht vom Tod der Großtante jetzt für ihn bedeuten muß!

Obwohl ich bestimmt erwartet hatte, daß Paulina einer Unterredung mit mir absichtlich ausweichen würde, setzte ich doch selber eine kalte und gleichgültige Miene auf; ich dachte immer, jetzt – jetzt würde sie an mich herantreten. Dafür habe ich gestern und heute meine ganze Aufmerksamkeit vorzugsweise Mlle. Blanche zugewandt. Der arme General – er ist endgültig verloren! Sich mit fünfundfünfzig Jahren so heftig und leidenschaftlich zu verlieben ist natürlich ein Unglück. Dazu kommen nun noch seine Witwerschaft, seine Kinder, das vollständig herabgewirtschaftete Gut, die Schulden und endlich das Weib, in das er sich verlieben mußte. Mlle. Blanche ist eine hübsche Person. Ich weiß aber nicht, ob man mich verstehen wird, wenn ich sage, daß sie eines jener Gesichter hat, vor denen man erschrecken kann. Ich wenigstens habe solche Frauen stets gefürchtet. Sie ist wahrscheinlich fünfundzwanzig Jahre alt. Sie ist groß und hat breite, runde Schultern, Hals und Büste sind prächtig; ihr Teint ist etwas gebräunt, das Haar schwarz wie Tusche und von solcher Fülle, daß es für zwei Frisuren ausreichen würde. Die Augen sind schwarz, das Weiße der Augen gelblich getönt, der Blick herausfordernd; sie hat blendendweiße Zähne, die Lippen sind immer geschminkt. Immer strömt ein Moschusduft von ihr aus. Sie kleidet sich effektvoll, reich, mit Schick, dabei mit erlesenem Geschmack. Hände und Füße sind wundervoll. Ihre Stimme ist ein heiserer Alt. Manchmal lacht sie auf und zeigt dabei all ihre Zähne, für gewöhnlich aber blickt sie schweigsam und frech drein – wenigstens in Gegenwart Paulinas und Marja Filippownas. (Ein sonderbares Gerücht: Marja Filippowna reist nach Rußland zurück). Es scheint mir, daß Mlle. Blanche keinerlei Bildung besitzt, vielleicht nicht einmal sehr viel Verstand hat; dafür aber ist sie mißtrauisch und schlau. Ihr Leben ist wohl nicht ohne Abenteuer verlaufen. Wenn man schon alles sagen soll – vielleicht ist der Marquis gar nicht ihr Verwandter und die Mutter gar nicht ihre Mutter. Es ist aber bekannt, daß sie und ihre Mutter in Berlin, wo wir uns getroffen haben, einige einwandfreie Bekanntschaften hatten. Was den Marquis selber anbetrifft, so glaube ich zwar bis heute noch nicht recht daran, daß er ein Marquis ist, seine Zugehörigkeit zur guten Gesellschaft, wie man sie in Moskau und hie und da in Deutschland versteht, scheint aber außer allem Zweifel zu stehen. Was aber stellt er in Frankreich vor? Er soll dort ein Schloß besitzen. Ich hatte gedacht, daß in diesen zwei Wochen mancherlei an den Tag kommen würde, und doch weiß ich bis jetzt noch nicht bestimmt, ob zwischen dem General und Mlle. Blanche etwas Entscheidendes gesprochen worden ist. Jetzt hängt überhaupt alles von unserem Vermögen ab, das heißt davon, ob der General ihnen viel Geld zeigen kann. Wenn zum Beispiel die Nachricht käme, daß die Großtante nicht gestorben sei, würde Mlle. Blanche sofort verschwinden; davon bin ich überzeugt. Es kommt mir selber staunenswert und lächerlich vor, daß ich so ein Klatschmaul geworden bin. Oh, wie mich das alles anwidert! Mit welchem Hochgefühl würde ich alle und alles verlassen! Aber kann ich mich denn von Paulina trennen, kann ich denn aufhören, sie wie ein Spion zu beobachten? Dieses Spionieren ist natürlich gemein, aber – was geht mich das an?

Auch Mister Astley hat gestern und heute meine Aufmerksamkeit erregt. Ja, ich bin überzeugt, daß er in Paulina verliebt ist! Es ist interessant und lächerlich zu sehen, wieviel mitunter der Blick eines schamhaften, krankhaft-keuschen Mannes ausdrücken kann, wenn er von der Liebe erfaßt ist, und zwar gerade in den Augenblicken, da er lieber in die Erde versinken möchte, als irgend etwas durch ein Wort oder einen Blick zu verraten. Wir treffen Mister Astley sehr häufig auf unseren Spaziergängen. Er zieht den Hut und geht vorüber; natürlich möchte er sich uns für sein Leben gern anschließen. Fordert man ihn aber auf, lehnt er sofort ab. Auf den Ruheplätzen, im Kursaal, bei der Musik oder an der Fontäne bleibt er sicherlich irgendwo in der Nähe unserer Bank stehen, und wo wir auch sein mögen, im Park, im Wald, am Schlangenberg – man braucht nur den Blick zu heben und um sich zu schauen, so taucht bestimmt auf dem nächsten Pfad oder hinter einem Gebüsch ein Stückchen von Mister Astley auf. Er sucht offenbar eine Gelegenheit, mit mir allein zu sprechen. Heute früh trafen wir uns und wechselten ein paar Worte. Manchmal spricht er sonderbar hastig. Noch ehe er guten Tag gesagt hatte, begann er ein Gespräch: »Ja, Mlle. Blanche ... Ich bin vielen solchen Frauen begegnet wie Mlle. Blanche.«

Er verstummte und sah mich bedeutungsvoll an. Was er damit sagen wollte, weiß ich nicht, da er auf meine Frage, was das bedeute, nur schlau lächelnd mit dem Kopf nickte und hinzufügte: »Das ist schon so ... Liebt Mlle. Paulina die Blumen sehr?«

»Davon weiß ich nichts«, antwortete ich.
»Wie? Das wissen Sie nicht?« rief er in höchstem Erstaunen aus.
»Ich weiß es nicht, ich habe nicht darauf geachtet«, wiederholte ich lachend.
»Hm! Das bringt mich auf einen besonderen Gedanken.«
Er nickte mir zu und ging weiter. Übrigens sah er sehr zufrieden aus. Wir unterhalten uns in dem schauderhaftesten Französisch.

Viertes Kapitel

Heute war ein lächerlicher, widerwärtiger, ungereimter Tag. Jetzt ist es elf Uhr nachts. Ich sitze in meinem Kämmerchen und überdenke das Geschehene. Es fing damit an, daß ich am Morgen doch gezwungen wurde, zum Roulett zu gehen, um für Paulina zu spielen. Ich nahm ihre sämtlichen hundertundsechzig Friedrichsdor mit, aber unter zwei Bedingungen: erstens, daß ich nicht halbpart spielen, das heißt, daß ich im Fall eines Gewinnes nichts für mich nehmen würde; und zweitens, daß Paulina mir am Abend erklären müsse, weshalb ihr so sehr an einem Gewinn gelegen sei und wieviel Geld sie eigentlich brauche. Ich kann mir auf keinen Fall denken, daß es einfach nur um des Geldes willen geschieht. Hier ist das Geld offensichtlich unbedingt nötig, und zwar so schnell wie möglich, zu irgendeinem besonderen Zweck. Sie versprach mir Aufklärung zu geben, und ich ging. In den Spielsälen war ein entsetzliches Gedränge. Wie frech und wie gierig sie alle sind! Ich zwängte mich bis zur Mitte durch und stellte mich unmittelbar neben den Croupier; dann begann ich schüchtern zu spielen und setzte immer nur zwei oder drei Geldstücke. Dazwischen paßte ich auf und beobachtete; ich hatte den Eindruck, daß die Berechnung eigentlich recht wenig bedeutet und durchaus nicht die Wichtigkeit besitzt, die viele Spieler ihr beimessen. Sie sitzen mit rubrizierten Listen da, notieren die Gewinne, zählen, errechnen die Chancen, ziehen ihre Schlüsse; dann setzen sie endlich und – verlieren ganz genauso wie wir anderen gewöhnlichen Sterblichen, die ohne Berechnung spielen. Zu einer Schlußfolgerung bin ich aber doch gekommen, die mir richtig erscheint: im Verlauf der zufälligen Chancen gibt es immerhin, wenn auch kein System, so doch eine gewisse Reihenfolge – so sonderbar das auch erscheint. Es kommt zum Beispiel vor, daß nach den zwölf mittleren Zahlen die letzten zwölf gewinnen; dies wiederholt sich noch einmal, dann kommen die zwölf ersten an die Reihe. Dann geht die Kugel wieder auf die zwölf mittleren über: sie gewinnen drei- bis viermal, dann kommen wieder zweimal die zwölf letzten dran. Dann wieder einmal die ersten, dreimal die mittleren, und das geht anderthalb oder zwei Stunden so fort. Eins, drei, zwei; eins, drei, zwei. Das ist sehr spaßig. An manchen Tagen oder Vormittagen wechselten zum Beispiel Rot und Schwarz alle Minuten ab, so daß die eine oder die andere Farbe kaum zwei- bis dreimal nacheinander gewinnt. An einem anderen Tag oder Abend wieder kann Rot bis zu zweiundzwanzig Malen hintereinander gewinnen, und das wiederholt sich sicherlich eine ganze Weile, vielleicht einen ganzen Tag hindurch. Mister Astley hat mir hier viel erklärt. Er hat den ganzen Vormittag an den Spieltischen gestanden, ohne selber auch nur ein einziges Mal zu setzen. Was mich anbelangt, so verlor ich alles bis aufs Letzte, und zwar sehr schnell. Ich setzte gleich zwanzig Friedrichsdor auf Gerade, gewann, setzte wieder, gewann wieder – und so noch zwei- oder dreimal. Ich glaube, daß ich innerhalb fünf Minuten gegen vierhundert Friedrichsdor in die Hände bekam. Nun hätte ich fortgehen sollen, es hatte sich meiner aber ein seltsames Empfinden bemächtigt: ich wollte das Schicksal herausfordern, ihm einen Nasenstüber versetzen, ihm die Zunge zeigen. Ich setzte den höchsten zulässigen Einsatz von viertausend Gulden und verlor. Nun geriet ich in Hitze, nahm alles, was ich noch hatte, setzte es auf dasselbe Feld und verlor wieder. Dann ging ich wie betäubt vom Tisch weg. Ich begriff kaum, was mir geschehen war, und teilte meinen Verlust Paulina Alexandrowna erst kurz vor dem Diner mit. Bis dahin war ich im Park umhergeirrt.

Während der Mittagstafel war ich wieder in dem erregten Zustand wie vor drei Tagen. Der Franzose und Mlle. Blanche speisten wieder mit uns. Es stellte sich heraus, daß Mlle. Blanche am Morgen in den Spielsälen gewesen war und meine Heldentaten mit angesehen hatte. Sie behandelte mich heute weit aufmerksamer. Der Franzose beschritt den geraderen Weg und fragte mich ganz offen, ob ich denn wirklich mein eigenes Geld verspielt hätte? Ich glaube, er hat Paulina im Verdacht. Mit einem Wort, hier ist etwas im Gange. Ich war sofort mit einer Lüge zur Hand und sagte, es sei mein Geld gewesen.

Der General war äußerst erstaunt: Woher ich soviel Geld gehabt hätte? Ich erklärte, daß ich mit zehn Friedrichsdor angefangen, daß ich dann in sechs bis sieben Runden nacheinander fünf bis sechstausend Gulden gewonnen hätte, um dann alles in zwei Einsätzen zu verlieren.

Das war natürlich alles sehr glaubhaft. Während ich meine Erklärung abgab, sah ich Paulina an, konnte aber nichts in ihren Mienen lesen. Sie ließ meine Lüge ohne Widerspruch hingehen; daraus schloß ich, daß es notwendig gewesen war, die Unwahrheit zu sagen und zu verheimlichen, daß ich für sie gespielt hatte. In jedem Fall, dachte ich mir, ist sie mir eine Erklärung schuldig; sie hat mir ja auch gewisse Enthüllungen versprochen.

Ich erwartete, daß der General irgendeine Bemerkung machen würde, aber er schwieg; dafür konnte ich beobachten, daß seine Züge Erregung und Unruhe ausdrückten. Vielleicht tat es ihm bei seinen zerrütteten Verhältnissen einfach weh, mit anzuhören, daß eine so ansehnliche Summe einem so unpraktischen Narren wie mir im Lauf einer Viertelstunde zugeflossen und wieder entglitten war.

Ich vermute, daß er gestern mit dem Franzosen eine scharfe Auseinandersetzung gehabt hat. Sie sprachen lange und erregt bei geschlossenen Türen miteinander. Der Franzose ging sichtlich gereizt fort und ist heute in aller Morgenfrühe wieder beim General gewesen – wahrscheinlich, um das gestrige Gespräch fortzusetzen.

Als der Franzose von meinem Verlust hörte, bemerkte er bissig und sogar hämisch, daß man vernünftiger sein müsse. Ich weiß nicht, warum er hinzufügte, daß zwar sehr viele Russen dem Spiel huldigten, daß sie aber seiner Ansicht nach dazu nicht fähig seien.

»Ich bin aber der Meinung, daß das Roulett eigens für die Russen geschaffen ist«, sagte ich.

Und als der Franzose auf meine Äußerung hin verächtlich lächelte, fügte ich die Bemerkung hinzu, daß die Wahrheit natürlich auf meiner Seite sei; denn wenn ich von den Russen als Spielern spräche, wäre das durchaus kein Lob, sondern ein Tadel und man könne mir daher schon glauben.

»Worauf gründet sich denn Ihre Meinung?« fragte der Franzose.

»Darauf, daß die Fähigkeit, Kapital zu erwerben, nahezu als der wichtigste, geschichtlich begründete Punkt im Katechismus der Tugenden und Verdienste eines zivilisierten Westeuropäers gilt. Der Russe jedoch ist nicht nur unfähig, Kapitalien zu erwerben, er vergeudet sie sogar ganz unbedacht und in häßlicher Weise. Trotzdem brauchen wir Russen auch Geld«, fügte ich hinzu, »und darum sind wir sehr erfreut über solche Hilfsmittel, wie zum Beispiel das Roulett; wir sind ganz erpicht darauf, da man hier ohne Mühe in zwei Stunden plötzlich reich werden kann. Das verlockt uns außerordentlich; da wir aber auch ganz unbedacht und ohne Mühe spielen, verspielen wir eben all unser Geld.«

»Das ist zum Teil richtig«, bemerkte der Franzose selbstgefällig.

»Nein, das ist nicht richtig, und Sie sollten sich schämen, sich in dieser Weise über Ihr Vaterland zu äußern«, sagte der General streng und eindringlich.

»Ich bitte Sie«, erwiderte ich ihm, »es ist doch wirklich noch unentschieden, was widerwärtiger ist: die russische Ungeschliffenheit oder die deutsche Art des Erwerbs durch ehrliche Arbeit.«

»Welch ein häßlicher Gedanke!« rief der General.

»Welch ein russischer Gedanke!« rief der Franzose.

Ich lachte und verspürte die größte Lust, die beiden noch mehr in Harnisch zu bringen.

»Ich würde lieber mein ganzes Leben lang in einem Kirgisenkarren nomadisieren«, rief ich aus, »als mich dem deutschen Götzen beugen.«

»Welchem Götzen?« eiferte der General, der bereits ernstlich böse wurde.

»Der deutschen Art, Reichtümer anzusammeln. Ich bin noch nicht lange hier, aber schon das wenige, was ich hier bemerkt und beobachtet habe, empört mein ‚tatarisches' Empfinden. Bei Gott, solche Tugenden wünsche ich mir nicht! Ich bin bereits gestern in einem Umkreis von zehn Werst herumgekommen. Nun, es ist auf ein Haar so wie in den erbaulichen deutschen Bilderbüchern: sie haben hier alle in jedem Haus ihren ‚Vater', der ungemein tugendreich und außerordentlich ehrlich ist. So ehrlich, daß es schrecklich ist, ihm in die Nähe zu kommen. Ich mag die ehrlichen Menschen, denen man sich nicht zu nahen wagt, in der Seele nicht leiden. Ein jeder solcher ‚Vater' hat seine Familie, und am Abend lesen sie sich belehrende Bücher vor. Um das Häuschen rauschen die Ulmen und Kastanien. Sonnenuntergang, der Storch auf dem Dach, und alles ungemein poetisch und rührend ... Ärgern Sie sich bitte nicht, Herr General, gestatten Sie mir schon recht rührend zu erzählen. Ich erinnere mich, daß mein seliger Vater mir und der Mutter des Abends im Vorgärtchen unter den Linden ähnliche Bücher vorlas ... So kann ich das selber schon ganz richtig beurteilen. Nun also, eine jede dieser hiesigen Familien befindet sich dem Vater gegenüber in vollster Sklaverei und Dienstbarkeit. Alle arbeiten wie die Lasttiere und sparen Geld wie die Juden. Nehmen wir an, der Vater hat schon soundso viele Gulden zusammengescharrt und rechnet nun damit, dem ältesten Sohn das Handwerk oder das Ackerland zu überlassen; dann kann aber die Tochter keine Aussteuer erhalten und bleibt sitzen. Aus demselben Grund verkauft man den jüngeren Sohn in die Knechtschaft oder an die Armee, und das Geld wird zu dem Hausvermögen geschlagen. Das kommt hier wahrhaftig vor; ich habe die Leute ausgefragt. Dies alles geschieht einzig und allein aus Ehrenhaftigkeit, aus übergroßer Ehrenhaftigkeit – und zwar so, daß der jüngere verkaufte Sohn selber glaubt, er sei nur aus Ehrenhaftigkeit verkauft worden; und das ist natürlich der Idealzustand, wenn das Opfer sich selbst darüber freut, daß man es zum Opferaltar führt. Was kommt nun weiter? Es kommt so, daß auch der Älteste es nicht leichter hat; da ist irgendein Amalchen, mit dem er einen Herzensbund geschlossen hat; sie können aber nicht heiraten, weil noch nicht genug Gulden zusammengescharrt sind. Auch sie warten sittsam und ergeben und bringen lächelnd ihr Opfer dar. Amalchens Wangen fallen ein, sie verblüht. Nach zwanzig Jahren hat sich endlich der Wohlstand gehoben, die Gulden sind ehrlich und tugendhaft zusammengespart. Der Vater segnet den ältesten vierzigjährigen Sohn und das fünfunddreißigjährige Amalchen mit der eingefallenen Brust und der roten Nase ... Dabei weint er, hält eine Moralpredigt und stirbt. Der älteste Sohn verwandelt sich nun selber in solch einen tugendhaften Vater, und dieselbe Geschichte wiederholt sich von neuem. Nach ungefähr fünfzig oder siebzig Jahren besitzt der Enkel des ersten Vaters tatsächlich schon ein beträchtliches Vermögen und hinterläßt es seinem Sohn, der wieder dem seinen, der dem seinen, und nach fünf oder sechs Generationen entsteht ein Baron Rothschild oder Hoppe & Co. oder, weiß der

Teufel, wer sonst noch. Ist das nicht ein erhabenes Schauspiel? eine hundert- oder zweihundertjährige vererbte Arbeit, Geduld, Verstand, Ehrlichkeit, Charakterfestigkeit, Berechnung, der Storch auf dem Dach! Was wollen Sie noch mehr, etwas Höheres gibt es ja nicht, und von diesem Gesichtspunkt aus beurteilen sie selber die ganze Welt und verdammen die Schuldigen, das heißt diejenigen, die nicht genauso sind wie sie. Nun, die Sache liegt so! Ich will lieber auf russische Art ausschweifend leben oder durch das Roulett reich werden. Ich will kein Hoppe & Co. werden nach fünf Generationen. Ich brauche das Geld für mich selber und will mein Ich nicht als notwendiges Anhängsel zum Kapital betrachten. Ich weiß, daß ich stark übertreibe, doch das hat nichts zu sagen. Das ist meine Überzeugung.«

»Ich weiß nicht, ob in dem, was Sie gesagt haben, viel Wahrheit liegt«, bemerkte der General nachdenklich, »aber eines weiß ich bestimmt, daß Sie unerträglich prahlen, sobald man Ihnen ein wenig Freiheit einräumt . . .«

Er sprach, seiner Gewohnheit gemäß, nicht zu Ende. Wenn unser General anfing von etwas zu reden, was nur um ein geringes bedeutender war als das alltägliche Gespräch, so kam er nie damit zu Ende. Der Franzose hörte nachlässig zu, wobei er die Augen etwas aufriß. Er hatte von dem, was ich gesagt hatte, beinahe nichts verstanden. Paulina blickte mit hochmütiger Gleichgültigkeit drein. Sie schien nicht nur von meinen Ausführungen, sondern auch von dem ganzen Tischgespräch nichts gehört zu haben.

Fünftes Kapitel

Sie war ganz in Gedanken versunken; sobald wir uns jedoch von der Tafel erhoben hatten, befahl sie mir, sie auf einem Spaziergang zu begleiten. Wir riefen die Kinder und begaben uns in den Park zur Fontäne.

Da ich mich in einem besonders erregten Zustand befand, platzte ich mit der dummen und groben Frage heraus, warum unser Marquis de Grieux, das Französlein, sie jetzt nie mehr auf ihren Ausgängen begleite, ja sogar tagelang nicht mit ihr spreche.

»Weil er ein Lump ist«, antwortete sie mir mit sonderbarer Betonung.

Ich hatte aus ihrem Mund noch nie ein ähnliches Urteil über de Grieux gehört und verstummte, da ich fürchtete, diese Gereiztheit zu verstehen.

»Haben Sie auch bemerkt, daß er heute nicht in gutem Einvernehmen mit dem General ist?«

»Sie möchten wissen, worum es sich handelt«, antwortete sie kalt und gereizt. »Sie wissen, daß der General ihm alles verpfändet hat, daß das ganze Gut ihm gehört, und wenn die Großtante nicht stirbt, wird der Franzose sofort von allem Besitz ergreifen, was ihm verpfändet ist.«

»Ah, so ist das tatsächlich wahr? Ich hatte davon gehört, wußte aber nicht, daß es sich um den ganzen Besitz handelt.«

»Wie könnte es anders sein?«

»Nun, dann adieu, Mlle. Blanche«, sagte ich. »Sie wird also nicht Generalin. Wissen Sie, ich glaube, der General ist so verliebt, daß er sich womöglich erschießt, wenn Mlle. Blanche ihn verläßt. Es ist gefährlich, sich in seinen Jahren so zu verlieben.«

»Ich habe auch das Gefühl, daß ihm etwas zustoßen kann«, sagte Paulina Alexandrowna nachdenklich.

»Ist das nicht entzückend?« rief ich aus. »Brutaler kann sie gar nicht zeigen, daß sie nur um des Geldes wegen eingewilligt hat, ihn zu heiraten! Hier wird nicht einmal der Anstand gewahrt, man geniert sich nicht im geringsten. Wunderbar! Und was die Großtante anbelangt, gibt es wohl etwas Lächerlicheres und Widerwärtigeres, als ein Telegramm nach dem anderen abzusenden mit der Frage: Ist sie schon tot? Ist sie tot? Nicht wahr? Wie gefällt Ihnen das, Paulina Alexandrowna?«

»Das ist alles Unsinn«, sagte sie, mich voller Widerwillen unterbrechend. »Aber es wundert mich, daß Sie in einer so ungemein lustigen Stimmung sind. Worüber freuen Sie sich? Etwa darüber, daß Sie mein Geld verspielt haben?«

»Warum haben Sie es mir zum Verspielen gegeben? Ich habe Ihnen gesagt, daß ich nicht für andere spielen kann, am wenigsten für Sie! Ich werde Ihnen stets gehorchen, Sie mögen mir befehlen, was Sie wollen, aber das Resultat hängt nicht von mir ab. Ich habe Sie darauf vorbereitet, daß es ein Mißerfolg werden würde. Sagen Sie mir, sind Sie sehr unglücklich, daß Sie so viel Geld verloren haben? Wozu brauchen Sie so viel?«

»Was sollen diese Fragen?«

»Sie haben mir doch selber Aufklärungen versprochen. Hören Sie mich an: Ich bin überzeugt, daß ich gewinnen werde, wenn ich anfange für mich selber zu spielen – und ich besitze zwölf Friedrichsdor. Nehmen Sie dann von mir, soviel Sie brauchen.«

Sie machte ein verächtliches Gesicht.

»Zürnen Sie mir nicht wegen dieses Anerbietens«, fuhr ich fort. »Ich bin dermaßen von der Erkenntnis durchdrungen, Ihnen gegenüber, das heißt in Ihren Augen eine Null zu sein, daß Sie sogar Geld von mir annehmen können. Ein Geschenk von mir kann Sie nicht beleidigen. Zudem habe ich ja Ihr Geld verspielt.«

Sie sah rasch nach mir hin, als sie aber bemerkte, daß ich gereizt und sarkastisch sprach, brach sie das Gespräch wieder ab.

»Es ist nichts in meinen Verhältnissen, was Sie interessieren könnte. Wenn Sie es wissen wollen: ich habe einfach Schulden. Ich habe Geld geborgt und möchte es gern zurückerstatten. Ich hatte den seltsamen und unsinnigen Gedanken, daß ich unbedingt hier am Spieltisch gewinnen würde. Warum ich diesen Gedanken hegte, verstehe ich nicht. Aber ich habe daran geglaubt, weil ich keine Wahl hatte.«

»Oder weil es dringend notwendig für Sie war, zu gewinnen. Das ist genau dasselbe, wie wenn sich ein Ertrinkender an einen Strohhalm klammert. Sie werden doch zugeben, daß er den Strohhalm nicht für einen Baumstamm ansehen würde, wenn er nicht am Ertrinken wäre.«

Paulina sah mich erstaunt an.

»Wie meinen Sie das?« sagte sie. »Sie haben Ihre Hoffnung doch auf dasselbe gesetzt? Vor zwei Wochen erzählten Sie mir selber des langen und breiten, daß Sie von einem Gewinn in den hiesigen Spielsälen vollauf überzeugt seien, und beschworen mich, Sie nicht für wahnsinnig zu halten; oder haben Sie damals gescherzt? Soviel ich mich erinnere, sprachen Sie aber so ernsthaft, daß man es keinesfalls als Scherz auffassen konnte.«

»Das ist wahr«, antwortete ich nachdenklich, »ich bin bis zur Stunde davon überzeugt, daß ich gewinnen werde. Ich muß Ihnen sogar gestehen, daß Sie mich soeben auf die Frage gebracht haben, warum mein heutiger sinnloser und widriger Verlust gar keine Bedenken in mir geweckt hat. Ich hege trotzdem die Gewißheit, daß ich unbedingt gewinnen werde, sobald ich anfange, für mich selber zu spielen.«

»Was gibt Ihnen diese feste Überzeugung?«

»Ja, sehen Sie, das weiß ich selber nicht. Ich weiß nur, daß ich gewinnen muß, daß das auch für mich der einzige Ausweg ist. Deshalb kommt es mir vielleicht so vor, daß ich unbedingt gewinnen werde.«

»Das heißt, es ist auch für Sie unbedingt notwendig, da Sie so fanatisch daran glauben?«

»Ich wette, Sie bezweifeln es, daß ich imstande bin, eine ernste Notwendigkeit zu empfinden?«

»Das kümmert mich nicht«, erwiderte Paulina ruhig und gleichgültig. »Da Sie mich aber fragen – ja, ich zweifle daran, daß irgend etwas Ernstes Sie bedrückt. Sie können sich quälen, aber nicht ernsthaft. Sie sind ein unbeherrschter und unfertiger Mensch. Wozu brauchen Sie Geld? In all den Gründen, die Sie mir damals anführten, konnte ich nichts Ernsthaftes finden.«

»Übrigens«, unterbrach ich sie, »Sie sagten mir, daß Sie eine Schuld bezahlen müßten. Das muß eine feine Schuld sein! Am Ende gar an den Franzosen?«

»Was sind das für Fragen? Sie sind heute ganz besonders schroff. Sind Sie etwa betrunken?«

»Sie wissen, daß ich mir die Freiheit nehme, Ihnen alles zu sagen, und daß ich manchmal sehr offenherzig frage. Ich wiederhole, ich bin Ihr Sklave. Vor Sklaven aber schämt man sich nicht, und ein Sklave kann einen nicht beleidigen.«

»Das ist alles Unsinn. Ich mag Ihre ‚Sklaventheorie' in der Seele nicht leiden.«

»Nehmen Sie zur Kenntnis, daß ich von meinem Sklaventum nicht spreche, weil es mein Wunsch ist, Ihr Sklave zu sein, sondern einfach als von einer Tatsache, die gar nicht von mir abhängt.«

»Sagen Sie offen: was soll Ihnen das Geld?«

»Und wozu müssen Sie das wissen?«

»Denken Sie, was Sie wollen«, antwortete sie und warf den Kopf stolz zurück.

»Die Sklaventheorie mögen Sie nicht leiden, die Sklaverei aber verlangen Sie: antworten und nicht räsonieren ... Gut, sei es denn. Sie fragen, wozu ich Geld brauche? Was heißt – wozu? Geld ist alles!«

»Ich verstehe, aber der Wunsch, es zu besitzen, darf einen doch nicht zu solch einem Wahnsinn führen. Sie nähern sich ja der Raserei, dem Fatalismus. Dahinter steckt etwas, das hat einen besonderen Zweck. Reden Sie ohne Umschweife, ich will es.«

Sie schien in Zorn zu geraten, und es gefiel mir ungemein, daß sie mich so voller Ärger ausfragte.

»Selbstverständlich ist da ein Zweck«, sagte ich, »aber ich könnte nicht erklären, was für einer. Es ist weiter nichts, als daß ich im Besitz von Geld auch für Sie ein anderer Mensch und kein Sklave sein werde.«

»Wie? Wie werden Sie das erreichen?«

»Wie ich es erreichen werde? Sie verstehen nicht einmal, wie ich es erreichen kann, daß Sie mich anders denn als Sklaven betrachten! Das ist es ja, was ich nicht ertragen kann, dieses Verwundern und Erstaunen!«

»Sie sagten mir, daß dieses Sklaventum für Sie eine Wonne sei. Das habe ich denn auch selber geglaubt.«

»Sie haben das geglaubt!« rief ich in seltsamer Verzückung aus. »Ach, wie gut steht Ihnen diese Naivität! Nun ja, ja, Ihr Sklave zu sein ist mir Genuß! Es liegt eine gewisse Wonne im letzten Stadium der Erniedrigung und Nichtigkeit«, phantasierte ich weiter. »Weiß der Teufel, vielleicht findet man die Wonne auch in dem Hieb der Peitsche, wenn sie auf den Rücken niedersaust und das Fleisch in Stücke reißt ... Vielleicht will ich aber auch andere Wonnen auskosten. Gestern hat mir der General in Ihrer Gegenwart bei Tisch Vorhaltungen gemacht – für siebenhundert Rubel im Jahr, die ich vielleicht gar nicht einmal von ihm erhalten werde. Der Marquis de Grieux mustert mich mit erhobenen Augenbrauen und übersieht mich dabei. Ich meinerseits aber habe vielleicht das leidenschaftliche Verlangen, den Marquis de Grieux in Ihrem Beisein an der Nase zu fassen!«

»Das sind Redensarten eines Grünschnabels. Man kann in jeder Lage seine Würde bewahren. Geht das nicht ohne Kampf, so wird man dadurch noch erhöht, aber nicht erniedrigt.«

»Sie reden wie ein Schulbuch! Nehmen Sie doch einmal an, daß ich es vielleicht nicht verstehe, meine Würde zu wahren. Das heißt, ich bin möglicherweise ein Mensch, der zwar immer Würde besitzt, sie aber nicht zu zeigen versteht. Begreifen Sie, daß das möglich ist? Alle Russen sind ja so, und wissen Sie weshalb? Weil die Russen allzu reich und vielseitig begabt sind, um die ihnen gemäße Form schnell zu finden. Hier kommt alles auf die Form an. Bei unserer reichen Begabung bedarf es der Genialität, um sie zu finden. Nun aber ist die Genialität meistens nicht da, weil sie an und für sich selten ist. Nur die Franzosen und vielleicht einige andere Europäer haben eine so festgefügte Form, daß sie sich überaus würdevoll geben können, auch wenn sie ganz unwürdige Menschen sind. Deshalb messen sie der Form auch so viel Bedeutung zu. Ein Franzose kann eine Beleidigung hinnehmen, eine wirkliche, tiefgehende Beleidigung, ohne mit der Wimper zu zucken, einen Nasenstüber jedoch wird er sich aber nie und nimmermehr gefallen lassen. Denn das ist eine Verletzung der einmal anerkannten und für ewige Zeiten festgelegten Anstandsbegriffe. Daher sind ja auch unsere jungen Damen so erpicht auf die Franzosen, weil sie so gute Formen besitzen. Meiner Ansicht nach aber sind das überhaupt keine Formen, da ist nur der Hahn, le coq gaulois. Übrigens kann ich das nicht verstehen, ich bin keine Frau. Vielleicht haben die Hähne auch ihr Gutes. Aber ich bin ins Schwatzen geraten, und Sie gebieten mir nicht Einhalt. Weisen Sie mich doch öfter zurecht, wenn ich mit Ihnen spreche. Ich möchte alles sagen, alles, alles. Ich verliere jegliche Form. Ich gebe sogar zu, daß ich gar keine Formen habe, auch keinerlei Vorzüge. Das verkünde ich Ihnen hiermit. Ich kümmere mich auch nicht einmal um irgendwelche Vorzüge. Alles in mir ist erstarrt. Sie wissen selber weshalb. In meinem Hirn ist kein menschlicher Gedanke mehr zu finden. Ich weiß schon lange nicht mehr, was in der Welt geschieht, weder in Rußland noch hier. Da bin ich durch Dresden gereist und weiß heute nicht mehr, wie es in Dresden aussieht. Sie wissen selber, was mich verzehrt hat. Da ich keinerlei Hoffnung hege und in Ihren Augen eine Null bin, sage ich es geradeheraus: Ich sehe überall nur Sie, und alles andere ist mir gleichgültig. Weshalb und wie ich Sie liebe, das weiß ich nicht. Vielleicht sind Sie nicht einmal schön? Können Sie sich denken, daß ich nicht einmal weiß, ob Sie auch nur von Angesicht schön sind? Eine schöne Seele haben Sie sicherlich nicht, auch keine edle Gesinnung. Das ist sehr leicht möglich.«

»Deshalb rechnen Sie wohl damit, mich mit Geld kaufen zu können«, sagte sie, »weil Sie an meine edle Gesinnung nicht glauben?«

»Habe ich je damit gerechnet, Sie mit Geld zu kaufen?« rief ich.

»Sie sind aus dem Konzept geraten. Wenn Sie mich nicht

kaufen wollen, so denken Sie vielleicht meine Achtung mit Geld erkaufen zu können.«

»Ach nein, das stimmt nicht ganz. Ich habe Ihnen gesagt, daß es mir schwerfällt, mich verständlich zu machen. Sie erdrücken mich. Zürnen Sie mir nicht wegen meines Geschwätzes. Sie begreifen, warum man mir nicht zürnen darf: ich bin einfach verrückt. Übrigens ist es mir gleichgültig, zürnen Sie, soviel Sie wollen. Ich brauche mir oben in meinem Kämmerchen nur das Rauschen Ihres Kleides zu vergegenwärtigen, so bin ich bereit, mir die Hände zu zerbeißen. Und weshalb zürnen Sie mir? Weil ich mich Ihren Sklaven nenne? Machen Sie sich meine Abhängigkeit zunutze, tun Sie es, tun Sie es. Wissen Sie, daß ich Sie einmal töten werde? Nicht etwa, weil meine Liebe erlöschen wird, oder aus Eifersucht – ich werde Sie einfach töten, weil ich manchmal das Verlangen habe, Sie zu fressen. Sie lachen ...«

»Ich lache gar nicht«, sagte sie zornig. »Ich befehle Ihnen zu schweigen.«

Sie blieb stehen und konnte kaum atmen vor Zorn. Ich weiß bei Gott nicht, ob sie schön war, aber ich sah es stets gern, wenn sie so vor mir stehenblieb, deshalb forderte ich ihren Zorn auch öfters heraus. Vielleicht hatte sie das bemerkt und spielte mit Absicht die Empörte. Ich sagte ihr das.

»Was für eine schmutzige Denkart!« rief sie voll Abscheu.

»Das ist mir gleichgültig«, fuhr ich fort. »Wissen Sie auch, daß es für uns gefährlich ist, zu weit zu gehen? Ich habe oft das unwiderstehliche Verlangen empfunden, Sie zu schlagen, zu verunstalten, zu erwürgen. Und glauben Sie, daß es nicht so weit kommen wird? Sie werden mich zum Wahnsinn treiben. Fürchte ich etwa den Skandal oder Ihren Zorn? Was liegt mir an Ihrem Zorn? Ich liebe Sie ohne Hoffnung und weiß, daß ich Sie nachher noch tausendmal mehr lieben werde. Wenn ich Sie einmal töte, muß ich ja auch mich töten; nun, damit werde ich dann so lange wie möglich warten, um den unerträglichen Schmerz um Sie auszukosten. Soll ich Ihnen eine unglaubliche Tatsache erzählen? Ich liebe Sie von Tag zu Tag mehr, und das ist doch fast unmöglich. Und da soll ich nicht Fatalist sein? Denken Sie daran, daß ich Ihnen neulich am Schlangenberg auf Ihre Herausforderung hin zuflüsterte: ,Sagen Sie ein Wort, und ich springe in den Abgrund!' Hätten Sie das Wort ausgesprochen, ich wäre hinabgesprungen. Glauben Sie wirklich nicht, daß ich es getan hätte?«

»Albernes Geschwätz!« rief sie.

»Es geht mich nichts an, ob es albern ist oder gescheit«, schrie ich. »Ich weiß, daß ich in Ihrer Gegenwart reden muß, reden, reden, und so rede ich. Ich verliere in Ihrem Beisein mein ganzes Selbstgefühl – und es ist mir gleichgültig.«

»Weshalb hätte ich Sie veranlassen sollen, vom Schlangenberg hinabzuspringen?« sagte sie kalt und in einem ganz besonders kränkenden Ton. »Das wäre für mich völlig nutzlos.«

»Herrlich!« rief ich. »Sie haben dieses herrliche ‚nutzlos' mit Absicht gesagt, um mich niederzudrücken. Ich durchschaue Sie. Nutzlos, sagen Sie? Ein Vergnügen ist immer nützlich, und die rohe unbegrenzte Macht – sei es auch nur über eine Fliege – ist doch auch eine Art von Genuß. Der Mensch ist von Natur aus despotisch und peinigt alles andere gern. Sie lieben es ganz ungemein.«

Ich entsinne mich, daß sie mich ungewöhnlich scharf musterte. Wahrscheinlich drückte mein Gesicht alle meine ungereimten und verworrenen Empfindungen aus. Ich erinnere mich jetzt, daß unser Gespräch tatsächlich Wort für Wort so geführt wurde, wie ich es hier niederschreibe. Meine Augen waren mit Blut unterlaufen. Ich fühlte den Schaum auf meinen Lippen. Was aber den Schlangenberg anbetrifft, so schwöre ich auch jetzt noch bei meiner Ehre: Wenn sie mir damals befohlen hätte, mich hinabzustürzen, ich hätte es getan. Auch wenn sie es mir im Scherz gesagt oder voller Verachtung vor mir ausgespuckt hätte – ich wäre hinabgesprungen.

»Nein, weshalb denn, ich glaube Ihnen«, sagte sie, aber so, wie nur sie bisweilen sprechen kann, mit soviel Verachtung und Bosheit, mit einem solchen Hochmut, daß ich sie, bei Gott, in diesem Augenblick hätte töten können.

»Sind Sie kein Feigling?« fragte sie mich plötzlich.

»Ich weiß nicht, vielleicht bin ich ein Feigling. Ich weiß es nicht ... ich habe lange nicht daran gedacht.«

»Wenn ich Ihnen sagen würde: Töten Sie diesen Menschen! Würden Sie es tun?«

»Wen?«

»Wen ich will.«

»Den Franzosen?«

»Fragen Sie nicht, sondern antworten Sie. Den, welchen ich Ihnen bezeichnen werde. Ich will wissen, ob Sie eben im Ernst gesprochen haben.«

Sie wartete so ernsthaft und ungeduldig auf eine Antwort, daß mir ganz seltsam zumute wurde.

»Ja, wollen Sie mir nicht endlich einmal sagen, was hier vorgeht?« rief ich. »Was ist Ihnen? Fürchten Sie sich etwa vor mir? Ich sehe ja selber, daß hier alles drunter und drüber geht. Sie sind die Stieftochter eines ruinierten und verrückten Menschen, der von der Leidenschaft zu Blanche, diesem Teufel, besessen ist; dann kommt dieser Franzose mit seinem geheimnisvollen Einfluß auf Sie – und jetzt stellen Sie mir so ernsthaft ... eine solche Frage! Ich möchte doch wenigstens alles wissen; sonst werde ich verrückt und tue noch irgend etwas. Oder schämen Sie sich, mich Ihres Vertrauens zu würdigen? Ja, können Sie sich denn vor mir schämen?«

»Davon rede ich ja gar nicht mit Ihnen. Ich habe gefragt und warte auf Antwort.«

»Selbstverständlich töte ich denjenigen, den Sie mir bezeichnen. Aber können Sie das denn ... können Sie das befehlen?«

»Glauben Sie etwa, ich würde Sie schonen? Ich werde es befehlen und bleibe selber unbeteiligt. Werden Sie das ertragen? Nein, wie sollten Sie wohl! Vielleicht begehen Sie den Mord auf meinen Befehl, dann aber kommen Sie und bringen mich auch um, weil ich es gewagt habe, Ihnen den Auftrag zu geben.«

Diese Worte wirkten auf mich wie ein Schlag vor den Kopf. Natürlich hielt ich schon damals ihre Frage für einen halben Scherz, für eine Herausforderung; andererseits hatte sie aber zu ernsthaft gesprochen. Ich war trotzdem verblüfft, daß sie sich so ausgesprochen hatte, daß sie soviel Recht auf mich zu besitzen glaubte, daß sie eine solche Macht über mich auszuüben geneigt war und einfach sagte: »Geh ins Verderben, ich aber bleibe aus dem Spiel.« In diesen Worten lag so viel Zynismus und Offenheit, daß es meiner Ansicht nach die Grenze überschritt. Ja, wofür hält sie mich denn eigentlich? Das ging schon über Sklaverei und Erniedrigung hinaus. Durch ein solches Verhalten zieht man den Menschen zu sich empor. Und so unsinnig, so unwahrscheinlich unser Gespräch war, ich fühlte dennoch mein Herz erbeben.

Plötzlich fing sie an zu lachen. Wir saßen auf einer Bank in der Nähe der spielenden Kinder, gerade gegenüber der Stelle, wo die Wagen hielten und das Publikum ausstieg, um durch die Allee zum Kursaal zu gelangen.

»Sehen Sie diese dicke Baronin?« rief sie. »Es ist die

Baronin Würmerhelm. Sie ist erst vor drei Tagen angekommen. Sehen Sie doch ihren Mann an: ein langer vertrockneter Preuße, mit dem Stock in der Hand. Entsinnen Sie sich, wie er uns vorgestern musterte? Stehen Sie sofort auf, gehen Sie zu der Baronin, lüften Sie den Hut und sagen Sie ihr etwas auf französisch.«

»Weshalb?«

»Sie haben geschworen, daß Sie vom Schlangenberg hinabgesprungen wären, Sie schwören, daß Sie bereit sind, auf meinen Befehl zu töten. Statt all dieser Morde und Tragödien möchte ich lieber lachen. Gehen Sie ohne Widerrede. Ich will sehen, wie der Baron Sie mit dem Stock schlagen wird.«

»Sie fordern mich heraus; Sie denken, ich tu es nicht?«

»Ja, ich fordere Sie heraus, gehen Sie, ich will es!«

»Wie Sie wünschen, ich gehe, obgleich das eine wilde Phantasie ist. Nur eines noch: Wenn nun der General dadurch Unannehmlichkeiten hat und Sie durch ihn? Bei Gott, ich bin nicht um mich besorgt, sondern um Sie und – auch um den General. Und was hat es für einen Sinn, hinzugehen und eine Frau zu beleidigen?«

»Nein, Sie sind doch nur ein Prahler, wie ich jetzt sehe«, sagte sie verächtlich. »Wenn Ihre Augen vorhin blutunterlaufen waren, so kam das wohl nur daher, daß Sie an der Mittagstafel zu viel Wein getrunken haben. Ich begreife ja selber, daß es dumm und abgeschmackt ist und daß der General sich ärgern wird. Ich will nur lachen. Ich will es, das ist alles! Und warum sollten Sie die Frau beleidigen? Eher bekommen Sie Stockhiebe.«

Ich stand auf und ging, um ihren Befehl schweigend auszuführen. Gewiß war das albern, gewiß war ich nicht imstande, mir aus der Klemme zu helfen, aber als ich mich der Baronin näherte, packte mich selber ein unsinniges Verlangen, einen Schuljungenstreich zu verüben. Auch war ich ungemein gereizt – wie betrunken.

Sechstes Kapitel

Nun sind schon zwei Tage seit jenem unsinnigen Ereignis vergangen. Und wieviel Geschrei, wieviel Lärm, Gerede und Hin und Her! Und was ist das für ein Wirrwarr, für ein Gezänk, wieviel Dummheit und Abgeschmacktheit – und ich die

Ursache von alledem! Manchmal ist es übrigens einfach zum Lachen, wenigstens für mich. Ich kann mir keine Rechenschaft darüber ablegen, was mit mir geschehen ist, ob ich mich wirklich in einem Zustand der Raserei befinde, ob ich einfach aus der Bahn geschleudert bin und nun so lange Unfug treibe, bis man mich fesselt. Ab und zu kommt es mir vor, als ob mein Verstand sich verwirrte. Dann wieder scheint es mir, daß ich noch nicht weit von der Kindheit und der Schulbank entfernt bin und mich eben einfach benehme wie ein dummer Junge.

Paulina, immer nur Paulina! Vielleicht wären alle diese Dummenjungenstreiche nicht verübt worden, wenn sie nicht wäre. Wer weiß, vielleicht tue ich dieses alles aus Verzweiflung (obwohl es dumm ist, so zu denken). Und ich kann und kann nicht begreifen, was an ihr Gutes ist! Schön ist sie freilich; ich glaube, sogar sehr schön. Sie bringt ja auch andere um den Verstand. Groß und schlank. Nur etwas zu dünn. Man glaubt einen Knoten aus ihr schürzen oder sie in der Mitte umbiegen zu können. Die Spur ihres Fußes ist schmal und lang – quälend. Ja, wahrhaftig quälend. Das Haar hat einen rötlichen Schimmer. Die Augen sind echte Katzenaugen. Aber wie stolz und hochmütig versteht sie dreinzublicken! Vor etwa vier Monaten, als ich meine Stellung eben erst angetreten hatte, unterhielt sie sich eines Abends im Salon lange und leidenschaftlich mit de Grieux. Und dabei sah sie ihn so an... Als ich nachher in meinem Zimmer zu Bett ging, stellte ich mir vor, sie habe ihm eine Ohrfeige gegeben in diesem Augenblick und stehe nun vor ihm und sehe ihn an... Seit diesem Abend liebe ich sie.

Doch zur Sache.

Ich schritt den Fußweg hinab zur Allee, stellte mich in ihrer Mitte auf und wartete auf den Baron und die Baronin. Als sie nur noch fünf Schritt von mir entfernt waren, zog ich den Hut und verneigte mich.

Die Baronin trägt ein Kleid aus hellgrauer Seide von unglaublichem Umfang, mit allerhand Falbeln, Krinoline und Schleppe. Sie ist klein und unheimlich dick, hat ein furchtbar fettes, hängendes Kinn, so daß man den Hals gar nicht sieht. Das Gesicht blaurot. Kleine, böse, freche Augen. Sie schreitet dahin, als erwiese sie damit allen eine Ehre. Der Baron ist groß und hager. Das Gesicht nach deutscher Art schief, von tausend Fältchen durchfurcht; er trägt eine Brille, ist ungefähr fünfundvierzig Jahre alt. Seine Beine beginnen beinahe an der Brust: das ist wohl Rasse. Stolz wie ein Pfau. Ein wenig schwerfällig. Etwas Hammelartiges im Gesichtsausdruck ersetzt den Tiefsinn.

Alles dies erfaßten meine Augen in drei Sekunden.

Meine Verbeugung mit dem Hut in der Hand erregte anfänglich kaum ihre Aufmerksamkeit. Der Baron zog nur leicht die Augenbrauen in die Höhe. Die Baronin steuerte geradewegs auf mich zu.

»Madame la baronne«, sagte ich laut und deutlich, jedes Wort betonend, »j'ai l'honneur d'être votre esclave.«

Dann verneigte ich mich, setzte meinen Hut auf und ging an dem Baron vorüber, wobei ich ihm das Gesicht mit einem höflichen Lächeln zuwandte.

Den Hut zu ziehen hatte sie mir befohlen; die Verbeugung und der Schulbubenton gingen aber ganz auf meine Rechnung. Weiß der Teufel, was mich antrieb! Mir war, als sauste ich einen Berg hinab.

»Oho!« rief oder, besser gesagt, kreischte der Baron und wandte sich mir in zornigem Erstaunen zu.

Ich drehte mich um und blieb in ehrerbietiger Erwartung stehen, ihn auch weiter lächelnd ansehend. Er war anscheinend verblüfft und zog die Augenbrauen bis zum nec plus ultra in die Höhe. Sein Gesicht verdüsterte sich mehr und mehr. Die Baronin hatte sich mir auch zugewandt und sah mich gleichfalls mit zorniger Verwunderung an. Die Vorübergehenden wurden aufmerksam. Einige blieben sogar stehen.

»Oho!« krächzte der Baron mit doppelter Heftigkeit und verdoppelter Wut.

»Jawohl!« sagte ich gedehnt und sah ihm immer noch gerade ins Gesicht.

»Sind Sie rasend?« schrie er, seinen Stock schwingend; er schien aber ängstlich zu werden. Ihn beirrte wohl mein Anzug. Ich war sehr anständig, sogar elegant gekleidet, wie einer, der zur besten Gesellschaft gehört.

»Jawo–o–ohl!« rief ich plötzlich mit voller Kraft und dehnte das o, so wie es die Berliner tun, die in ihren Gesprächen das »Jawohl« alle Augenblicke gebrauchen und dabei den Buchstaben o mehr oder weniger dehnen, um die verschiedenen Nüancen ihrer Gedanken und Empfindungen auszudrücken.

Der Baron und die Baronin machten schleunigst kehrt und

liefen voller Schreck von mir fort. Einige Zuschauer fingen an zu reden, andere sahen mich verblüfft an. Übrigens erinnere ich mich dessen nicht mehr genau.

Ich wandte mich um und ging in meinem gewöhnlichen Schritt auf Paulina Alexandrowna zu. Aber als ich noch ungefähr hundert Schritte von ihrer Bank entfernt war, sah ich sie aufstehen und mit den Kindern die Richtung zum Hotel einschlagen.

Am Eingang holte ich sie ein.

»Ich habe die Narrheit ausgeführt«, sagte ich.

»Was ist dabei? Tragen Sie nun die Folgen«, antwortete sie, ohne mich eines Blickes zu würdigen, und ging die Treppe hinauf.

Ich lief den ganzen Abend im Park umher. Dann durchquerte ich einen Wald und geriet dabei sogar in ein angrenzendes Fürstentum. In einer Bauernhütte aß ich Rührei und trank Wein dazu. Für diese Idylle knöpfte man mir ganze anderthalb Taler ab. Ich kehrte erst um elf Uhr nach Hause zurück und wurde sofort zum General beschieden. Die Herrschaften bewohnen im Hotel zwei Appartements; sie haben vier Zimmer. Das erste ist ein großer Salon mit einem Flügel. Daneben ein ebenfalls großes Zimmer, das Arbeitszimmer des Generals. Hier erwartete er mich, in majestätischer Haltung inmitten des Zimmers stehend. De Grieux saß nachlässig hingestreckt auf dem Sofa.

»Mein verehrter Herr, gestatten Sie mir zu fragen, was Sie angerichtet haben?« begann der General, sich zu mir wendend.

»Es wäre mir erwünscht, Herr General, wenn Sie gleich zur Sache kämen«, sagte ich. »Sie wollen wahrscheinlich von meiner heutigen Begegnung mit einem Deutschen sprechen?«

»Mit einem Deutschen? Dieser Deutsche ist Baron Würmerhelm und eine einflußreiche Persönlichkeit. Sie haben ihm und der Baronin Grobheiten gesagt.«

»Durchaus nicht.«

»Sie haben sie erschreckt, mein Herr!« rief der General.

»Aber ganz und gar nicht. Ich habe noch von Berlin her den Klang jenes ‚Jawohl' im Ohr, das sie an jedes Wort anhängen und das sie so widerwärtig gedehnt aussprechen. Als ich dem Baron in der Allee begegnete, schoß mir dieses ‚Jawohl', ich weiß nicht weshalb, plötzlich durch den Kopf und wirkte aufreizend auf mich ... Außerdem hat die Baronin die Angewohnheit, wenn sie mir begegnet, und das geschah heute zum drittenmal, direkt auf mich zuzusteuern, als ob ich ein Wurm wäre, den man mit dem Fuß zertreten darf. Sie werden zugeben, daß ich doch auch Selbstgefühl besitzen kann. Ich zog den Hut und sagte höflich, ich versichere Sie, ganz höflich: ›Madame, j'ai l'honneur d'être votre esclave.‹ Als der Baron sich umdrehte und ›Oho!‹ sagte, drängte es mich plötzlich, unwiderstehlich ›Jawohl‹ zu schreien. Ich rief es zweimal: das erstemal mit gewöhnlicher Stimme, das zweitemal aus vollem Halse. Das ist alles.«

Ich gestehe, daß mir diese im höchsten Maß bubenhafte Erklärung das größte Vergnügen bereitete. Ich fühlte den dringenden Wunsch, die ganze Geschichte so albern wie möglich auszumalen. Und je weiter, desto mehr kam ich auf den Geschmack.

»Sie wollen sich wohl über mich lustig machen?« rief der General. Er wandte sich dem Franzosen zu und erklärte ihm auf französisch, daß ich unbedingt einen Skandal herbeiführen wolle. De Grieux lächelte verächtlich und zuckte die Achseln.

»Oh, denken Sie das nicht. Das will ich keinesfalls«, rief ich. »Meine Handlungsweise war natürlich unschön, das gestehe ich Ihnen ganz offen. Man kann mein Benehmen sogar als einen dummen und unanständigen Schulbubenstreich bezeichnen, aber nicht mehr als das. Sie müssen wissen, Herr General, daß ich die größte Reue empfinde. Hier ist aber ein Umstand, der mich, meiner Ansicht nach, sogar der Reue überhebt. Seit einiger Zeit, in den letzten zwei, sogar drei Wochen fühle ich mich schlecht. Ich bin krank, nervös, gereizt, überspannt, und es kommt vor, daß ich die Herrschaft über mich vollständig verliere. Glauben Sie mir, ich habe schon mehrmals das dringende Verlangen empfunden, mich plötzlich zu dem Marquis de Grieux zu wenden und ... Übrigens will ich es nicht aussprechen, es könnte ihn kränken. Mit einem Wort, das alles sind Krankheitssymptome. Ich weiß nicht, ob die Baronin Würmerhelm diesen Umstand in Betracht ziehen wird, wenn ich sie um Entschuldigung bitte, denn ich habe die Absicht, mich bei ihr zu entschuldigen. Ich vermute, sie wird es nicht tun, um so mehr, als – soviel ich weiß – die Herren Juristen neuerdings mit diesem Umstand Mißbrauch zu treiben beginnen; die Advokaten rechtfertigen in Kriminalprozessen ihre Klienten, die Verbrecher, sehr häufig damit, daß diese im Augenblick der Tat sich derselben nicht bewußt gewesen seien und daß das eben Krankheitserscheinungen seien. ‚Er hat ihn geschlagen, kann sich aber an nichts mehr erinnern.' Und stellen Sie sich vor, Herr General, die Medizin pflichtet ihnen bei, sie bestätigt in der Tat, daß es eine solche Krankheit gibt, solch eine zeitweilige Sinnesverwirrung, da sich der Mensch beinahe an nichts erinnern kann oder sich nur halb, nur zum vierten Teil erinnert. Allein der Herr Baron und die Frau Baronin sind Leute alten Schlages, zudem preußische Junker und Gutsbesitzer. Ihnen ist dieser Fortschritt der Rechtswissenschaft und der Medizin wohl noch unbekannt, und daher werden sie meine Erklärung nicht gelten lassen. Wie denken Sie darüber, Herr General?«

»Genug, mein Herr«, sagte der General scharf und mit verhaltenem Zorn, »genug! Ich werde dafür Sorge tragen, mich ein für allemal vor Ihren Bubenstreichen zu schützen. Sie werden sich bei der Baronin und dem Baron nicht entschuldigen. Jeder Verkehr mit Ihnen, selbst wenn es sich einzig und allein um Ihre Bitte um Entschuldigung handelte, würde für die Herrschaften eine Erniedrigung bedeuten. Als der Baron erfuhr, daß Sie zu meinem Haus gehören, hat er mich im Kursaal zur Rede gestellt. Ich versichere Sie, es hat nicht viel gefehlt, daß er Genugtuung von mir gefordert hätte. Begreifen Sie wohl, in welche Lage Sie mich gebracht haben – mich, mein Herr! Ich, ich war genötigt, den Baron um Entschuldigung zu bitten, und ich habe ihm das Wort gegeben, daß Sie von diesem Augenblick an nicht mehr zu meinem Haus gehören würden.«

»Erlauben Sie, erlauben Sie, Herr General, hat er das selber unbedingt verlangt, daß ich nicht mehr zu Ihrem Haus gehören soll, wie Sie sich auszudrücken beliebten?«

»Nein, aber ich habe mich selber verpflichtet gefühlt, ihm diese Genugtuung zu geben, und der Baron war es selbstverständlich zufrieden. Wir werden uns trennen, Verehrtester. Sie haben von mir noch diese vier Friedrichsdor und drei Gulden zu erhalten. Hier ist das Geld, hier ein Zettel mit der Abrechnung. Sie können es nachprüfen. Leben Sie wohl. Von jetzt ab kennen wir uns nicht mehr. Außer Plackereien und Unannehmlichkeiten habe ich nichts von Ihnen gehabt. Ich rufe sofort den Kellner und teile ihm mit, daß ich von morgen ab für Ihre Ausgaben im Hotel nicht mehr aufkomme. Ich habe die Ehre, mich Ihnen zu empfehlen.«

Ich nahm das Geld und den Zettel, auf dem die Abrechnung mit Bleistift geschrieben war, verneigte mich vor dem General und sagte sehr ernsthaft: »Herr General, so kann die Sache nicht erledigt werden. Es tut mir sehr leid, daß Sie von seiten des Barons Unannehmlichkeiten ausgesetzt gewesen sind, doch daran sind Sie, verzeihen Sie, selber schuld. Wie konnten Sie dem Baron gegenüber die Verantwortung für mich übernehmen? Was bedeutet der Ausdruck, daß ich zu Ihrem Haus gehöre? Ich bin einfach Hauslehrer bei Ihnen, weiter nichts. Ich bin nicht Ihr leiblicher Sohn, stehe nicht unter Ihrer Vormundschaft, und so können Sie nicht für meine Handlungen einstehen. Ich bin selber im Besitz aller bürgerlichen Rechte. Ich bin fünfundzwanzig Jahre alt, Absolvent der Universität, Adeliger und Ihnen völlig fremd. Nur meine grenzenlose Hochachtung vor Ihren Verdiensten hindert mich, jetzt meinerseits von Ihnen Genugtuung zu fordern und Rechenschaft darüber, wieso Sie sich das Recht genommen haben, für mich einzustehen.«

Der General war so verblüfft, daß er die Hände zusammenschlug; dann wandte er sich plötzlich an den Franzosen und teilte ihm in Eile mit, daß ich ihn soeben beinahe gefordert hätte.

Der Franzose lachte laut auf.

»Ich bin aber nicht gesonnen, dem Baron die Sache hingehen zu lassen«, fuhr ich völlig kaltblütig fort, ohne mich durch das Lachen des Herrn de Grieux beirren zu lassen, »und da Sie, Herr General, sich heute bereit gefunden haben, die Klagen des Barons anzuhören und sein Interesse zu wahren, und sich dadurch sozusagen zum Mitschuldigen in dieser ganzen Angelegenheit gemacht haben, so nehme ich mir die Ehre, Ihnen zu vermelden, daß ich nicht später als morgen früh von mir aus eine formelle Erklärung von dem Baron verlangen werde über die Gründe, die ihn bewogen haben, sich über meinen Kopf hinweg an eine andere Person zu wenden, wo er es einzig und allein mit mir zu tun hatte, als ob ich nicht fähig oder nicht würdig wäre, selber die Verantwortung für mein Tun zu tragen.«

Was ich vorausgesehen hatte, traf ein. Als der General diese neue Dummheit vernahm, bekam er große Angst.

»Wie, beabsichtigen Sie wirklich, diesen verdammten Zwischenfall fortzusetzen?« rief er. »Was machen Sie mit mir, o mein Gott! Wagen Sie das nicht, wagen Sie es nicht, mein Herr, sonst, ich schwöre Ihnen ... Hier gibt es auch eine

Obrigkeit und ich ... ich ... mit einem Wort, bei meinem Rang ... oder auch der Baron ... mit einem Wort, man wird Sie verhaften und durch die Polizei ausweisen, damit Sie keinen Unfug mehr treiben. Begreifen Sie das?«

Und obgleich ihm der Atem vor Zorn versagte, hörte man aus seinen Worten doch die große Angst heraus.

»Herr General«, erwiderte ich mit einer Ruhe, die ihn noch mehr aus der Fassung brachte, »man kann mich nicht gut wegen Unfugs verhaften, solange ich keinen Unfug begangen habe. Die Auseinandersetzung mit dem Baron ist ja noch nicht einmal eingeleitet, und Sie wissen gar nicht, in welcher Art und auf welcher Grundlage ich an die Sache heranzutreten gedenke. Ich will nur die kränkende Voraussetzung widerlegen, daß ich mich unter der Vormundschaft einer Person befinde, die Macht über meinen freien Willen besitzt. Es ist ganz überflüssig, daß Sie sich so beunruhigen und aufregen.«

»Um Gottes willen, um Gottes willen, Alexej Iwanowitsch, geben Sie diese unsinnige Absicht auf«, murmelte der General, dessen zorniger Ton plötzlich in Flehen überging; er faßte mich sogar bei den Händen. »So stellen Sie sich doch vor, wozu das führen wird. Wieder zu einem Skandal! Begreifen Sie nicht, daß ich mich hier ganz besonders verhalten muß, gerade jetzt! Gerade jetzt ... Oh, Sie wissen nichts, Sie kennen meine Verhältnisse nicht ... Wenn wir von hier fortgehen, bin ich bereit, Sie wieder in mein Haus aufzunehmen. Ich bin nur jetzt, nun, mit einem Wort – Sie begreifen ja die Gründe!« rief er verzweifelt, »Alexej Iwanowitsch, Alexej Iwanowitsch!«

Nach der Tür hin retirierend, bat ich ihn noch einmal dringend, sich nicht zu beunruhigen; ich versprach ihm, daß alles gut und anständig verlaufen werde, und beeilte mich hinauszukommen.

Die Russen im Ausland sind manchmal allzu ängstlich und fürchten sich ungemein vor der öffentlichen Meinung: wie man sie beurteilen, ob man dieses und jenes auch für anständig erachten wird. Mit einem Wort, sie fühlen sich wie in einer Zwangsjacke, besonders wenn sie eine Rolle spielen wollen. Das Liebste ist ihnen irgendeine überkommene feststehende Anstandsformel, nach der sie sich sklavisch richten – in den Hotels, auf den Promenaden, in Versammlungen, auf der Reise ... Der General aber hatte sich verraten; er hatte gestanden, daß bei ihm noch besondere Verhältnisse mitspielten, denen er Rechnung tragen mußte. Deshalb wurde er plötzlich so kleinmütig und ängstlich und schlug mir gegenüber einen ganz neuen Ton an. Ich habe das zur Kenntnis genommen und merke es mir. Selbstverständlich ist es möglich, daß er sich morgen aus Dummheit an irgendeine Behörde wendet, also muß ich auf alle Fälle vorsichtig sein.

Ich hatte übrigens keineswegs die Absicht, gerade den General zu ärgern; es lag mir jetzt mehr daran, Paulina zu ärgern. Paulina hatte mich so grausam behandelt, mich in eine so dumme Lage gebracht, daß es mir sehr wünschenswert schien, sie dahin zu bringen, daß sie mich selber bitten würde innezuhalten. Mein Bubenstreich konnte schließlich auch sie kompromittieren. Außerdem waren in mir noch andere Empfindungen und Wünsche wach geworden; wenn ich zum Beispiel freiwillig vor ihr ins Nichts untertauche, bedeutet das doch keinesfalls, daß ich in den Augen der Leute ein begossener Pudel bin, und es steht dem Baron natürlich nicht zu, »mich mit dem Stock zu schlagen«. Ich wollte mich über sie alle lustig machen und selber als forscher Mann dastehen. Mochten sie doch zusehen! Sie würden schon vor dem Skandal Angst bekommen und wieder nach mir rufen. Aber auch wenn sie mich nicht riefe, sollte sie doch sehen, daß ich kein begossener Pudel bin.

Eine erstaunliche Nachricht! Ich habe soeben von unserer Kinderfrau, die mir auf der Treppe begegnete, gehört, daß Marja Filippowna mit dem heutigen Abendzug mutterseelenallein zu ihrer Kusine nach Karlsbad gereist ist. Was besagt diese Nachricht? Die Kinderfrau meint, daß es schon lange ihre Absicht war; aber wie kommt es, daß niemand darum gewußt hat? Oder habe nur ich nichts davon gewußt? Die Wärterin hat mir verraten, daß schon vorgestern zwischen Marja Filippowna und dem General eine scharfe Auseinandersetzung stattgefunden habe. Ich verstehe. Da ist sicher Mlle. Blanche im Spiel. Ja, es bereitet sich bei uns etwas Entscheidendes vor.

Siebentes Kapitel

Am Morgen rief ich den Kellner und beauftragte ihn, von jetzt ab für mich eine gesonderte Rechnung zu führen. Mein Zimmer war nicht so teuer, daß ich mir Sorgen zu machen brauchte oder gar das Hotel hätte ganz verlassen müssen.

Ich besaß sechzehn Friedrichsdor und dann ... dann winkte vielleicht der Reichtum! Seltsam! ich habe noch nicht gewonnen, aber ich handle, fühle und denke wie ein reicher Mann und werde diese Vorstellung nicht mehr los.

Ich hatte die Absicht, trotz der frühen Stunde sofort zu Mister Astley in das Hotel d'Angleterre zu gehen, das nicht weit von uns liegt, als de Grieux plötzlich in mein Zimmer trat. Das war noch niemals geschehen, zudem waren meine Beziehungen zu diesem Herrn außerordentlich kühl und gespannt. Er verbarg seine Verachtung für mich nicht, gab sich nicht einmal Mühe, sie zu verbergen; und ich – ich hatte meine besonderen Gründe, ihn nicht zu lieben. Mit einem Wort, ich haßte ihn. Sein Kommen versetzte mich in großes Erstaunen. Ich begriff sofort, daß sich hier etwas Besonderes zusammengebraut hatte.

Er trat mit liebenswürdiger Miene ein und sagte mir ein Kompliment über mein Zimmer. Als er sah, daß ich den Hut in der Hand hielt, erkundigte er sich, ob ich denn wirklich so früh spazierenginge. Nachdem er aber vernommen hatte, daß ich in einer besonderen Angelegenheit zu Mister Astley gehen wollte, dachte er nach, überlegte, und sein Gesicht nahm einen außerordentlich besorgten Ausdruck an.

De Grieux war wie alle Franzosen, das heißt lustig und liebenswürdig, wenn es nötig und vorteilhaft war, und unausstehlich langweilig, wenn es nicht mehr notwendig war, lustig und liebenswürdig zu sein. Ein Franzose ist selten von Natur liebenswürdig, immer nur wie auf Befehl oder aus Berechnung. Wenn er zum Beispiel die Notwendigkeit einsieht, phantastisch, originell, nicht alltäglich zu sein, so zwängt sich seine an sich ganz alberne und unnatürliche Phantasie in die althergebrachte, längst abgebrauchte Form. Der Franzose, der sich natürlich gibt, ist durchaus positiv, kleinlich, alltäglich und spießbürgerlich, mit einem Wort, das langweiligste Geschöpf der Welt. Meiner Ansicht nach lassen sich nur Neulinge und besonders unsere russischen jungen Damen von den Franzosen blenden. Jedem vernünftigen Geschöpf jedoch fällt diese Schablone, diese feststehende Form der Salonliebenswürdigkeit, Ungezwungenheit und Lustigkeit sofort in die Augen und wird ihm unleidlich.

»Ich komme in einer besonderen Angelegenheit zu Ihnen«, sagte er überaus herablassend, aber ganz höflich, »und ich will nicht verhehlen, daß ich als Abgesandter oder, besser gesagt, als Vermittler des Generals komme. Da ich die russische Sprache nur sehr mangelhaft beherrsche, habe ich gestern fast gar nichts verstanden; aber der General hat mir alles eingehend erklärt, und ich gestehe ...«

»Erlauben Sie, Mr. de Grieux«, unterbrach ich ihn, »Sie haben es übernommen, auch in dieser Angelegenheit den Vermittler zu spielen. Ich bin natürlich ‚un outchitel' und habe niemals Anspruch erhoben, ein naher Freund dieses Hauses zu sein, daher sind mir auch nicht alle Verhältnisse bekannt; erklären Sie mir nur eines: Zählen Sie sich jetzt wirklich ganz und gar zu den Mitgliedern dieser Familie? Da Sie an allem soviel Anteil nehmen und zum Beispiel den Vermittler machen wollen ...«

Meine Frage behagte ihm nicht. Sie war ihm allzu durchsichtig, er wollte sich nicht verraten.

»Ich bin mit dem General teilweise durch Geschäfte verbunden, teilweise durch einige besondere Umstände«, sagte er kalt. »Der General hat mich hergeschickt, Sie zu bitten, daß Sie von Ihrem gestern geäußerten Vorhaben Abstand nehmen. Alles, was Sie sich zurechtgelegt haben, ist natürlich sehr geistreich; aber der General hat mich ersucht, Ihnen vorzustellen, daß Sie nichts erreichen werden; ja, noch mehr: der Baron wird Sie nicht empfangen, und schließlich besitzt er in jedem Fall Mittel genug, sich gegen weitere Unannehmlichkeiten Ihrerseits zu schützen. Das müssen Sie doch zugeben. Wozu wollen Sie also noch weitere Schritte tun? Der General dagegen verspricht Ihnen, Sie bestimmt bei der ersten passenden Gelegenheit wieder in sein Haus aufzunehmen und bis zu diesem Zeitpunkt Ihr Gehalt, vos appointements, weiterzuzahlen. Das ist doch vorteilhaft genug, nicht wahr?«

Ich erwiderte ihm sehr ruhig, daß er sich ein wenig irre; der Baron werde mir vielleicht doch nicht die Türe weisen, sondern mich im Gegenteil anhören, und ich bat ihn, er möge doch eingestehen, daß er nur gekommen sei, um mich auszuhorchen, wie ich an diese ganze Sache heranzugehen gedächte.

»Mein Gott, wenn der General an dieser Angelegenheit so interessiert ist, wird es ihm natürlich angenehm sein zu erfahren, was Sie tun werden und auf welche Weise. Das ist doch so begreiflich.«

Ich begann ihm die Sache darzulegen, und er hörte nachlässig hingeräkelt zu, den Kopf etwas nach meiner Seite geneigt, wobei sein Antlitz ganz deutlich einen ironischen

Ausdruck zeigte. Er behandelte mich überhaupt sehr von oben herab. Ich gab mir die größte Mühe, den Anschein zu erwecken, daß ich die Sache überaus ernst nähme. Ich erklärte ihm, daß der Baron durch seine Beschwerde, durch die ich auf eine Stufe mit den Dienstboten des Generals gestellt worden sei, mich erstens meiner Stelle beraubt habe, daß er mich zweitens behandelt habe wie eine Person, die nicht imstande sei, für sich selber einzustehen, und keines Wortes wert sei. Selbstredend fühlte ich mich mit vollem Recht beleidigt; da ich aber den Unterschied im Alter, die gesellschaftliche Stellung und so weiter und so weiter in Betracht zöge (bei diesen Worten konnte ich mich kaum des Lachens erwehren), wollte ich keinen weiteren unbedachtsamen Schritt tun und von dem Baron nicht etwa direkt eine Genugtuung fordern oder ihm diesbezügliche Vorschläge machen. Nichtsdestoweniger hielte ich mich für völlig berechtigt, mich bei ihm und besonders bei der Baronin zu entschuldigen, um so mehr, als ich mich in letzter Zeit tatsächlich krank fühle, gereizt, sozusagen phantastisch erregt, und so weiter und so weiter. Nun aber habe der Baron durch die gestrige, für mich so kränkende Beschwerde beim General und durch seine Forderung, daß dieser mich entlasse, mich in eine Lage gebracht, die es mir heute nicht mehr gestatte, mich bei ihm und der Baronin zu entschuldigen, da sowohl er als auch die Baronin und alle Welt bestimmt glauben würden, ich entschuldige mich nur aus Furcht, um meine Stellung wiederzuerhalten. Aus alledem gehe hervor, daß ich mich jetzt genötigt sähe, den Baron zu bitten, daß er sich erst bei mir entschuldige, in der allermildesten Form – daß er zum Beispiel sage, er hätte gar nicht die Absicht gehabt, mich zu beleidigen. Habe der Baron das ausgesprochen, dann hätte ich freie Hand und wolle ihn aufrichtig und von Herzen meinerseits um Verzeihung bitten. »Mit einem Wort«, schloß ich, »ich will nur, daß der Baron mir die Freiheit meines Handelns zurückgibt.«

»Fi donc, welche Pedanterie, welche Finessen! Und wozu wollen Sie sich entschuldigen? Gestehen Sie doch ein, Monsieur ... Monsieur ... daß Sie das alles nur tun wollen, um den General zu ärgern ... Vielleicht haben Sie auch irgendwelche besondere Absichten ... mon cher monsieur, pardon ... j'ai oublié votre nom ... monsieur Alexis? ... n'est ce pas?«

»Erlauben Sie, mon cher marquis, was geht Sie das an?«

»Mais le général ...«

»Und was liegt dem General daran? Er sagte gestern, daß er sich besonders verhalten müsse ... und war so aufgeregt ... ich habe das nicht verstanden.«

»Hier, gerade hier liegt eben ein besonderer Umstand vor«, fiel de Grieux in bittendem Ton ein, aus dem der Verdruß immer deutlicher hervorklang, »Sie kennen doch Mlle. de Cominges?«

»Das heißt Mlle. Blanche?«

»Nun ja, Mlle. Blanche de Cominges ... et madame sa mère ... Sie müssen doch zugeben, der General ... mit einem Wort – der General ist verliebt und sogar ... vielleicht kommt es hier sogar zu einer Heirat. Nun stellen Sie sich dazu alle diese Skandale und Geschichten vor ...«

»Ich sehe hier weder Skandale noch Geschichten, die etwas mit der Heirat zu tun haben.«

»Aber le baron est si irascible, un caractère prussien, vous savez, enfin il fera une querelle d'Allemand.«

»Nun, dann doch mit mir, aber nicht mit Ihnen, da ich schon nicht mehr zum Haus gehöre ...« Ich bemühte mich, so schwer von Begriff zu sein wie nur möglich. »Gestatten Sie mir die Fragen – es ist also beschlossene Sache, daß Mlle. Blanche den General heiratet? Worauf wartet man denn noch? Ich will sagen, weshalb verbirgt man das sogar vor uns, vor den Hausgenossen?«

»Das kann ich Ihnen nicht sagen ... es ist übrigens noch nicht ganz ... und dann ... Sie wissen, man erwartet eine Nachricht aus Rußland; der General muß seine Verhältnisse in Ordnung bringen ...«

»Ah, ah! la baboulenka!«

De Grieux sah mich haßerfüllt an.

»Mit einem Wort«, unterbrach er mich, »ich verlasse mich ganz auf Ihre angeborene Liebenswürdigkeit, auf Ihren Verstand, Ihren Takt ... Sie werden das natürlich für diese Familie tun, in der man Sie wie einen Verwandten aufgenommen, wo man Sie geliebt, geachtet hat ...«

»Aber ich bitte Sie, man hat mich fortgejagt! Sie haben mir soeben versichert, daß das nur zum Schein geschehen ist; aber Sie werden zugeben müssen, daß, wenn man Ihnen sagt: ‚Ich möchte dich natürlich nicht an den Ohren ziehen, aber erlaube, daß ich es zum Schein tue' ... daß das doch beinahe dasselbe ist!«

»Wenn es so steht, wenn Sie keinerlei Bitten zugänglich sind«, begann er streng und hochmütig, »so gestatten Sie mir Sie zu versichern, daß man Maßnahmen ergreifen wird. Es gibt hier eine Obrigkeit, man wird Sie noch heute ausweisen – que diable! Un blancbec comme vous will eine Persönlichkeit wie den Baron fordern! Sie denken, man wird Sie unbehelligt lassen? Glauben Sie mir, niemand fürchtet Sie hier. Wenn ich Sie gebeten habe, so geschah das mehr von mir aus, weil Sie den General beunruhigen. Und glauben Sie denn wirklich und wahrhaftig nicht, daß der Baron Sie einfach durch seinen Diener wird hinauswerfen lassen?«

»Ich werde ja gar nicht selber hingehen«, entgegnete ich mit außerordentlicher Ruhe, »Sie irren sich, Mr. de Grieux. Das alles wird sich viel anständiger abwickeln, als Sie glauben. Ich gehe jetzt gleich zu Mister Astley und bitte ihn, mein Vermittler, mit einem Wort, mein second zu sein. Dieser Mann hat mich gern und wird es mir sicherlich nicht abschlagen. Wenn ich selber un outchitel bin und gewissermaßen subaltern erscheine, schließlich auch ohne Schutz dastehe, so ist Mister Astley doch der Neffe eines Lords, eines wirklichen Lords, das wissen alle, des Lords Peabrook, und dieser Lord ist hier. Sie können mir glauben, daß der Baron höflich gegen Mister Astley sein und ihn anhören wird. Sollte er ihm kein Gehör schenken, so wird Mister Astley das als persönliche Beleidigung auffassen – Sie wissen, wie beharrlich die Engländer sind – und wird dem Baron seine Freunde schicken, und er hat gute Freunde. Ermessen Sie nun, daß die Sache vielleicht doch nicht so ausgehen wird, wie Sie denken.«

Dem Franzosen wurde ordentlich bange; alles das schien der Wahrheit sehr nahe zu kommen; es stellte sich also heraus, daß ich tatsächlich die Macht besaß, einen Skandal hervorzurufen.

»Ich bitte Sie aber«, begann er in flehendem Ton, »lassen Sie das alles! Es scheint Ihnen einfach Freude zu machen, daß Sie einen Skandal entfesseln können. Sie wollen keine Genugtuung, sondern den Skandal. Ich habe bereits gesagt, daß alles sehr amüsant, sogar geistreich ist – das ist vielleicht auch Ihr einziger Zweck, aber mit einem Wort«, schloß er, als er sah, daß ich aufstand und nach meinem Hut griff, »ich bin gekommen, um Ihnen diese zwei Zeilen von einer Dame zu übergeben – lesen Sie sie; ich bin beauftragt, auf Antwort zu warten.«

Bei diesen Worten entnahm er seiner Tasche ein kleines zusammengefaltetes und mit einer Oblate verschlossenes Zettelchen und überreichte es mir. Da stand von Paulinas Hand geschrieben:

»Es scheint mir, daß Sie gesonnen sind, diesen Zwischenfall in die Länge zu ziehen. Sie sind verärgert und fangen an, dumme Streiche zu machen. Hier liegen aber besondere Umstände vor, die ich Ihnen vielleicht später erklären werde; hören Sie also bitte jetzt auf, und beruhigen Sie sich. Was sind das alles für Dummheiten! Ich habe Sie nötig, und Sie versprachen mir selber, zu gehorchen. Denken Sie an den Schlangenberg. Ich bitte Sie, gehorsam zu sein, und wenn es nicht anders geht, befehle ich es Ihnen. Ihre Paulina. P. S. Wenn Sie mir wegen gestern zürnen, so verzeihen Sie mir.«

Alles schien sich vor meinen Augen zu drehen, als ich diese Zeilen las. Meine Lippen wurden weiß, und ich begann zu zittern. Der verfluchte Franzose schaute mit gemachter Bescheidenheit drein und wandte seine Augen von mir ab, gleichsam um meine Verwirrung nicht zu sehen. Er hätte lieber über mich lachen sollen.
»Gut«, antwortete ich, »sagen Sie Mlle. Pauline, sie könne ruhig sein. Nun aber gestatten Sie mir eine Frage«, fügte ich scharf hinzu, »warum haben Sie mir diesen Zettel so lange vorenthalten? Statt dummes Zeug zu schwatzen, hätten Sie, wie mir scheint, damit beginnen müssen ... wenn Sie wirklich mit diesem Auftrag gekommen sind.«
»Oh, ich wollte ... überhaupt ist das alles so seltsam, daß Sie meine natürliche Ungeduld entschuldigen müssen. Ich wollte schneller von Ihnen selber erfahren, was Sie beabsichtigen. Übrigens weiß ich nicht, was in dem Briefchen steht, und dachte, daß es mit der Übergabe Zeit hätte.«
»Ich verstehe, man hat Ihnen ganz einfach befohlen, den Zettel erst im äußersten Fall abzugeben und ihn zu behalten, falls Sie die Sache mündlich regeln könnten. Nicht wahr, so ist es? Sprechen Sie offen, Mr. de Grieux.«
»Peut-être«, sagte er mit besonderer Zurückhaltung und musterte mich mit einem seltsamen Blick.

Ich nahm meinen Hut; er nickte mir mit dem Kopf zu und ging hinaus. Ich glaubte ein spöttisches Lächeln auf seinen Lippen zu bemerken. Und wie konnte es auch anders sein?

»Mit dir werde ich schon noch abrechnen, Französlein, wir messen uns noch!« murmelte ich, die Treppe hinabsteigend. Ich konnte noch nichts begreifen, mir war, als hätte ich einen Schlag vor den Kopf erhalten. Die frische Luft brachte mich etwas zu mir selber.

Kaum begann nach zwei Minuten mein Geist wieder zu arbeiten, so standen zwei Gedanken in aller Deutlichkeit vor mir: der erste – wie konnte aus solchen Lappalien, aus einigen gestern hingeworfenen unreifen, unwahrscheinlichen Drohungen eines Gelbschnabels eine so allgemeine Erregung entstehen? Und der zweite Gedanke: Welchen Einfluß hat denn dieser Franzose auf Paulina? Ein Wort von ihm – und sie macht alles, was er will, schreibt ein Zettelchen und bittet mich sogar. Freilich waren mir ihre Beziehungen zueinander von Anfang an rätselhaft gewesen, schon als ich sie kennenlernte, und in diesen letzten Tagen hatte ich bemerkt, daß sie einen entschiedenen Widerwillen, sogar Verachtung für ihn empfand; er aber sah sie kaum an und war mitunter geradezu unhöflich gegen sie. Das habe ich wohl bemerkt. Paulina hat mir selber von ihrem Abscheu gesprochen – es sind ihr doch schon außerordentlich wichtige Bekenntnisse entschlüpft ... also hat er Gewalt über sie, sie ist irgendwie in seiner Macht ...

Achtes Kapitel

Auf der Promenade, wie sie das hier nennen, das heißt in der Kastanienallee, begegnete ich meinem Engländer.

»Oh, oh«, begann er, als er mich erblickte, »ich komme zu Ihnen und Sie zu mir. So haben Sie sich schon von den Ihren getrennt?«

»Sagen Sie mir doch zu allererst, woher wissen Sie das schon?« fragte ich erstaunt. »Ist es denn möglich, daß das allen bekannt ist?«

»O nein, alle wissen es nicht; sie brauchen es auch nicht alle zu erfahren. Niemand spricht davon.«

»Woher wissen Sie es denn?«

»Ich weiß es, das heißt ich hatte Gelegenheit, es zu erfahren. Wohin werden Sie von hier aus gehen? Ich habe Sie gern und bin daher zu Ihnen gekommen.«

»Sie sind ein prächtiger Mensch, Mister Astley«, sagte ich.

Übrigens war ich in hohem Grad verblüfft: Woher wußte er alles? »Und da ich noch nicht Kaffee getrunken und Sie vielleicht auch nicht genügend gefrühstückt haben, so kommen Sie mit ins Kurhaus ins Café; dort wollen wir uns hinsetzen, eine Zigarette anstecken, und ich erzähle Ihnen alles; nachher erzählen Sie mir auch ...«

Das Café war ungefähr hundert Schritte entfernt. Wir nahmen Platz, man brachte uns den Kaffee, ich zündete mir eine Zigarette an; Mister Astley rauchte nicht; er sah mich unverwandt an, bereit zuzuhören.

»Ich reise nirgendshin, ich bleibe hier«, begann ich.

»Ich war überzeugt, daß Sie bleiben«, sagte Mister Astley zustimmend.

Als ich mich zu Mister Astley begab, hatte ich keineswegs die Absicht gehabt, ihm etwas von meiner Liebe zu Paulina zu erzählen, im Gegenteil. In allen diesen Tagen hatte ich mit ihm kein einziges Wort darüber gesprochen. Zudem war er sehr schüchtern. Ich hatte gleich beim erstenmal bemerkt, daß Paulina einen außerordentlichen Eindruck auf ihn gemacht hatte, aber er erwähnte ihren Namen nie. Doch seltsam, jetzt plötzlich, als er mir gegenüber Platz genommen hatte und mich so unverwandt mit seinem bleiernen Blick ansah, wurde in mir, ich weiß nicht weshalb, das Verlangen rege, ihm alles zu erzählen, das heißt meine ganze Liebe mit allen ihren Wandlungen. Ich redete eine halbe Stunde lang, und das war mir ungemein angenehm; zum erstenmal sprach ich davon. Als ich jedoch merkte, daß er an manchen, besonders leidenschaftlichen Stellen verlegen wurde, erzählte ich absichtlich noch leidenschaftlicher. Eines nur bereue ich: ich redete vielleicht etwas zuviel über den Franzosen.

Mister Astley hörte zu, ohne sich zu rühren, ohne ein Wort, ohne einen Ton von sich zu geben, er sah mir nur immer in die Augen; als ich aber anfing, von dem Franzosen zu sprechen, wies er mich plötzlich zurecht und fragte streng, ob ich das Recht hätte, diesen nebensächlichen Umstand zu erwähnen? Mister Astley stellte immer sehr sonderbare Fragen.

»Sie haben recht; ich fürchte, nein«, erwiderte ich.

»Sie können über diesen Marquis und Miß Paulina nichts Bestimmtes aussagen, nur bloße Vermutungen?«

Ich wunderte mich wieder darüber, daß ein so schüchterner Mensch wie Mister Astley eine so kategorische Frage stellen konnte.

»Nein, nichts Bestimmtes«, antwortete ich, »natürlich nichts.«

»Wenn dem so ist, haben Sie sehr schlecht gehandelt, nicht nur weil Sie zu mir davon gesprochen haben, sondern auch, weil Sie dergleichen denken konnten.«

»Schon gut! Ich sehe es ein, doch darauf kommt es jetzt nicht an«, unterbrach ich ihn, mich im stillen wundernd. Dann erzählte ich ihm den ganzen gestrigen Vorfall mit allen Einzelheiten, Paulinas Herausforderung, mein Abenteuer mit dem Baron, meine Entlassung, die ungewöhnliche Furcht des Generals, und schließlich schilderte ich ihm den heutigen Besuch de Grieux' bis aufs kleinste. Zum Schluß zeigte ich ihm das Zettelchen.

»Was schließen Sie aus alledem?« fragte ich. »Ich bin hauptsächlich gekommen, um Ihre Meinung zu hören. Was mich anbelangt, so hätte ich dieses Französlein töten können, und vielleicht tue ich es noch.«

»Ich auch«, sagte Mister Astley. »Was aber Miß Paulina anbetrifft, so ... Sie wissen, daß wir auch mit Menschen, die uns verhaßt sind, in Verbindung treten, wenn die Notwendigkeit es erheischt. Hier können Zusammenhänge sein, die Sie nicht kennen und die von Nebenumständen abhängen. Ich glaube, Sie können sich beruhigen – zum Teil, versteht sich. Was nun Miß Paulinas gestrige Handlungsweise anbelangt, so ist sie gewiß seltsam – nicht, weil sie Sie loswerden wollte und Sie unter den Knüppel des Barons schickte – den dieser unbegreiflicherweise nicht gebrauchte, obwohl er ihn in der Hand hielt, sondern weil eine solche Handlungsweise einer so ... so ausgezeichneten Dame nicht ansteht. Selbstverständlich konnte sie nicht vorausahnen, daß Sie ihren lächerlichen Wunsch buchstäblich erfüllen würden ...«

»Wissen Sie, was?« rief ich plötzlich und sah Mister Astley scharf an. »Ich glaube zu wissen, von wem Sie alles schon gehört haben – von Fräulein Paulina selber!«

Mister Astley sah mich erstaunt an.

»Ihre Augen blitzen, und ich lese einen Verdacht darin«, sagte er, seine frühere Ruhe sofort zurückgewinnend, »Sie haben aber nicht das geringste Recht, Ihren Verdacht zu äußern. Ich kann dieses Recht nicht anerkennen und verweigere Ihnen entschieden eine Antwort auf Ihre Frage.«

»Nun, gut! Es ist auch nicht nötig«, rief ich, ganz seltsam bewegt; ich verstand nicht, warum mir dieser Gedanke plötzlich durch den Kopf geschossen war. Wann, wo und auf welche Weise hätte Paulina Mister Astley zu ihrem Vertrauten machen können? In der letzten Zeit hatte ich übrigens Mister Astley teilweise aus den Augen gelassen, Paulina aber war mir immer rätselhaft gewesen, so rätselhaft, daß ich zum Beispiel jetzt, während ich die Geschichte meiner Liebe erzählte, plötzlich selber ganz bestürzt darüber war, daß ich über meine Beziehungen zu ihr eigentlich nichts Bestimmtes und Positives sagen konnte. Im Gegenteil, alles war phantastisch, seltsam, unbegründet, und sogar ganz unglaubhaft.

»Nun ja, ich bin außer Fasung und kann auch jetzt vieles noch nicht begreifen«, antwortete ich fast atemlos. »Übrigens sind Sie ein guter Mensch. Nun ist da noch eine andere Sache, und ich bitte nicht um Ihren Rat, sondern um Ihre Meinung.«

Nach kurzem Schweigen begann ich:

»Was meinen Sie, warum hat der General solche Angst bekommen? Warum haben sie alle meine Flegelei zu solch einer Affäre aufgebauscht? So weit, daß sogar de Grieux es für nötig gehalten hat, sich einzumischen, und er tut das nur in den allerwichtigsten Fällen, daß er mich besucht hat, seht einmal an! daß er mich gebeten, angefleht hat – er, de Grieux, mich! Und dann, bedenken Sie, er kam um neun Uhr, noch vor neun, und das Briefchen von Fräulein Paulina war bereits in seinen Händen. Es fragt sich nun, wann ist es geschrieben worden? Vielleicht mußte Fräulein Paulina zu diesem Zweck geweckt werden! Daraus ersehe ich nicht nur, daß Fräulein Paulina seine Sklavin ist, da sie mich sogar um Verzeihung bittet, sondern auch noch – ja, was liegt ihr denn an alledem, ihr persönlich? Weshalb interessiert sie sich dafür? Weshalb hat der Baron ihnen solche Angst eingejagt? Und was hat das damit zu tun, daß der General Mlle. Blanche heiraten will? Sie sagen, daß sie sich infolge dieses Umstandes irgendwie *besonders* verhalten müssen – das ist aber doch schon allzu besonders. Das müssen Sie selber zugeben! Wie denken Sie darüber? Ich sehe es Ihren Augen an, daß Sie auch darüber mehr wissen als ich.«

Mister Astley lächelte und nickte mit dem Kopf.

»Ich glaube tatsächlich, auch darüber viel besser unterrichtet zu sein als Sie«, sagte er. »Hier handelt es sich einzig und allein um Mlle. Blanche, und ich bin überzeugt, daß das die volle Wahrheit ist.«

»Nun, was ist mit Mlle. Blanche?« rief ich ungeduldig. In mir erwachte plötzlich die Hoffnung, daß ich jetzt etwas über Paulina erfahren würde.

»Ich glaube, daß Mlle. Blanche augenblicklich ein besonderes Interesse daran hat, eine Begegnung mit dem Baron und der Baronin in jedem Fall zu vermeiden, um so mehr, als eine solche Begegnung nicht nur Unannehmlichkeiten, sondern – schlimmer als das – einen Skandal hervorrufen könnte.«

»Was Sie sagen!«

»Mlle. Blanche war bereits vor drei Jahren während der Saison hier in Roulettenburg. Und ich war auch da. Mlle. Blanche hieß damals nicht Mlle. de Cominges, ebenso wie auch ihre Mutter, Madame veuve Cominges, damals nicht existierte. Wenigstens wußte kein Mensch etwas von ihr. De Grieux – de Grieux war auch nicht da. Ich bin fest davon durchdrungen, daß sie nicht nur in keinem verwandtschaftlichen Verhältnis zueinander stehen, sondern sich erst seit ganz kurzer Zeit kennen. Auch ist de Grieux erst seit kurzem Marquis geworden. Ein besonderer Umstand hat mich davon überzeugt. Man darf sogar annehmen, daß er sich auch den Namen de Grieux erst vor kurzer Zeit zugelegt hat. Ich kenne hier einen Mann, der ihm unter einem andern Namen begegnet ist.«

»Er besitzt aber in der Tat einen sehr soliden Bekanntenkreis.«

»Oh, das ist möglich. Den kann sogar Mlle. Blanche besitzen. Aber vor drei Jahren erhielt Mlle. Blanche, auf eine Klage dieser selben Baronin hin, von der hiesigen Polizei die Aufforderung, die Stadt zu verlassen – und sie verließ sie.«

»Wie denn das?«

»Sie war damals hier aufgetaucht – erst mit einem Italiener, irgendeinem Fürsten mit historischem Namen, ich glaube Barberini oder so etwas Ähnliches. Ein Mann, ganz mit Ringen und Brillanten besät, und sogar mit echten. Sie hatten einen wundervollen Wagen. Mlle. Blanche spielte Trente-et-quarante, zuerst mit Erfolg, doch dann wurde das Glück ihr untreu. So ist es mir wenigstens in Erinnerung. Ich entsinne mich eines Abends, an dem sie eine außerordentlich hohe Summe verloren hatte. Aber das schlimmste war, daß un beau matin ihr Fürst plötzlich verschwunden war, unbekannt wohin; auch Pferde und Wagen waren verschwunden, mit einem Wort – alles. Die Schuld im Hotel war immens. Mlle.

Selma – aus einer Barberini verwandelte sie sich plötzlich in eine Mlle. Selma – war im letzten Stadium der Verzweiflung. Sie heulte und kreischte durch das ganze Hotel und riß in ihrer Raserei ihre Kleider entzwei. Im Hotel wohnte damals ein polnischer Graf – alle reisenden Polen sind ja Grafen –, und Mlle. Selma, die ihre Kleider zerriß und ihr Gesicht wie eine Katze mit ihren herrlichen, in Parfum gebadeten Händen zerkratzte, hatte einigen Eindruck auf ihn gemacht. Sie hatten eine Unterredung, und beim Diner war sie bereits getröstet. Abends erschien er Arm in Arm mit ihr im Kursaal. Mlle. Selma lachte ihrer Gewohnheit gemäß sehr laut und bekundete in ihren Manieren etwas viel Ungezwungenheit. Sie schloß sich sofort der Kategorie jener spielenden Damen an, die, wenn sie an den Tisch herantreten, die Spieler gewaltsam mit ihrer Schulter zurückdrängen, um sich Platz zu machen. Das ist ein besonderer Chic an diesen Damen. Sie haben das natürlich auch bemerkt?«

»O ja.«

»Es lohnt nicht, sich darum zu kümmern. Zum Ärger des anständigen Publikums sind sie hier sehr seßhaft, wenigstens diejenigen von ihnen, die täglich am Tisch Tausendfranknoten wechseln. Übrigens bittet man sie sofort, sich zu entfernen, sobald sie aufhören, Banknoten zu wechseln. Mlle. Selma wechselte noch immer, hatte im Spiel aber immer wenig Glück. Merken Sie sich, daß diese Damen überaus häufig sehr glücklich spielen; sie besitzen eine bewundernswerte Selbstbeherrschung. Übrigens ist meine Geschichte zu Ende. Eines schönen Tages war der Graf ebenso verschwunden wie der Fürst; diesmal war keiner da, der ihr den Arm gereicht hätte. In zwei Tagen hatte sie alles verspielt. Als sie den letzten Louisdor gesetzt und verloren hatte, schaute sie im Kreis umher und erblickte neben sich den Baron Würmerhelm, der sie sehr aufmerksam und sehr mißbilligend musterte. Mlle. Selma übersah jedoch diese Mißbilligung, sie wandte sich mit dem üblichen Lächeln an den Baron und bat ihn, für sie zehn Louisdor auf Rot zu setzen. Infolgedessen erhielt sie auf die Klage der Baronin hin am Abend die Aufforderung, sich nicht mehr im Kursaal zu zeigen. Sie wundern sich vielleicht, daß mir alle diese kleinen, durchaus unschicklichen Einzelheiten bekannt sind; das kommt daher, daß ich sie von Mister Feader, einem meiner Verwandten, gehört habe, der Mlle. Blanche an diesem selben Abend in seinem Wagen aus

Roulettenburg nach Spaa brachte. Und nun werden Sie verstehen! Mlle. Blanche will Generalin werden, wahrscheinlich um in Zukunft keine derartigen Aufforderungen seitens der Kursaalpolizei zu erhalten wie vor drei Jahren. Jetzt spielt sie nicht mehr, und zwar deshalb, weil sie allen Anzeichen nach ein Kapital besitzt, das sie den hiesigen Spielern gegen Prozente leiht. Das ist viel vorteilhafter. Ich hege sogar den Verdacht, daß ihr auch der unglückliche General Geld schuldet. Vielleicht auch de Grieux. Vielleicht ist de Grieux aber auch ihr Teilhaber. Sie werden begreifen, daß ihr daran liegt, wenigstens bis zur Hochzeit die Aufmerksamkeit des Barons und der Baronin in keiner Weise auf sich zu lenken, mit einem Wort: in ihrer jetzigen Lage käme ihr ein Skandal sehr ungelegen. Sie aber sind dem Haus des Generals verbunden, und Ihre Handlungen konnten einen Skandal hervorrufen, um so mehr, da Mlle. Blanche sich doch tagtäglich dem Publikum Arm in Arm mit dem General oder mit Fräulein Paulina zeigt. Begreifen Sie nun?«

»Nein, ich begreife nicht«, rief ich, mit aller Kraft auf den Tisch hauend, so daß der Kellner erschrocken herbeieilte.

»Sagen Sie doch, Mister Astley«, wiederholte ich voller Wut, »wenn Ihnen diese Geschichte bekannt war und Sie infolgedessen Mlle. Blanche de Cominges durch und durch kannten – wie kommt es, daß Sie nicht wenigstens mich warnten oder den General, vor allen Dingen aber Fräulein Paulina, die sich hier im Kursaal und vor dem Publikum Arm in Arm mit Mlle. Blanche gezeigt hat? Ist so etwas möglich?«

»Ich hatte keine Veranlassung, Sie zu warnen, da Sie nichts tun konnten«, erwiderte Mister Astley ruhig, »und im übrigen – wovor hätte ich warnen sollen? Der General weiß vielleicht mehr von Mlle. Blanche als ich selber und zeigt sich trotzdem mit ihr und Miß Paulina auf der Promenade. Der General ist ein unglücklicher Mensch. Ich sah gestern Mlle. Blanche auf einem herrlichen Pferd reiten, begleitet von Mr. de Grieux und jenem kleinen russischen Fürsten; der General folgte ihnen auf einem Fuchs. Am Morgen hatte er gesagt, daß er Schmerzen in den Beinen habe, seine Haltung war aber tadellos. Und in diesem Augenblick kam mir plötzlich der Gedanke, daß er ein verlorener Mensch sei. Doch mich geht dies alles schließlich nichts an, und ich habe erst seit kurzem die Ehre, Miß Paulina zu kennen. Übrigens« – Mister

Astley besann sich plötzlich – »habe ich Ihnen schon gesagt, daß ich Ihr Recht auf gewisse Fragen nicht anerkennen kann, obwohl ich Sie aufrichtig liebe!«

»Genug«, sagte ich aufstehend. »Jetzt ist es mir klar wie der Tag, daß auch Fräulein Paulina über Mlle. Blanche völlig unterrichtet ist, daß sie sich aber nicht von ihrem Franzosen trennen kann und sich daher entschließt, mit Mlle. Blanche spazierenzugehen. Glauben Sie mir, keinerlei andere Einflüsse könnten sie dazu zwingen, sich mit Mlle. Blanche zu zeigen und mich in einem Briefchen anzuflehen, den Baron unbehelligt zu lassen. Das muß dieser Einfluß sein, vor dem sich alles beugt. Dabei hat mich doch Paulina auf den Baron gehetzt! Hol's der Teufel, man wird nicht klug daraus.«

»Sie vergessen erstens, daß Mlle. Blanche die Braut des Generals ist, zweitens, daß Miß Paulina einen kleinen Bruder und eine kleine Schwester hat, die leiblichen Kinder des Generals, die dieser wahnsinnige Mann schon ganz verlassen und anscheinend auch beraubt hat.«

»Ja, ja! So ist es! Von den Kindern fortgehen – hieße sie ganz ihrem Schicksal überlassen, bleiben – heißt ihre Interessen wahren, vielleicht auch noch ein paar Trümmer des Vermögens retten. Ja, ja – das ist alles wahr! Und dennoch, dennoch! Oh, ich begreife, warum sie sich jetzt alle so für die Baboulenka interessieren.«

»Für wen?« fragte Mister Astley.

»Für diese alte Hexe in Moskau, die nicht stirbt und deren Ableben sie alle erwarten.«

»Nun ja, natürlich steht sie im Mittelpunkt des Interesses. Alles hängt von der Erbschaft ab. Ist diese da, wird der General heiraten; Miß Paulina bekommt auch freie Hand, und Mr. de Grieux...«

»Nun, und Mr. de Grieux?«

»De Grieux erhält sein Geld; darauf wartet er hier ja.«

»Nur darauf! Sie denken, daß er nur darauf wartet?«

»Ich weiß nichts mehr.« Mister Astley schwieg hartnäckig.

»Aber ich weiß, ich weiß!« rief ich wütend. »Auch er wartet auf die Erbschaft, weil Paulina dann eine Mitgift erhalten und sich, sobald sie das Geld hat, ihm an den Hals werfen wird. Alle Frauen sind so! Und die allerstolzesten werden die niedrigsten Sklavinnen. Paulina ist nur fähig, leidenschaftlich zu lieben, sonst nichts. Das ist meine Meinung über sie. Sehen Sie sie doch an, wenn sie allein und in Gedanken dasitzt: wie eine vom Schicksal Geschlagene, Verurteilte, Verdammte sieht sie aus. Sie ist aller Schrecknisse des Lebens und der Leidenschaft fähig ... sie ... sie ... doch wer ruft mich da?« sagte ich plötzlich. »Wer schreit da? Ich hörte, daß jemand auf russisch ,Alexej Iwanowitsch!' rief. Eine weibliche Stimme, hören Sie doch, hören Sie!«

Wir näherten uns in diesem Augenblick unserem Hotel. Das Café hatten wir längst, fast ohne es zu merken, verlassen.

»Ich hörte eine weibliche Stimme, weiß aber nicht, wen sie rief. Die Worte waren russisch; nun sehe ich, woher die Rufe kommen«, sagte Mister Astley, »es ist jene Frau dort, die in dem großen Lehnsuhl sitzt und eben von so vielen Dienern ins Hotel getragen wird. Hinterdrein schleppt man Koffer, also ist der Zug soeben eingetroffen.«

»Aber weshalb ruft sie mich? Da schreit sie wieder; sehen Sie, sie winkt uns.«

»Ich sehe, daß sie winkt«, sagte Mister Astley.

»Alexej Iwanowitsch! Alexej Iwanowitsch! O Gott, ist das ein Tölpel«, tönte es verzweifelt vom Hoteleingang herüber. Wir liefen beinahe zum Hotel. Ich trat über die Schwelle und ... die Arme sanken mir vor Verblüffung herab, meine Füße waren gleichsam an das Pflaster angewachsen.

Neuntes Kapitel

Auf dem obersten Absatz des breiten Treppenaufganges zum Hotel, umgeben von Dienern, Dienerinnen und dem zahlreichen unterwürfigen Hotelpersonal mit dem Oberkellner an der Spitze, der in höchsteigener Person herbeigeeilt war zur Begrüßung des mit soviel Lärm und Geschrei, mit eigener Dienerschaft und mit unzähligen Koffern und Truhen eingetroffenen Gastes, thronte im Sessel, in dem man sie hinaufgetragen hatte – die Großtante! Ja, das war sie selber, die gestrenge und reiche fünfundsiebzigjährige Antonida Wasiljewna Tarasewitschewa, Gutsbesitzerin und Moskauer vornehme Dame, la Baboulenka, derentwegen Telegramme gekommen und abgegangen waren, die im Sterben gelegen hatte und doch nicht gestorben, dafür aber nun plötzlich selber, in eigener Person, bei uns erschienen war wie der Schnee über Nacht. Sie war erschienen, obgleich sie ihrer gelähmten Füße wegen wie stets in den letzten fünf Jahren im Rollstuhl gefahren und getragen werden mußte, aber sonst wie immer – lebhaft, hitzig, selbstzufrieden, aufrecht dasitzend, laut und befehlshaberisch schreiend, mit allen zankend – auf ein Haar so, wie ich die Ehre gehabt hatte, sie zweimal zu sehen, seit ich als Lehrer in das Haus des Generals gekommen war. Es ist begreiflich, daß ich starr vor Staunen vor ihr stand. Sie aber hatte mich auf hundert Schritt mit ihren Luchsaugen erspäht, während man sie im Sessel die Treppe hinauftrug, hatte mich erkannt und mit meinem Namen und Vatersnamen angerufen; ihrer Gewohnheit gemäß merkte sie sich dergleichen ein für allemal. Und die da hat man in Gedanken schon eingesargt, zu Grabe getragen und ihre Erbschaft antreten wollen, schoß es mir durch den Sinn. Sie wird uns noch alle und das ganze Hotel überleben! Aber mein Gott, was wird jetzt mit der Familie, was wird mit dem General werden? Sie stellt das ganze Hotel auf den Kopf!

»Nun, was stehst du denn da, mein Bester, und reißt die Augen auf?« schrie die Großtante mich an. »Du hast wohl verlernt, dich zu verneigen und zu grüßen? Oder bist hochmütig geworden und willst nicht? Oder hast mich vielleicht nicht erkannt? Hörst du, Potapytsch«, wandte sie sich an einen grauhaarigen Alten in Frack und weißer Halsbinde, mit rosenroter Glatze, ihren Haushofmeister, der sie auf der Reise begleitete, »hörst du, er erkennt mich nicht! Sie haben mich begraben. Haben ein Telegramm nach dem anderen geschickt: Ist sie tot, oder ist sie nicht tot? Ich weiß alles! Aber ich bin, wie du siehst, sehr lebendig.«

»Ich bitte Sie, Antonida Wasiljewna, warum sollte ich Ihnen etwas Schlechtes wünschen?« sagte ich fröhlich, nachdem ich zu mir gekommen war. »Ich war nur erstaunt ... und wie soll man auch nicht staunen, so unerwartet ...«

»Was hast du da zu staunen? Ich bin eingestiegen und losgefahren. Im Eisenbahnwagen ist es bequem, man wird nicht gestoßen. Du bist wohl spazierengegangen?«

»Ja, ich war im Kursaal.«

»Hier ist es schön«, sagte die Großtante, um sich blickend. »Warme Luft und prächtige Bäume. Das liebe ich. Sind die Unseren zu Hause? Der General?«

»O ja, um diese Zeit sind sicher alle zu Hause.«

»Sie haben hier auch ihre Empfangsstunden und all den Zeremonienkram! Geben den Ton an. Ich höre, daß sie sich Wagen und Pferde halten, die seigneurs russes. Haben alles durchgebracht und dann – fort ins Ausland. Ist Praskowja bei ihnen?«

»Paulina Alexandrowna ist auch hier.«

»Und das Französlein? Nun, ich werde sie mir schon alle ansehen. Alexej Iwanowitsch, zeig mir den Weg direkt zu ihnen. Hast du es denn gut hier?«

»Leidlich, Antonida Wasiljewna.«

»Und du, Potapytsch, sag diesem Tölpel, dem Kellner, daß man mir eine bequeme Wohnung anweist, eine gute Wohnung und nicht hoch; schafft dann gleich die Sachen dorthin. Was drängen sie sich alle heran, um mich zu tragen? Warum sind sie so zudringlich? Sklavenseelen! Wer ist da bei dir?« wandte sie sich wieder an mich.

»Das ist Mister Astley«, antwortete ich.

»Was ist das für ein Mister Astley?«

»Ein Reisender, mein guter Bekannter; er ist auch mit dem General bekannt.«

»Ein Engländer. Darum starrt er mich auch so an und bringt die Zähne nicht auseinander? Übrigens mag ich die Engländer. Nun tragt mich hinauf, geradewegs in ihre Wohnung, wo sind sie denn?«

Man trug die Großtante hinauf; ich schritt auf der breiten Hoteltreppe voran. Unser Zug war sehr effektvoll. Alle, die uns in den Weg kamen, blieben stehen und machten große Augen. Unser Hotel gilt als das beste, teuerste und vornehmste im ganzen Kurort. Auf der Treppe und in den Gängen begegnet man immer eleganten Damen und vornehmen Engländern. Viele erkundigten sich unten beim Oberkellner, der selber ganz bestürzt war. Natürlich antwortete er allen, die ihn fragten, daß das eine vornehme Ausländerin sei, une russe, une comtesse, une grande dame, und daß sie dasselbe Appartement beziehen werde, welches la grande duchesse de N. vor einer Woche innegehabt habe. Die gebieterische und majestätische Erscheinung der Großtante, die im Sessel hinaufgetragen wurde, bewirkte den Effekt. Sobald uns eine neue Person entgegenkam, maß die Alte sie mit neugierigem Blick und fragte mich laut über alle aus. Die Großtante entstammte einer kraftvollen Rasse. Obwohl sie sich nicht von ihrem Sessel erheben konnte, ahnte man bei ihrem Anblick, daß sie außerordentlich groß von Gestalt war. Ihr Rücken war gerade wie ein Brett und stützte sich nicht gegen die Lehne des Sessels. Den großen grauen Kopf mit den scharfen Zügen trug sie hoch erhoben; ihr Blick war hochmütig und herausfordernd; und man sah, daß Blick und Gesten durchaus ihrer Natur entsprachen. Ungeachtet ihrer fünfundsiebzig Jahre war ihr Gesicht noch ziemlich frisch, die Zähne hatten nicht allzusehr gelitten. Sie trug ein schwarzes Seidenkleid und ein weißes Häubchen.

»Sie interessiert mich ganz außerordentlich«, flüsterte Mister Astley mir zu, der neben mir die Treppe hinaufstieg.

Um die Telegramme weiß sie, dachte ich, de Grieux ist ihr auch bekannt, Mlle. Blanche anscheinend aber noch wenig. Ich teilte das sofort Mister Astley mit.

Man ist doch ein sündiger Mensch! Kaum war meine erste Verwunderung vorüber, empfand ich eine lebhafte Freude über den Donnerschlag, mit dem wir gleich den General treffen würden. Ich fühlte mich wie aufgestachelt und schritt äußerst fröhlich voran.

Die Familie wohnte im dritten Stockwerk; ich unterließ jegliche Meldung, klopfte nicht einmal an die Türe, sondern öffnete sie ganz einfach sperrangelweit, und die Großtante wurde im Triumph hineingetragen. Sie waren alle wie bestellt im Arbeitszimmer des Generals versammelt. Es war zwölf Uhr, anscheinend plante man einen gemeinsamen Ausflug, teils zu Wagen, teils zu Pferd. Es waren auch noch einige geladene Gäste zugegen. Außer dem General, Paulina mit den Kindern und der Kinderfrau befanden sich in dem Zimmer de Grieux, Mlle. Blanche, wiederum im Reitkleid, ihre Mutter, Mme. veuve Cominges, der kleine Fürst und irgendein reisender Gelehrter, ein Deutscher, den ich zum erstenmal hier sah. Der Rollstuhl mit der Großtante wurde mitten im Zimmer niedergesetzt, drei Schritte vom General. Mein Gott! ich werde diesen Eindruck nie vergessen! Bei unserem Eintritt erzählte der General gerade etwas, de Grieux widersprach ihm. Ich muß erwähnen, daß Mlle. Blanche und de Grieux nun schon seit zwei, drei Tagen dem kleinen Fürsten aus irgendwelchen Gründen sehr den Hof machten – à la barbe du pauvre général; die Gesellschaft war auf einen vielleicht nicht ganz echten, aber außerordentlich fröhlichen, treuherzig-familiären Ton gestimmt. Beim Anblick der Großtante erstarrte der General plötzlich zur Salzsäule und sperrte den Mund auf; das Wort blieb ihm in der Kehle stecken. Er sah sie mit weit aufgerissenen Augen an, wie gebannt durch den Blick eines Basilisken. Die Großtante sah ihn auch an, schweigend, unbeweglich – aber was war das für ein triumphierender, herausfordernder und spöttischer Blick! So maßen sie einander volle zehn Sekunden, unter dem tiefen Schweigen aller Anwesenden. De Grieux war erst ganz starr, doch alsbald nahm sein Gesicht den Ausdruck einer außerordentlichen Beunruhigung an. Mlle. Blanche zog die Augenbrauen in die Höhe, machte den Mund auf und musterte die Großtante mit wilden Blicken. Der Fürst und der Gelehrte betrachteten dieses ganze Bild mit völliger Verständnislosigkeit. Paulinas Mienen drückten Erstaunen und Bestürzung aus, doch plötzlich wurde sie weiß wie ein Tuch; im nächsten Augenblick schoß ihr das Blut ins Gesicht und färbte die Wangen. Ja, es war eine Katastrophe für alle! Ich hatte nichts weiter zu tun, als meine Blicke von der Großtante auf alle Anwesenden zu richten und umgekehrt. Mister Astley stand abseits, ruhig und gemessen wie immer.

»Nun, da bin ich also! Statt des Telegramms«, brach die Großtante endlich das Schweigen. »Ihr habt mich wohl nicht erwartet, was?«

»Antonida Wasiljewna ... Tantchen ... ja, auf welche Weise ...« murmelte der unglückliche General.

Hätte die Großtante noch einige Sekunden geschwiegen, wäre er vielleicht vom Schlag getroffen worden.

»Was heißt – auf welche Weise? Ich bin eingestiegen und hergefahren. Wozu ist denn die Eisenbahn da? Und ihr habt alle gedacht, ich wäre bereits abgekratzt und hätte euch die Erbschaft hinterlassen? Ich weiß ja, wie du von hier aus immer wieder telegraphiert hast. Da hast du ein schönes Geld ausgegeben, denke ich. Von hier aus ist's nicht billig. Und ich habe die Füße unter die Arme genommen und bin hergekommen. Das ist jener Franzose? Mr. de Grieux, glaube ich?«

»Oui, madame«, fiel de Grieux ein, »et croyez, je suis si enchanté ... votre santé ... C'est un miracle, vous voir ici ... une surprise charmante ...«

»Jawohl, charmante, ich kenne dich, du Hanswurst, ich glaube dir nicht so viel!« Und sie zeigte ihm ihren kleinen Finger. – »Wer ist diese hier?« fragte sie, auf Mlle. Blanche weisend. Die effektvolle Französin im Reitkleid, die Gerte in der Hand, setzte sie anscheinend in Erstaunen. »Ist's etwa eine Hiesige?«

»Das ist Mlle. Blanche de Cominges – und das ist ihre

Mama, Madame de Cominges; sie wohnen auch hier im Hotel«, berichtete ich.

»Ist die Tochter verheiratet?« fragte die Großtante ganz ungeniert.

»Mlle. de Cominges ist ledig«, antwortete ich möglichst ehrerbietig und mit Absicht nur halblaut.

»Ist sie lustig?«

Ich verstand die Frage nicht gleich.

»Ob's nicht langweilig mit ihr ist? Versteht sie Russisch? Hier, de Grieux hat's bei uns in Moskau so weit gebracht, daß er jedes fünfte oder zehnte Wort halbwegs versteht.«

Ich erklärte ihr, daß Mlle. de Cominges niemals in Rußland gewesen sei.

»Bonjour!« sagte die Großtante, sich plötzlich scharf an Mlle. Blanche wendend.

»Bonjour, madame«, erwiderte diese, zeremoniell und elegant knicksend. Ihr Gesichtsausdruck und ihre Haltung drückten unter dem Deckmantel einer außerordentlichen Bescheidenheit und Höflichkeit dennoch ihr tiefes Staunen über eine so seltsame Frage und Anrede aus.

»Oh, sie hat die Augen niedergeschlagen, sie schauspielert und ziert sich; man sieht gleich, was für ein Vogel sie ist. Irgendeine Komödiantin. Ich habe hier unten im Hotel Wohnung genommen«, wandte sie sich plötzlich an den General. »Ich werde deine Nachbarin sein; freust du dich oder nicht?«

»Oh, Tantchen, glauben Sie doch an das aufrichtige Gefühl ... meiner Freude«, versicherte der General. Er hatte sich schon ein wenig gefaßt, und da er bei Gelegenheit sehr geschickt, würdevoll und mit dem Anspruch auf einen gewissen Effekt reden konnte, fing er auch jetzt an, sich zu entfalten. »Wir waren so beunruhigt, so bestürzt über die Nachricht von Ihrer Krankheit ... wir bekamen solche hoffnungslosen Telegramme, und plötzlich ...«

»Nun, das lügst du, das lügst du«, unterbrach ihn die Großtante sofort.

»Aber wie«, fiel der General schnell mit erhobener Stimme ein, bemüht, dieses »du lügst« zu überhören, »wie haben Sie sich zu solch einer Reise entschlossen? Sie müssen doch selber zugeben, daß in Ihrem Alter und bei Ihrem Gesundheitszustand ... Jedenfalls kommt das alles so unerwartet, daß unser Erstaunen wohl begreiflich ist. Aber ich bin so froh ... und wir alle« – er fing an gerührt und entzückt zu lächeln – »werden uns mit allen Kräften bemühen, Ihnen den hiesigen Kuraufenthalt zum allerangenehmsten Zeitvertreib zu machen ...«

»Genug; das ist doch bloß leeres Geschwätz. Du nimmst deiner Gewohnheit gemäß den Mund zu voll. Ich weiß meine Zeit schon selber auszunützen. Übrigens sage ich mich von euch nicht los, ich vergelte nicht Böses mit Bösem. Wie, fragst du? Was ist da zu verwundern? Auf die allereinfachste Weise. Und warum staunen alle so? Guten Tag, Praskowja, was machst du hier?«

»Guten Tag, Tantchen«, sagte Paulina, zu ihr tretend, »sind Sie schon lange unterwegs?«

»Nun, die fragt doch wenigstens vernünftig, aber ihr andern alle: ach und oh! Nun siehst du: ich habe gelegen und gelegen, man hat mich kuriert und kuriert; dann habe ich die Ärzte fortgejagt und den Vorsänger der Nikolauskirche zu mir gerufen. Er hatte ein Weib von derselben Krankheit mit Heustaub geheilt. Er hat auch mir geholfen; am dritten Tag kam ich ganz in Schweiß und stand auf. Dann versammelten sich meine deutschen Äskulape wieder, setzten ihre Brillen auf und fingen an mir einzureden: ,Wenn Sie jetzt', sagten sie, ,ins Ausland könnten, um eine Kur zu machen, würden die Stockungen vollständig vergehen.' – ,Warum nicht?' sagte ich. Die Herren und Damen von Narrenheim und Eselskopf schrien weh und ach: ,Wie sollen Sie dorthin kommen?' Nun, da seht ihr's! in einem Tag war ich reisefertig, und vorige Woche am Freitag machte ich mich mit meinem Mädchen, dem Potapytsch und dem Lakaien Fjodor auf den Weg; ich habe aber diesen Fjodor in Berlin wieder zurückgeschickt, denn ich sah, daß er völlig überflüssig war; ich hätte auch mutterseelenallein reisen können. Ich nahm mir ein besonderes Wagenabteil; Träger gibt es auf allen Stationen, für einen Zwanziger tragen sie dich, wohin du willst. Was ihr aber da für eine Wohnung habt!« schloß sie, sich umblickend. »Mit welchem Geld bezahlst du denn das, mein Bester? Du hast ja alles verpfändet. Was bist du allein diesem Französlein für eine Unsumme schuldig! Ich weiß ja alles, alles.«

»Ich, Tantchen ...« begann der General verlegen, »ich wundere mich, Tantchen ... ich denke, ich kann doch ohne Kontrolle ... zudem übersteigen meine Ausgaben meine Mittel nicht ... und hier ...«

»Bei dir übersteigen sie sie nicht? Gut gesagt! Hast wohl

deinen Kindern schon das Letzte weggenommen, du Vormund!«

»Wenn Sie . . . nach diesen Worten . . .« begann der General entrüstet, »weiß ich wirklich nicht . . .«

»Ja, das ist's ja, du weißt es nicht. Du gehst wohl vom Roulettisch nicht weg? Hast wohl schon alles verjuxt?«

Der General war so bestürzt, daß die aufsteigende Erregung ihn fast zu ersticken drohte.

»Am Roulett! Ich? Bei meiner Stellung! Ich? Besinnen Sie sich doch, Tantchen, Sie sind wahrscheinlich noch krank.«

»Nun, das lügst du, das lügst du; wahrscheinlich bist du da gar nicht loszureißen; alles lügst du! Ich will mir schon ansehen, was das für ein Roulett ist, noch heute. Du, Praskowja, erzähle mir, was es hier zu sehen gibt, auch Alexej Iwanowitsch kann mir manches zeigen, und du, Potapytsch, schreibe alle Orte auf, wo man hinfahren kann. Was besichtigt man hier?« wandte sie sich plötzlich wieder an Paulina.

»Hier in der Nähe sind die Ruinen eines Schlosses, dann der Schlangenberg.«

»Was heißt das: Schlangenberg? Ein Wäldchen oder was?«

»Nein, kein Wäldchen, es ist ein Berg: dort ist ein Aussichtspunkt . . .«

»Was für ein Aussichtspunkt?«

»Der höchste Punkt des Berges, ein umzäunter Platz. Die Aussicht von dort ist unvergleichlich.«

»Da soll man den Sessel auf den Berg schleppen? Wird man das können oder nicht?«

»Oh, es werden sich schon Träger finden lassen«, antwortete ich.

In diesem Augenblick näherte sich die Wärterin Fedosja der Großtante, um sie zu begrüßen, und führte ihr die Generalskinder zu.

»Nun, laßt das Geküsse! Ich küsse mich mit Kindern nicht gern. Alle Kinder sind rotznäsig. Nun, wie geht es dir hier, Fedosja?«

»Hier ist es sehr, sehr schön, Mütterchen Antonida Wasiljewna«, antwortete Fedosja. »Wie ist es Ihnen gegangen? Wir haben uns so um Sie gesorgt.«

»Ich weiß, du bist ein einfältiges Gemüt. Wer sind die Leute da, alles Gäste, was?« wandte sie sich wieder an Paulina. »Wer ist dieser kleine Häßliche mit der Brille?«

»Fürst Nilskij, Tantchen«, flüsterte Paulina.

»Ah, ein Russe? Ich dachte, er würde mich nicht verstehen! Hat's vielleicht nicht gehört. Mister Astley habe ich schon gesehen, da ist er ja wieder. Guten Tag«, die Großtante hatte ihn erblickt und wandte sich plötzlich an ihn.

Mister Astley verbeugte sich schweigend.

»Nun, was sagen Sie mir Schönes? Sagen Sie etwas! übersetze es ihm, Paulina.«

Paulina übersetzte ihre Worte.

»Daß ich Sie mit großem Vergnügen betrachte und mich freue, daß Sie bei guter Gesundheit sind«, antwortete Mister Astley ernst, aber mit größter Bereitwilligkeit. Man übersetzte es der Großtante, und sie war sichtlich zufrieden.

»Wie gut die Engländer immer zu antworten wissen«, bemerkte sie. »Ich habe die Engländer eigentlich immer gemocht. Mit den Franzosen sind sie nicht zu vergleichen. Besuchen Sie mich«, wandte sie sich wieder an Mister Astley. »Ich werde mich bemühen, Ihnen nicht allzu lästig zu fallen. Übersetz es ihm, und sage ihm, daß ich hier unten wohne. – Hier unten, hören Sie, unten, unten«, wiederholte sie dem Engländer und zeigte mit dem Finger nach unten.

Mister Astley war über die Einladung außerordentlich erfreut. Dann musterte die Großtante Paulina mit einem aufmerksamen und befriedigten Blick vom Kopf bis zu den Füßen.

»Ich könnte dich liebhaben, Praskowja«, sagte sie plötzlich, »du bist ein prächtiges Mädchen, besser als alle anderen. Aber einen Charakter hast du, daß Gott erbarm! Nun, ich bin ja vom selben Schlag. Dreh dich mal um. Hast du eine Einlage in deinen Haaren?«

»Nein, Tantchen, es sind meine eigenen.«

»Das ist recht; ich kann die jetzige dumme Mode nicht leiden. Du bist sehr schön. Ich würde mich in dich verlieben, wenn ich ein Kavalier wäre. Warum heiratest du nicht? Übrigens ist es Zeit für mich. Ich möchte auch an die Luft. Immer nur im Eisenbahnwagen sitzen ... Nun, du ärgerst dich noch immer?« wandte sie sich an den General.

»Aber ich bitte Sie, Tantchen, wie könnte ich?« versicherte der General erfreut. »Ich begreife, bei Ihrem Alter ...«

»Cette vieille est tombée en enfance«, flüsterte mir de Grieux zu.

»Ich will mir hier alles ansehen. Wirst du mir Alexej Iwanowitsch abtreten?« fuhr die Großtante fort.

»Oh, so oft Sie wollen, aber auch ich selber ... und Paulina, Mr. de Grieux ... uns allen wird es ein Vergnügen sein, Sie zu begleiten.«

»Mais, madame, cela sera un plaisir ...« warf de Grieux mit berückendem Lächeln ein.

»Jawohl, plaisir. Du bist lächerlich, mein Bester. Geld werde ich dir übrigens nicht geben«, sagte sie plötzlich zum General. »Jetzt aber in meine Wohnung; ich muß sie mir ansehen, und dann wollen wir alle die Orte aufsuchen. Nun, hebt mich auf.«

Die Großtante wurde aufgehoben, und der ganze Schwarm folgte dem Sessel die Treppe hinab. Der General schritt dahin, als wäre er durch einen Keulenschlag auf den Kopf betäubt worden. De Grieux schien zu überlegen. Mlle. Blanche wollte erst zurückbleiben, entschloß sich aber aus irgendeinem Grund, mit den anderen zu gehen. Der Fürst schloß sich ihr sofort an, und so blieben nur der deutsche Gelehrte und Madame veuve Cominges in der Wohnung des Generals zurück.

Zehntes Kapitel

In den Kurorten – und, wie es scheint, in ganz Europa – lassen sich die Hotelbesitzer und Oberkellner beim Anweisen der Zimmer weniger von den Forderungen ihrer Gäste leiten als von ihrem persönlichen Urteil über sie, und – man muß gestehen – sie irren sich selten. Der Großtante aber hatte man aus unbekannten Gründen eine so luxuriöse Wohnung angewiesen, daß sie beinahe grotesk wirkte: vier prachtvoll ausgestattete Zimmer, mit Bad, Räumen für die Dienerschaft, einem besonderen Zimmerchen für die Kammerjungfer und so weiter und so weiter. In diesen Räumen hatte tatsächlich vor einer Woche irgendeine grande duchesse gewohnt, was den neuen Gästen natürlich sofort erzählt wurde, um die Wohnung noch wertvoller erscheinen zu lassen. Man trug oder, besser gesagt, man schob die Großtante durch alle Zimmer, und sie musterte alles aufmerksam und streng. Der Oberkellner, ein schon bejahrter Mann mit Glatze, geleitete sie voller Ehrerbietung bei dieser ersten Besichtigung.

Ich weiß nicht, für wen sie alle die Großtante hielten, jedenfalls für eine sehr bedeutende, vor allen Dingen aber außerordentlich reiche Persönlichkeit. In das Buch wurde sofort eingetragen: Madame la générale, princesse de Tarassevitchevi, obgleich die Großtante keineswegs eine Fürstin war. Die eigene Dienerschaft, das eigene Wagenabteil in der Bahn, die Unmenge unnötiger Koffer, Reisetaschen und sogar Truhen, welche die alte Dame mit sich führte, hatten jedenfalls den Grundstein zu ihrem Ruhm gelegt; der Rollstuhl, die Schärfe in Stimme und Ton, die exzentrischen Fragen, die sie in einer völlig ungenierten, keinerlei Widerspruch duldenden Weise stellte – mit einem Wort, ihre ganze gerade, schroffe, gebieterische Haltung erhöhten die allgemeine Ehrfurcht vor ihr. Während der Besichtigung befahl sie hin und wieder den Rollstuhl anzuhalten, wies auf irgendeinen Gegenstand und wandte sich mit ganz unerwarteten Fragen an den Oberkellner, der verbindlich lächelte, aber schon Angst bekam. Sie stellte ihre Fragen in französischer Sprache, die sie jedoch recht mangelhaft beherrschte, so daß ich gewöhnlich übersetzen mußte. Die Antworten des Oberkellners mißfielen ihr zum größten Teil oder erschienen ihr unbefriedigend. Sie fragte aber auch nach Dingen, die gar nicht zur Sache gehörten, sondern nach Gott weiß was allem. So ließ sie zum Beispiel plötzlich vor einem Gemälde haltmachen – einer ziemlich schwachen Kopie nach einem bekannten Original mythologischen Inhalts.

»Wessen Bildnis ist das?«

Der Oberkellner erklärte, daß es jedenfalls irgendeine Gräfin darstelle.

»Warum weißt du das nicht? Wohnst hier und weißt es nicht. Warum hängt es hier? Warum schielt sie?«

Auf alle diese Fragen vermochte der Oberkellner keine befriedigende Antwort zu geben; er wurde sogar ganz verlegen.

»Ist das ein Dummkopf«, sagte die Großtante auf russisch.

Man schob sie weiter. Dieselbe Geschichte wiederholte sich bei einer Statuette aus Meißner Porzellan, welche sie lange betrachtete und dann aus unerklärlichen Gründen hinauszutragen befahl. Schließlich bedrängte sie den Oberkellner mit den Fragen: Was die Teppiche im Schlafzimmer gekostet hätten und wo sie gewebt worden seien. Er versprach, Erkundigungen einzuziehen.

»Sind das Narren!« brummte die Großtante und wandte ihre ganze Aufmerksamkeit dem Bett zu.

»So ein üppiges Himmelbett! Deckt es auf!«

Es geschah.

»Weiter, weiter, nehmt alles auseinander. Nehmt die Kissen heraus, die Bettbezüge, hebt das Federbett auf.«

Alles wurde auseinandergezerrt. Die Großtante betrachtete alles aufmerksam.

»Gut, daß sie hier keine Wanzen haben. Nehmt die ganze Wäsche weg! Bringt meine eigenen Kissen und meine Wäsche. Übrigens ist das alles viel zu üppig, was soll ich alte Frau mit so einer Wohnung? Das ist langweilig, wenn man allein ist. Alexej Iwanowitsch, besuche mich doch öfters, wenn du mit dem Unterricht der Kinder fertig bist.«

»Seit gestern stehe ich nicht mehr im Dienst des Generals«, antwortete ich; »ich wohne ganz selbständig im Hotel.«

»Ja, weshalb denn?«

»Vor einigen Tagen ist ein vornehmer deutscher Baron mit der Baronin, seiner Gemahlin, aus Berlin angekommen. Ich habe ihn gestern auf der Promenade in deutscher Sprache angeredet, ohne mich an die Berliner Aussprache zu halten.«

»Nun und?«

»Er hat das als Frechheit angesehen und hat sich beim General beklagt. Daraufhin hat der General mich gestern entlassen.«

»Ja, hast du den Baron denn beschimpft? Und wenn auch, was liegt daran!«

»Oh, nein, im Gegenteil; der Baron hat den Stock gegen mich erhoben.«

»Und du, Schlappschwanz, hast es zugelassen, daß man deinen Lehrer so behandelt«, fuhr sie plötzlich den General an, »hast ihn sogar noch aus dem Dienst gejagt! Schlafmützen seid ihr, alle miteinander Schlafmützen.«

»Seien Sie ganz ruhig, Tantchen«, antwortete der General in einem gewissen hochmütig-familiären Ton, »ich stehe selber für mich ein. Zudem hat Alexej Iwanowitsch Ihnen die Sache nicht ganz richtig wiedergegeben.«

»Und du hast dir das auch so gefallen lassen?« fragte sie mich.

»Ich hatte die Absicht, den Baron zu fordern«, sagte ich möglichst bescheiden und ruhig, »aber der General hat sich dem widersetzt.«

»Warum hast du dich widersetzt?« wandte sich die Großtante wiederum an den General. »Du, mein Bester, gehe jetzt; du kannst kommen, wenn man dich ruft«, sagte sie zu dem Oberkellner, »brauchst hier keine Maulaffen feilzuhalten. Ich mag diese Nürnberger Fratze nicht leiden.« Der Oberkellner verneigte sich und ging hinaus, natürlich ohne das Kompliment der Großtante verstanden zu haben.

»Ich bitte Sie, Tantchen, kann man denn heute noch an einen Zweikampf denken?« antwortete der General mit spöttischem Lächeln.

»Warum nicht? Alle Männer sind Kampfhähne; hättet ihr euch doch gerauft. Schlafmützen seid ihr alle, wie ich sehe, versteht nicht für euer Vaterland einzustehen. Nun hebt mich auf! Potapytsch, sorge dafür, daß immer zwei Träger bereit sind; dinge sie und mach mit ihnen alles ab. Mehr als zwei sind nicht nötig. Zu tragen haben sie mich nur auf der Treppe; auf ebenem Boden und auf der Straße können sie mich schieben; erkläre ihnen das; bezahle sie auch im voraus, dann werden sie respektvoller sein. Du selber mußt aber immer um mich sein. Und du, Alexej Iwanowitsch, zeig mir einmal diesen Baron auf der Promenade; ich möchte doch wenigstens sehen, was das für ein ‚von-Baron‘ ist. Nun, und wo ist denn dieses Roulett?«

Ich erklärte ihr, daß die Rouletts im Kurhaus, in den Sälen untergebracht seien. Daraufhin kamen die Fragen, wieviel es deren gäbe, ob viel gespielt würde, ob den ganzen Tag gespielt würde, wie die Einrichtung wäre. Ich antwortete schließlich, es wäre am besten, das alles mit eigenen Augen zu besichtigen, da es recht schwerfalle, eine Beschreibung davon zu geben.

»Nun, dann tragt mich direkt dahin! Geh voran, Alexej Iwanowitsch!«

»Aber wie denn, Tantchen, wollen Sie denn nicht einmal von der Reise ausruhen?« fragte der General besorgt. Er war von einer gewissen Unruhe erfaßt, ja alle schienen verlegen zu sein und warfen einander Blicke zu. Es war ihnen wohl etwas peinlich, ja sie schämten sich sogar, die Großtante geradewegs in den Kursaal zu begleiten, wo sie natürlich einige Extravaganzen, und zwar öffentlich, begehen konnte; trotzdem boten sich alle an, sie zu geleiten.

»Wozu sollte ich ausruhen? Ich bin nicht müde, habe ohnedies fünf Tage lang gesessen. Und dann wollen wir uns ansehen, was für Brunnen und Heilquellen hier sind und wo sie liegen. Und dann ... wie war das ... du hattest Aussichtspunkt gesagt, Praskowja, nicht wahr?«

»Ja, Tantchen, ein Aussichtspunkt.«

»Schön. Also ein Aussichtspunkt. Und was gibt es hier sonst noch?«

»Es gibt noch vielerlei«, sagte Paulina etwas verlegen.

»Na, du weißt selber nichts. Marfa, du wirst auch mit mir gehen«, sagte sie zu ihrer Kammerfrau.

»Aber wozu denn auch sie?« wendete der General plötzlich ein; »schließlich ist das auch gar nicht erlaubt; auch Potapytsch wird man kaum in den Kursaal lassen.«

»Ach, Unsinn! Weil sie Dienerin ist, sollte ich sie hintansetzen? Sie ist doch auch ein lebender Mensch; nun haben wir uns eine Woche lang auf der Reise herumgeschlagen, da will sie jetzt doch auch was sehen. Mit wem soll sie denn gehen, wenn nicht mit mir; allein traut sie sich ja nicht, ihre Nase auf die Straße zu stecken.«

»Aber, Tantchen ...«

»Du schämst dich am Ende gar, mit mir zu gehen? Dann bleib zu Hause, niemand bittet dich darum. Seht doch, was für ein General; ich selber bin doch auch Generalin. Und wozu soll denn überhaupt ein ganzer Schwanz hinter mir herziehen? Ich kann auch mit Alexej Iwanowitsch allein alles besichtigen ...«

Aber de Grieux bestand entschieden darauf, daß alle mitgehen sollten, und erging sich in den liebenswürdigsten Phrasen über das große Vergnügen, das sie alle empfänden, und so weiter. Man setzte sich in Bewegung.

»Elle est tombée en enfance«, sagte de Grieux noch einmal zum General, »seule, elle fera des bêtises ...« Das Weitere konnte ich nicht verstehen, anscheinend hatte er gewisse Absichten, vielleicht waren auch seine Hoffnungen wieder aufgelebt.

Die Entfernung bis zum Kursaal betrug ungefähr eine halbe Werst. Unser Weg führte durch die Kastanienallee bis zu der Anlage; wenn man diese durchschritt, kam man geradewegs in den Kursaal. Der General hatte sich etwas beruhigt, da unser Zug zwar recht auffallend war, aber immerhin manierlich und würdevoll. Es lag ja auch nichts Verwunderliches in der Tatsache, daß ein kranker, schwacher, gelähmter Mensch in dem Badeort erschienen war. Der General fürchtete aber offensichtlich den Kursaal. Wozu ging ein kranker, gelähmter Mensch, noch dazu eine Greisin, zum Roulett? Paulina und Mlle. Blanche schritten zu beiden Seiten des Rollstuhls. Mlle. Blanche lachte, war sittsam, heiter und scherzte sogar ab und zu äußerst liebenswürdig mit der Großtante, so daß diese ihr zuletzt ein Lob spendete. Paulina dagegen war genötigt, auf die fortwährenden und zahllosen Fragen der Großtante zu antworten in der Art wie: »Wer war das, der eben vorüberging? Wer ist diese, die eben vorüberfährt? Ist die Stadt groß? Ist der Park groß? Was für Bäume sind das? Was sind das für Berge? Gibt es hier Adler? Was ist das für ein komisches Dach?« Mister Astley ging neben mir her und flüsterte mir zu, daß er von dem heutigen Vormittag sehr viel erwarte. Potapytsch und Marfa gingen dicht hinter dem Rollstuhl, Potapytsch in seinem Frack mit weißer Binde, auf dem Kopf jedoch eine Mütze, und Marfa, ein vierzigjähriges rotbackiges, aber bereits ergrauendes Mädchen, im Häubchen, in einem Kattunkleid und in knarrenden Schuhen aus Ziegenleder. Die Großtante wandte sich sehr häufig an die beiden und zog sie ins Gespräch. De Grieux redete mit entschlossener Miene. Vielleicht sprach er dem General Mut zu; augenscheinlich gab er ihm irgendwelche Ratschläge. Doch die Großtante hatte bereits das schicksalsschwere Wort gesprochen: »Geld gebe ich dir nicht.« Vielleicht kam de Grieux diese Äußerung nicht glaubhaft vor, während der General seine Tante kannte. Ich bemerkte, daß de Grieux und Mlle. Blanche fortfuhren, sich mit den Augen zuzuzwinkern. Den Fürsten und den deutschen Reisenden entdeckte ich ganz am Ende der Allee; sie waren zurückgeblieben und hatten sich von uns getrennt.

Wir zogen im Triumph in den Kursaal ein. Der Portier und die Diener legten die gleiche Ehrfurcht an den Tag wie das Hotelpersonal. Aber es lag Neugierde in ihren Blicken. Die Großtante ließ sich erst durch alle Säle tragen, einiges lobte sie, anderes ließ sie vollständig gleichgültig; sie fragte nach allem. Endlich gelangten wir auch in die Spielsäle. Der Diener, der an der geschlossenen Tür Wache stand, war ganz bestürzt und riß die Tür plötzlich weit auf.

Das Erscheinen der Generalin am Roulett machte einen tiefen Eindruck auf das Publikum. An den Roulettischen und am anderen Ende des Saales, wo man Trente-et-quarante spielte, drängten sich wohl an hundertfünfzig oder zweihundert Personen in mehreren Reihen. Diejenigen, denen es gelungen war, sich zum Tisch durchzuzwängen, standen ihrer Gewohnheit gemäß felsenfest und verließen ihre Plätze nicht eher, als bis sie alles verloren hatten, denn es ist verboten, als einfacher Zuschauer dazustehen und den Platz eines Spielenden einzunehmen. Es sind zwar Stühle um den Tisch gestellt, doch nur wenige von den Spielern setzen sich, besonders bei starkem Andrang des Publikums – da man stehend näher aneinanderrücken kann und dadurch Platz spart, auch ist es bequemer zu setzen. Die Spieler in der zweiten und dritten Reihe drängten sich hinter der ersten und warteten, bis sie drankamen; in ihrer Ungeduld streckten sie manchmal ihre Hand durch die erste Reihe, um ihre Einsätze hinzulegen. Manche brachten es sogar fertig, ihre Einsätze aus der dritten Reihe hindurchzuzwängen; infolgedessen vergingen kaum zehn oder fünf Minuten, ohne daß an einem Ende des Tisches eine Zänkerei um strittige Einsätze entstand. Die Kursaalpolizei ist übrigens sehr gut. Das Gedränge läßt sich natürlich nicht vermeiden; im Gegenteil, man freut sich über den Zustrom des Publikums, da das vorteilhaft ist; aber die acht Croupiers, die um den Tisch sitzen, passen scharf auf die Einsätze auf: sie zahlen aus und schlichten auch die entstehenden Streitigkeiten. Im äußersten Fall aber ruft man die Polizei, und die Sache ist in einer Minute erledigt. Die Polizisten sind im Saal selbst untergebracht, in Zivilkleidung, mitten unter dem Publikum, so daß man sie nicht erkennen kann. Sie achten besonders auf die Gelegenheits- und Berufsdiebe, die in den Spielsälen sehr häufig zu finden sind, da sie ihr Gewerbe hier sehr bequem ausüben können. An allen anderen Orten muß man ja entweder in fremde Taschen greifen oder Schlösser öffnen – und das kann im Fall eines Mißerfolges sehr unangenehm auslaufen. Hier ist es aber ganz einfach: man braucht nur an den Roulettisch heranzutreten, zu spielen, dann ganz plötzlich, offen und unverhohlen einen fremden Gewinn zu nehmen und ihn in die eigene Tasche zu stecken; entsteht ein Streit, so behauptet der Gauner laut und bestimmt, daß es sein Einsatz gewesen sei. Hat er die Sache geschickt gemacht, so daß die Zeugen schwankend werden, so gelingt es ihm sehr oft, das Geld zu behalten. Selbstverständlich nur dann, wenn die Summe nicht sehr bedeutend war. Sonst würde sie sicher von den Croupiers oder von einem der Spieler bemerkt worden sein. Ist die Summe aber nicht allzugroß, so verzichtet der rechtmäßige Besitzer manchmal darauf, den Streit fortzusetzen, um einen Skandal zu vermeiden, und geht weg. Gelingt es jedoch, den Dieb zu entlarven, so wird er sofort unter allgemeiner Erregung abgeführt.

Dies alles beobachtete die Großtante von ferne mit wilder Neugierde. Es gefiel ihr sehr, daß man die Diebe abführte. Für das Trente-et-quarante zeigte sie wenig Interesse; das Roulett gefiel ihr schon deshalb besser, weil dort eine Kugel rollte. Endlich äußerte sie den Wunsch, sich das Spiel aus der Nähe anzusehen. Ich weiß nicht, wie es zuging, aber die Diener und einige andere dienstbeflissene Agenten (in der Hauptsache Polacken, die alles verspielt hatten und ihre Dienste nun den glücklichen Spielern und allen Ausländern aufdrängten) fanden sofort einen Platz für die Generalin, machten ihn trotz dem großen Gedränge frei, gerade in der Mitte des Tisches, neben dem ersten Croupier, und rollten ihren Stuhl heran. Eine Anzahl von Besuchern, die nicht spielten, sondern dem Spiel nur zusahen (hauptsächlich Engländer mit ihren Familien), drängten sich sofort an den Tisch, um die Großtante über die Spieler hinweg anzusehen. Viele Lorgnetten richteten sich auf sie. In den Croupiers wurden Hoffnungen rege: eine so exzentrische Spielerin schien in der Tat Ungewöhnliches zu verheißen. Eine fünfundsiebzigjährige gelähmte Frau, die den Wunsch hatte zu spielen, war natürlich kein alltäglicher Fall. Ich drängte mich gleichfalls an den Tisch heran und stellte mich neben die Großtante. Potapytsch und Marfa blieben irgendwo weit hinten in der Menge. Auch der General, Paulina, de Grieux und Mlle. Blanche hielten sich abseits unter den Zuschauern.

Die Großtante begann zuerst die Spielenden zu mustern. Sie stellte mir im Flüsterton jähe, abgerissene Fragen: Wer ist dieser? wer ist jene? Besonders gefiel ihr ein noch sehr junger Mann am anderen Ende des Tisches, der ein sehr hohes Spiel spielte, immer Tausende setzte und – wie ringsum geflüstert wurde – bereits gegen vierzigtausend Franken gewonnen hatte, die vor ihm angehäuft lagen, teils in Gold, teils in Banknoten. Er war blaß; seine Augen blitzten, die Hände zitterten; er setzte schon, ohne zu zählen, wieviel ihm gerade in die Hand kam und gewann, gewann fortwährend, raffte und raffte. Die Diener bemühten sich um ihn, schoben ihm von rückwärts einen Lehnsessel heran, machten ihm seitlich Platz, damit er mehr Bewegungsfreiheit habe und nicht bedrängt werde – dies alles in Erwartung eines reichlichen Entgelts. Manche Spieler spenden ihnen in ihrer Freude vom Gewinn ja auch, ohne zu zählen, wieviel die Hand gerade aus der Tasche zieht. Neben dem jungen Mann hatte bereits ein

Polacke Fuß gefaßt, der voller Diensteifer war und ihm respektvoll, aber unablässig etwas zuflüsterte, ihm wohl Hinweise und Ratschläge gab, wie er setzen sollte, und das Spiel leitete – selbstredend auch in Erwartung eines späteren Trinkgeldes. Der Spieler aber sah ihn kaum an, setzte blindlings und heimste nur immer ein. Offenbar verlor er die Herrschaft über sich selber.

Die Großtante beobachtete ihn einige Minuten lang.

»Sag ihm«, begann sie plötzlich ganz aufgeregt und stieß mich an, »sag ihm doch, daß er aufhören, daß er sein Geld schnell an sich nehmen und fortgehen soll. Er wird verlieren, er wird gleich alles verlieren«, eiferte sie sich, beinahe atemlos vor Erregung. »Wo ist Potapytsch? Man soll Potapytsch zu ihm schicken! So sag es ihm doch, sag es ihm«, drängte sie mich, »ja, aber wo ist denn dieser Potapytsch? Sortez! sortez!« fing sie selber an, dem jungen Mann zuzurufen. Ich beugte mich zu ihr hinab und flüsterte ihr sehr entschieden zu, daß man hier nicht so schreien dürfe, daß es nicht einmal gestattet sei, halbwegs laut zu sprechen, da das die Berechnungen störe, und daß man uns gleich fortweisen würde.

»Ist das verdrießlich! Der Mann ist verloren. Er will es aber selber so ... ich kann ihn nicht mehr ansehen, es dreht sich alles in mir um. So ein Tölpel!« und die alte Dame wandte sich schnell nach der anderen Seite.

Dort fiel ihr links am anderen Ende des Tisches unter den Spielern eine junge Dame auf, die einen Zwerg neben sich hatte. Wer dieser Zwerg war, weiß ich nicht; vielleicht war er ihr Verwandter, vielleicht nahm sie ihn auch nur des Effektes halber mit. Diese Dame hatte ich schon früher bemerkt; sie erschien jeden Tag um ein Uhr mittags am Spieltisch und ging pünktlich um zwei fort; sie spielte täglich eine Stunde lang. Man kannte sie bereits und schob ihr sofort einen Sessel zu. Sie entnahm ihrer Tasche etwas Gold, einige Banknoten zu tausend Franken und begann ruhig, kaltblütig und mit Berechnung zu setzen, wobei sie sich mit Bleistift die Zahlen auf ein Zettelchen notierte und bemüht war, das System herauszufinden, nach welchem sich im gegebenen Augenblick die Chancen gruppierten. Ihre Einsätze waren recht hoch. Sie gewann jeden Tag ein-, zwei-, wenn es hoch kam, dreitausend Franken – nicht mehr, und wenn sie gewonnen hatte, ging sie sofort weg. Die Großtante beobachtete sie längere Zeit.

»Nun, diese wird nicht verlieren! Die da verliert nicht! Woher ist sie? Kennst du sie? Wer ist sie?«

»Eine Französin; wahrscheinlich eine von *jenen*«, flüsterte ich.

»Ah, man erkennt den Vogel am Flug. Man sieht, daß sie gerieben ist. Erkläre mir jetzt, was jede Drehung bedeutet und wie man setzen muß?«

Ich erklärte ihr, so gut es ging, die Bedeutung der zahlreichen Kombinationen der Einsätze, rouge et noir, pair et impair, manque et passe, und endlich die verschiedenen Nuancen im Zahlensystem. Sie hörte aufmerksam zu, merkte es sich, fragte wieder und prägte sich alles ein. Es ließ sich für jedes System sofort ein Beispiel zeigen, so daß das meiste leicht und schnell im Gedächtnis haftenblieb. Die Großtante war äußerst zufrieden.

»Aber was ist zéro? Hier, dieser Croupier, der Lockenkopf, der Hauptmacher hat eben zéro gerufen. Und warum hat er alles eingeheimst, was auf dem Tische lag? So einen Haufen, und das alles hat er an sich genommen! Was ist das?«

»Zéro, Tantchen, ist der Profit der Bank. Wenn die Kugel in zéro fällt, so gehört alles, was auf dem Tisch liegt, der Bank, ohne Unterschied. Allerdings gibt sie noch einen Schlag zur Entscheidung, doch dafür zahlt sie nichts.«

»Nein, so etwas! Und ich bekomme gar nichts?«

»Nicht doch, Tantchen, wenn Sie vorher auf zéro gesetzt haben und zéro kommt, so zahlt man Ihnen das Fünfunddreißigfache.«

»Wie, das Fünfunddreißigfache? Und das kommt häufig vor? Warum setzen denn dann die Dummköpfe nicht auf zéro?«

»Es sind sechsunddreißig Chancen dagegen, Tantchen.«

»Ist das ein Unsinn! Potapytsch, Potapytsch! Doch halt, ich habe ja auch Geld bei mir – da!« Sie zog einen vollgefüllten Beutel aus der Tasche und entnahm ihm einen Friedrichsdor. »Hier, setze sofort auf zéro.«

»Tantchen, zéro ist eben erst gewesen«, sagte ich, »folglich wird es jetzt lange nicht kommen. Sie könnten zu viele Einsätze verlieren; warten Sie wenigstens ein Weilchen!«

»Ach, flunkere nicht, setze!«

»Wie Sie wünschen, aber es kann sein, daß zéro bis zum Abend nicht wiederkommt, Sie können bis zu tausend Franken verlieren. Das ist schon vorgekommen.«

»Ach, Unsinn, Unsinn! Wenn man den Wolf fürchtet, soll man nicht in den Wald gehen. Nun? Haben wir verloren? Setze weiter!«

Wir verloren auch den zweiten Friedrichsdor; ein dritter wurde gesetzt. Die Großtante vermochte kaum still zu sitzen. Ihre brennenden Augen bohrten sich förmlich in die Kugel, die unaufhaltsam auf der rotierenden Scheibe herumschnurrte. Auch der dritte Friedrichsdor ging verloren. Die alte Dame geriet außer sich; es litt sie kaum auf ihrem Platz; sie schlug sogar mit der Faust auf den Tisch, als der Croupier statt des erwarteten zéro »trente-six« verkündigte.

»So hol ihn doch dieser und jener«, zürnte die Alte, »ja, wird denn dieses verfluchte zéro nicht bald kommen? Und wenn ich draufgehen soll, ich werde bis zum zéro warten. Das ist alles dieser verfluchte, lockige Croupier. Bei ihm kommt nie etwas heraus! Alexej Iwanowitsch, setze zwei Goldstücke auf einmal! sonst verlieren wir so viel, daß man nicht einmal etwas davon hat, selbst wenn zéro kommt.«

»Tantchen!«

»Setze doch! 's ist ja nicht dein Geld!«

Ich setzte zwei Friedrichsdor. Die Kugel kreiste lange in dem Rad, endlich fing sie an zu hüpfen. Der Großtante stockte das Herz, sie preßte meine Hand und plötzlich . . .

»Zéro!« rief der Croupier.

»Siehst du, siehst du!« rief die alte Dame strahlend und zufrieden, sich rasch nach mir umwendend. »Ich hab's dir ja gesagt! Und Gott der Herr hat mich selber erleuchtet, daß ich gleich zwei Goldstücke setzte! Nun, wieviel bekomme ich denn jetzt? Warum zahlt man mir's nicht aus? Potapytsch, Marfa, wo sind sie denn? Wohin sind denn alle die Unseren gegangen? Potapytsch, Potapytsch!«

»Später, Tantchen«, flüsterte ich, »Potapytsch steht an der Türe, man wird ihn nicht hierherlassen. Sehen Sie, man zahlt Ihnen das Geld aus, nehmen Sie es in Empfang.« Man warf der alten Dame eine in blaues Papier gewickelte versiegelte schwere Rolle mit fünfzig Friedrichsdor zu und zählte ihr noch zwanzig Friedrichsdor hin. Ich schob es ihr mit dem Rechen zu.

»Faites le jeu, messieurs! Faites le jeu! Rien ne va plus!« rief der Croupier, zum Setzen auffordernd und bereit, das Rad zu drehen.

»O Gott! wir kommen zu spät! Sie drehen gleich! Setze

doch«, ereiferte sich die alte Dame, »trödle nicht so lange! Schneller!« Sie war ganz außer sich und puffte mich aus voller Kraft.

»Ja, worauf soll ich denn setzen?«

»Auf zéro, auf zéro! Wieder auf zéro! Setze soviel wie möglich! Wieviel haben wir im ganzen? Siebzig Friedrichsdor? Warum sollen wir sparen? Setze zwanzig Friedrichsdor auf einmal.«

»Besinnen Sie sich, Tantchen! Zéro kommt manchmal erst nach zweihundert Coups wieder! Ich versichere Ihnen, Sie werden Ihr ganzes Kapital verlieren.«

»Ach, du lügst, du lügst! Setze! Rede kein dummes Zeug! Ich weiß, was ich tue.« Sie zitterte vor Erregung.

»Nach der Spielregel darf man auf zéro nicht mehr als zwölf Friedrichsdor auf einmal setzen, Tantchen, nun sehen Sie, ich habe gesetzt.«

»Wieso darf man nicht? Flunkerst du auch nicht? Monsieur, monsieur«, sie stieß den Croupier an, der neben ihr saß und bereit war, das Roulett in Bewegung zu setzen, »combien zéro? Douze, douze?«

Ich übersetzte die Frage schnell ins Französische.

»Oui, madame«, bestätigte der Croupier höflich, »ebenso wie jeder einzelne Einsatz nach der Regel den Betrag von viertausend Gulden nicht übersteigen darf«, fügte er erläuternd hinzu.

»Nun, da ist nichts zu machen, setze also zwölf.«

»Le jeu est fait!« rief der Croupier, das Rad drehte sich, und es kam dreißig. Wir hatten verloren!

»Noch! noch! noch! Setze noch!« schrie die Großtante. Ich widersprach nicht mehr und setzte achselzuckend weitere zwölf Friedrichsdor. Das Rad drehte sich lange. Die Großtante verfolgte es geradezu zitternd. Ja, glaubt sie denn wirklich, daß sie noch einmal auf zéro gewinnen wird? dachte ich und betrachtete sie voller Staunen. Die entschiedene Zuversicht zu gewinnen leuchtete auf ihrem Antlitz, die feste Erwartung, daß man jetzt gleich, gleich zéro ausrufen würde. Die Kugel fiel.

»Zéro!« rief der Croupier.

»Also!!!« Mit wildem Triumph drehte sich die Großtante nach mir um.

Ich war selber Spieler; ich fühlte das in diesem Augenblick. Meine Hände und Füße zitterten; das Blut stieg mir zu Kopf.

Natürlich war es ein seltener Zufall, daß in ungefähr zehn Schlägen dreimal zéro gekommen war; aber es war schließlich auch nichts besonders Verwunderliches. Ich war vorgestern selber Zeuge gewesen, daß zéro dreimal nacheinander gekommen war; dabei hatte ein Spieler, der die Coups eifrig notierte, laut bemerkt, daß zéro am Tag vorher während der ganzen Spielzeit nur einmal gekommen war.

Da die Großtante den bedeutendsten Gewinn zu verzeichnen hatte, rechnete man mit ihr ganz besonders aufmerksam und ehrerbietig ab. Sie hatte genau vierhundertzwanzig Friedrichsdor erhalten, das heißt viertausend Gulden und zwanzig Friedrichsdor. Die zwanzig Friedrichsdor zahlte man ihr in Gold, die viertausend Gulden in Banknoten.

Diesmal rief die Großtante nicht nach Potapytsch; sie hatte anderes zu tun. Sie stieß mich auch nicht mehr und zitterte äußerlich nicht; sie bebte innerlich, wenn man sich so ausdrükken darf. Sie hatte sich völlig auf irgend etwas konzentriert und ging geradezu darauf los.

»Alexej Iwanowitsch! Er hat gesagt, daß man nur viertausend Gulden auf einmal setzen darf? Da, nimm, setze diese vier hier auf Rot«, entschied sie.

Ein Widerspruch wäre vergeblich gewesen. Das Rad wurde in Bewegung gesetzt.

»Rouge!« verkündigte der Croupier.

Es war wiederum ein Gewinn von viertausend Gulden, im ganzen also acht.

»Gib mir vier hierher, die anderen vier setze wieder auf Rot!« kommandierte die Großtante.

»Rouge!« verkündigte der Croupier abermals.

»Also zwölf! Gib sie alle hierher. Das Gold schütte hier in den Beutel, die Banknoten stecke zu dir. Genug! Nach Hause! Schieb den Stuhl zurück!«

Elftes Kapitel

Man rollte den Stuhl zur Tür am anderen Ende des Saales. Die Großtante strahlte. Die Unseren umdrängten sie sofort mit Glückwünschen. So exzentrisch ihr Benehmen auch war, ihr Triumph machte vieles wett, und der General fürchtete nicht mehr, sich durch die verwandtschaftlichen Beziehungen zu dieser seltsamen Frau vor dem Publikum zu kompromittieren. Er beglückwünschte die Tante mit einem nachsichtigen, familiär-heiteren Lächeln, so wie man ein Kind hätschelt. Im übrigen war er ebenso bestürzt wie alle anderen Zuschauer. Ringsumher sprach man von der Großtante, man wies auf sie. Viele gingen an ihr vorüber, um sie aus der Nähe zu sehen. Mister Astley unterhielt sich abseits über sie mit zwei bekannten Engländern. Mehrere majestätische Zuschauerinnen musterten sie mit vornehmem Erstaunen wie ein Wundertier ... De Grieux zerfloß förmlich in Glückwünschen und Lächeln.

»Quelle victoire!« sagte er.

»Mais, madame, c'était du feu!« fügte Mlle. Blanche mit einschmeichelndem Lächeln hinzu.

»Jawohl, ich habe im Handumdrehen zwölftausend Gulden gewonnen! Was heißt zwölftausend? Das Gold ist ja auch noch da! Mit dem Gold sind's fast dreizehntausend. Wieviel ist das denn in unserem Geld? Sechstausend werden es wohl sein?«

Ich erklärte ihr, daß es über siebentausend Rubel seien, nach dem heutigen Kurs vielleicht sogar achttausend.

»Das ist kein Spaß, achttausend Rubel! Und Ihr sitzt hier, ihr Schlafmützen, und tut nichts. Potapytsch, Marfa, habt ihr es gesehen?«

»Mütterchen, wie haben Sie das fertiggebracht? Achttausend Rubel!« rief Marfa.

»Nehmt, da habt ihr jedes fünf Goldstücke von mir, da!«

Potapytsch und Marfa stürzten herzu, um ihr die Hände zu küssen.

»Die Träger sollen auch jeder einen Friedrichsdor bekommen; gib jedem ein Goldstück, Alexej Iwanowitsch. Warum verneigt sich dieser Diener hier und jener auch? Sie gratulieren? Gib ihnen auch je einen Friedrichsdor.«

»Madame la princesse ... un pauvre expatrié ... malheur continuel ... les princes russes sont si généreux ...« Ein Lebewesen in abgeschabtem Rock, bunter Weste, mit Schnurrbart, die Mütze in der Hand schwenkend, schlängelte sich mit unterwürfigem Lächeln an den Rollstuhl heran.

»Gib ihm auch einen Friedrichsdor ... Nein, zwei. Jetzt ist's aber genug, das nimmt ja kein Ende. Hebt mich jetzt auf, und fahrt zu. Praskowja«, wandte sie sich an Paulina Alexandrowna, »ich kaufe dir morgen Stoff zu einem Kleid und für jene dort auch, Mlle. .... wie heißt sie, Mlle. Blanche, nicht? Ich kaufe ihr auch Stoff. Übersetze es ihr, Praskowja!«

»Merci, madame.« Mlle. Blanche knickste gerührt, während ihr Mund sich zu einem spöttischen Lächeln verzog, das von de Grieux und dem General erwidert wurde. Der General war etwas verlegen und sehr froh, als wir die Allee endlich erreicht hatten.

»Fedosja, ich kann mir denken, wie Fedosja sich jetzt wundern wird«, sagte die Generalin, sich plötzlich der Kinderfrau erinnernd. »Der muß man auch ein Kleid kaufen. He, Alexej Iwanowitsch, Alexej Iwanowitsch, gib diesem Bettler etwas.«

Ein zerlumpter Mann mit gebeugtem Rücken kam des Weges und sah uns an.

»Aber das ist vielleicht gar kein Bettler, sondern irgendein Lump, Tantchen.«

»Gib! Gib! Gib ihm einen Gulden!«

Ich trat zu ihm und gab ihm das Geld. Er sah mich mit großem Erstaunen an, nahm den Gulden aber schweigend entgegen. Ein Dunst von Wein ging von ihm aus.

»Nun, und du, Alexej Iwanowitsch, hast du dein Glück noch nicht versucht?«

»Nein, Tantchen.«

»Aber deine Augen funkelten nur so; ich habe es wohl gesehen.«

»Ich werde es noch versuchen, Tantchen, später, unbedingt.«

»Und setze direkt auf zéro. Da wirst du sehen! Wieviel Kapital besitzt du?«

»Nur zwanzig Friedrichsdor, Tantchen.«

»Das ist nicht viel. Fünfzig Friedrichsdor will ich dir leihen, wenn's dir recht ist. Nimm gleich diese Rolle hier. Aber du, mein Bester, erwarte trotzdem nichts, dir gebe ich nichts«, wandte sie sich plötzlich an den General.

Dem drehte es fast das Innere um, aber er schwieg. De Grieux' Miene verfinsterte sich.

»Que diable, c'est une terrible vieille«, flüsterte er durch die Zähne dem General zu.

»Ein Bettler, ein Bettler, wieder ein Bettler!« schrie die Großtante, »Alexej Iwanowitsch, gib diesem auch einen Gulden.«

Dieses Mal war es ein grauhaariger alter Mann, der uns entgegenkam; er hatte ein hölzernes Bein und trug einen blauen, langschößigen Überrock, in den Händen einen langen

Stock. Er sah wie ein alter Soldat aus. Als ich ihm aber den Gulden hinstreckte, trat er einen Schritt zurück und musterte mich mit zornigen Blicken.

»Was soll das, zum Teufel?« rief er und fügte noch ein Dutzend Schimpfworte hinzu.

»So ein Dummkopf«, rief die Großtante, mit der Hand abwehrend. »Schiebt mich weiter! Ich habe Hunger. Jetzt will ich gleich zu Mittag essen, dann lege ich mich ein wenig aufs Ohr, und dann geht's wieder dorthin.«

»Sie wollen wieder spielen, Tantchen!« rief ich.

»Ja, was denkst du dir denn? Weil ihr hier sitzt und versauert, soll ich euch wohl zuschauen?«

»Mais, madame«, sagte de Grieux herantretend, »les chances peuvent tourner, une seule mauvaise chance et vous perdrez tout... surtout avec votre jeu... c'était terrible!«

»Vous perdrez absolument«, flötete Mlle. Blanche.

»Was geht denn das euch alle an? Ich verspiele ja nicht euer Geld, sondern das meine. Aber wo ist denn dieser Mister Astley?« fragte sie mich.

»Er ist im Kursaal geblieben, Tantchen.«

»Schade, der ist wirklich ein guter Mensch.«

Zu Hause angekommen, rief die Generalin den Oberkellner, der ihr auf der Treppe entgegenkam, zu sich heran und rühmte sich ihres Gewinnes; dann ließ sie Fedosja holen, schenkte ihr drei Friedrichsdor und gab den Befehl, das Diner zu servieren. Fedosja und Marfa konnten sich während des Essens in ihrer Dienstbeflissenheit nicht genugtun.

»Ich habe Sie immer angesehen, Mütterchen«, plapperte Marfa, »und sagte zu Potapytsch, was unser Mütterchen da wohl beginnen wolle. Und auf dem Tisch das Geld, das viele Geld, mein Himmel! Mein Lebtag habe ich nicht soviel Geld gesehen. Und ringsumher sitzen nur Herrschaften, lauter feine Herrschaften. Und wo, sage ich zu Potapytsch, kommen alle diese Herrschaften her? Und ich denke: Möge die heilige Mutter Gottes ihr beistehen. Und ich habe für Sie gebetet, Mütterchen, und mein Herz hörte fast auf zu schlagen, und ich zitterte, ich zitterte am ganzen Leib. Hilf ihr, Herrgott, dachte ich, und da hat es unser Herrgott Ihnen auch beschieden. Ich zittere noch jetzt, Mütterchen, ich zittere noch am ganzen Leib.«

»Alexej Iwanowitsch, halte dich nach dem Essen um vier Uhr bereit, dann gehen wir. Doch nun leb einstweilen wohl, und vergiß nicht, mir irgendeine Doktorseele zu bestellen, man muß ja auch von den Heilquellen trinken. Sonst vergißt man das am Ende noch.«

Als ich die alte Dame verließ, war ich wie betäubt. Ich bemühte mich, mir auszumalen, was jetzt mit unseren Herrschaften geschehen und welch eine Wendung die ganze Sache nehmen würde. Es war mir klar, daß sie, besonders der General, noch nicht richtig zu sich gekommen waren, selbst den ersten Eindruck noch nicht verwunden hatten. Die Tatsache, daß die Großtante erschienen war anstatt der von Stunde zu Stunde erwarteten Nachricht von ihrem Tod und folglich auch von der Erbschaft, hatte das ganze System ihrer Absichten und der gefaßten Entschlüsse derart über den Haufen geworfen, daß sie in völliger Bestürzung und einer Art Betäubung den weiteren Heldentaten der Großtante am Roulett entgegensahen. Dabei war diese zweite Tatsache doch beinahe wichtiger als die erste, denn wenn die Großtante auch zweimal wiederholt hatte, daß sie dem General kein Geld geben wolle, so brauchte man die Hoffnung doch nicht ganz zu verlieren. Hatte sie doch de Grieux, der in alle Angelegenheiten des Generals verwickelt war, auch noch nicht verloren. Ich bin überzeugt, daß auch Mlle. Blanche, die ebenfalls stark beteiligt war (wie sollte sie auch nicht: Generalin und eine ansehnliche Erbschaft!), die Hoffnung nicht aufgegeben hatte und alle Lockmittel der Koketterie der Großtante gegenüber anzuwenden bereit war, im Gegensatz zu der ungelehrigen stolzen Paulina, die sich nicht einzuschmeicheln verstand. Aber jetzt, jetzt, nachdem die Großtante solche Erfolge am Spieltisch gehabt, jetzt, wo ihre Persönlichkeit sich ihnen so deutlich und typisch offenbart hatte (eine widerspenstige, herrschsüchtige Greisin et tombée en enfance), jetzt war am Ende doch alles verloren. Sie freute sich ja wie ein Kind darüber, daß sie so etwas gefunden hatte, und würde natürlich, wie das so geht, alles bis aufs letzte verspielen. Mein Gott, dachte ich (und verzeihe mir der Himmel, ich dachte es mit dem schadenfrohesten Lachen), mein Gott, jeder Friedrichsdor, den die Tante heute gesetzt hat, legt sich wie ein Stein aufs Herz des Generals, macht de Grieux wütend und bringt Mlle. de Cominges, welcher der Mund schon wässerig geworden war, zur Raserei. Und dann noch eines: selbst nach dem Gewinn, als die Großtante in ihrer Freude an alle Geld ausgeteilt und jeden Vorübergehenden für einen Bettler gehalten hatte, selbst da war es ihr dem General gegenüber entfahren: »Dir gebe ich doch nichts!« – das heißt, ich habe mir diesen Gedanken in den Kopf gesetzt, mich darauf versteift, habe es mir gelobt! Das war gefährlich, sehr gefährlich!

Alle diese Erwägungen gingen mir durch den Kopf, als ich die Treppe hinaufstieg, um mein im obersten Stockwerk gelegenes Kämmerchen zu erreichen. Meine Gedanken waren vollauf beschäftigt; obgleich ich natürlich die Hauptfäden erkannte, die sich von einem Spieler zum anderen zogen, so waren mir doch keineswegs alle Mittel und Geheimnisse dieses Spiels völlig klar. Paulina war nie ganz aufrichtig gegen mich gewesen. Es war ja wohl ab und zu vorgekommen, daß sie mir – scheinbar ganz unwillkürlich – ihr Herz eröffnet hatte, aber dann machte ich die Beobachtung, daß sie oft, ja fast immer nach solchen Enthüllungen alles Gesagte ins Lächerliche zog oder verwirrte und von allem mit Absicht ein falsches Bild entwarf. Oh, sie hielt vieles geheim! Jedenfalls sah ich voraus, daß jetzt die Lösung dieses geheimnisvollen und gespannten Zustandes kommen müsse. Noch ein Schlag – und alles war zu Ende, alles war offenbar. Mein eigenes Geschick machte mir keine Sorgen, obwohl ich doch auch an allem beteiligt war. Es ist eine seltsame Stimmung in mir. Ich habe nur zwanzig Friedrichsdor in der Tasche, bin weit weg in einem fremden Land, ohne Stellung, ohne Existenzmittel, ohne Hoffnung, ohne Aussichten und – ich kümmere mich nicht darum! Wäre nicht die Sorge um Paulina, so könnte ich mich ganz der komischen Spannung angesichts der bevorstehenden Lösung des Knotens hingeben und aus vollem Hals lachen. Aber Paulina macht mir Sorge; ihr Los entscheidet sich, ich ahne es, doch ich bekenne, daß es nicht ihr Schicksal ist, das mich in Unruhe versetzt. Ich möchte in ihre Geheimnisse eindringen; ich möchte, daß sie zu mir kommt und sagt: Ich liebe dich ja, und wenn nicht, wenn dieser Wahnsinn undenkbar ist, so ... ja, was sollte ich noch wünschen? Weiß ich denn, was ich will? Ich bin selber wie ein Verlorener; ich möchte nur um sie sein, in ihrer Glorie, in ihrem Licht, immerdar, mein ganzes Leben lang. Weiter weiß ich nichts! Und kann ich sie denn verlassen?

Als ich ihren Korridor im dritten Stockwerk durchschritt, war es mir, wie wenn irgend etwas mich stieße. Ich drehte mich um und erblickte, etwa zwanzig Schritt von mir entfernt, Paulina, die eben aus der Tür trat. Es war, als hätte sie mich erwartet, nach mir Ausschau gehalten; und nun winkte sie mich sofort zu sich heran.

»Paulina Alexandrowna!«

»Leise!« sagte sie.

»Stellen Sie sich vor«, flüsterte ich, »es war mir soeben, als ob mich jemand in die Seite gestoßen hätte; ich sehe mich um – Sie sind da! Als ob ein elektrischer Strom von Ihnen ausginge.«

»Nehmen Sie diesen Brief«, sagte sie sorgenvoll und finster, anscheinend ohne meine Bemerkung verstanden zu haben, »und übergeben Sie ihn persönlich Mister Astley, jetzt gleich. So schnell wie möglich, ich bitte Sie. Antwort ist nicht nötig. Er selber . . .«

Sie sprach nicht zu Ende.

»Mister Astley?« fragte ich erstaunt.

Aber Paulina war schon in der Türe verschwunden.

Aha, sie stehen also im Briefwechsel! Selbstverständlich lief ich sogleich fort, um Mister Astley aufzusuchen, erst in sein Hotel, wo ich ihn nicht antraf, dann in den Kursaal, wo ich durch alle Säle rannte; schließlich, als ich voller Verdruß, ja beinahe verzweifelt nach Hause zurückging, erspähte ich ihn zufällig hoch zu Roß inmitten einer Kavalkade von Engländern und Engländerinnen. Ich winkte ihm zu, ließ ihn halten und übergab ihm den Brief. Wir hatten kaum Zeit, einen Blick zu wechseln. Aber ich vermute, daß Mister Astley sein Pferd absichtlich so schnell antrieb.

Quälte mich etwa die Eifersucht? Ich befand mich in einem Zustand völliger Zerrissenheit. Ich hatte nicht einmal Lust verspürt, mir Gewißheit zu verschaffen, worüber sie einander schrieben. Er genießt also ihr Vertrauen! Er ist ihr Freund, dachte ich, das ist klar. Wann hatte er das nur werden können? Ob aber auch Liebe dabei ist? Natürlich nicht, raunte mir mein Verstand zu. Doch der Verstand allein genügt in solchen Fällen nicht. Jedenfalls mußte auch dies aufgeklärt werden. Die Sache komplizierte sich in unangenehmer Weise.

Kaum hatte ich das Hotel betreten, als der Portier und der Oberkellner, der aus seinem Zimmer herauskam, mir mitteilten, daß man nach mir verlange, mich suche, daß man bereits dreimal geschickt habe, um zu fragen, wo ich sei. Man bitte mich, so schnell wie möglich zum General zu kommen. Ich befand mich in der übelsten Laune. Im Arbeitszimmer des Generals traf ich außer ihm selber de Grieux und Mlle.

Blanche an, allein, ohne Mutter. Die Mutter war entschieden eine untergeschobene Person, die nur zur Parade nötig war; wenn es aber zu einer wirklichen Affäre kam, handelte Mlle. Blanche auf eigene Faust. Und schwerlich wußte jene etwas von den Angelegenheiten ihres sogenannten Töchterchens.

Sie schienen in einer leidenschaftlichen Beratung begriffen zu sein. Die Tür des Zimmers war sogar verschlossen, was sonst nie der Fall war. Als ich mich der Tür näherte, vernahm ich laute Stimmen, die unverschämte, bissige Redeweise de Grieux', das freche Schimpfen und rasende Geschrei von Mlle. Blanche und die klagende Stimme des Generals, der sich anscheinend verteidigte. Bei meinem Erscheinen rissen sie sich ein wenig zusammen und brachten sich einigermaßen in Ordnung. De Grieux strich sein Haar zurecht und steckte statt des wütenden ein lächelndes Gesicht auf – jenes häßliche, offiziell-höfliche französische Lächeln, das mir so verhaßt ist. Der vernichtete und verstörte General richtete sich auf, aber ganz mechanisch. Nur Mlle. Blanche veränderte ihr zornglühendes Gesicht nicht. Sie verstummte nur und richtete einen Blick voll ungeduldiger Erwartung auf mich. Ich muß bemerken, daß sie mich bis jetzt mit unglaublicher Nachlässigkeit behandelt, sogar meinen Gruß nie erwidert, sondern mich dauernd übersehen hatte.

»Alexej Iwanowitsch«, begann der General in zärtlich-einschmeichelndem Ton, »gestatten Sie mir, Ihnen mitzuteilen, daß es seltsam, im höchsten Grad seltsam ist ... mit einem Wort, Ihre Handlungsweise mir und meiner Familie gegenüber ... mit einem Wort – höchst seltsam ...«

»Eh! Ce n'est pas ça«, unterbrach de Grieux ihn ärgerlich und mit Verachtung. Entschieden leitete er das Ganze. »Mon cher monsieur, notre cher général se trompe, wenn er diesen Ton anschlägt« – ich übersetze seine weitere Rede –, »aber er wollte Ihnen sagen ... das heißt, Sie warnen oder, besser gesagt, Sie inständigst bitten, daß Sie ihn nicht ins Verderben stürzen, jawohl, ins Verderben! Ich bediene mich absichtlich dieses Ausdrucks ...«

»Aber wodurch denn, wodurch?« fiel ich ein.

»Ich bitte Sie, Sie haben es übernommen, der Mentor – oder wie soll ich sagen? – dieser alten Frau zu sein, de cette pauvre terrible vieille«, auch de Grieux kam aus dem Konzept. »Sie wird alles verspielen, sie wird alles bis auf den letzten Groschen verspielen! Sie haben es selber gesehen, Sie sind selber Zeuge gewesen, wie sie spielt! Wenn sie erst zu verlieren beginnt, dann geht sie nicht mehr vom Tisch weg, aus Halsstarrigkeit, aus Wut, und spielt weiter und immer weiter – und in solchen Fällen gewinnt man nie, nie etwas zurück und dann ... dann ...«

»Und dann«, fiel der General ein, »dann stürzen Sie meine ganze Familie ins Verderben. Ich und meine Familie sind ihre einzigen Erben, sie hat sonst keine näheren Verwandten. Ich sage Ihnen ganz aufrichtig, meine Verhältnisse sind zerrüttet, vollständig zerrüttet. Sie wissen ja teilweise selber ... wenn sie eine bedeutende Summe verliert – o Gott! was wird dann aus uns, aus meinen Kindern?« Der General sah nach de Grieux hin. »Aus mir?« Er sah Mlle. Blanche an, die sich verächtlich von ihm abwandte. »Alexej Iwanowitsch, retten Sie, retten Sie uns!«

»Ja, wie denn, Herr General? Sagen Sie, wie kann ich ... was kann ich dabei tun?«

»Sagen Sie sich los von ihr, lassen Sie sie im Stich.«

»So wird sich ein anderer finden«, rief ich.

»Ce n'est pas ça, ce n'est pas ça«, fiel de Grieux wieder ein, »que diable! Nein, verlassen Sie sie nicht, sondern reden Sie ihr wenigstens ins Gewissen, lenken Sie sie ab ... mit einem Wort, lassen Sie sie nicht allzuviel verspielen, halten Sie sie irgendwie zurück.«

»Ja, wie soll ich denn das machen? Vielleicht übernehmen Sie das selber, Monsieur de Grieux«, setzte ich möglichst unbefangen hinzu.

Hier fing ich einen raschen, fragenden, zündenden Blick auf, den Mlle. Blanche de Grieux zuwarf. In der Miene des Franzosen blitzte etwas ganz Eigentümliches auf, ein offenes Geständnis, das er nicht zu verbergen vermochte.

»Das ist es ja, daß sie mich jetzt nicht an sich heranlassen wird«, rief de Grieux, mit der Hand abwehrend. »Wenn vielleicht ... später ...«

De Grieux sah Mlle. Blanche schnell und bedeutungsvoll an.

»Oh, mon cher monsieur Alexis, soyez si bon!« Mlle. Blanche trat höchstselbst mit berückendem Lächelnd auf mich zu und faßte meine beiden Hände, die sie kräftig drückte. Hol's der Teufel! Dieses diabolische Gesicht konnte sich in einer Sekunde verändern. In diesem Augenblick zeigte sie ein so bittendes, so liebes, kindlich lächelndes und sogar schelmisches

Antlitz; bei den letzten Worten zwinkerte sie mir, unbemerkt von allen, spitzbübisch zu: sie wollte mich wohl mit einemmal herumkriegen! Und es gelang ihr nicht übel, aber es war doch furchtbar plump.

Der General sprang (jawohl: sprang!) ihr gleich bei.

»Alexej Iwanowitsch, verzeihen Sie, daß ich vorhin so angefangen habe, ich wollte ja etwas ganz anderes sagen ... ich bitte Sie, ich flehe Sie an, ich neige mich vor Ihnen nach russischer Art bis zur Erde, nur Sie, Sie allein können uns retten! Ich und Mlle. de Cominges flehen Sie an, Sie verstehen, Sie verstehen doch?« bat er, mit den Augen auf Mlle. Blanche weisend. Er war sehr kläglich.

In diesem Augenblick wurde dreimal leise und respektvoll an die Tür geklopft; man öffnete, es war der Zimmerkellner, und ein paar Schritte hinter ihm stand Potapytsch. Sie kamen als Boten der Großtante und hatten die Aufgabe, mich aufzusuchen und sofort herbeizuschaffen. »Die Herrin ärgert sich bereits«, meldete Potapytsch.

»Aber es ist ja erst halb vier.«

»Die Herrin konnten nicht einschlafen, haben sich die ganze Zeit herumgeworfen, sind dann plötzlich aufgestanden, haben den Rollstuhl verlangt und nach Ihnen geschickt. Die Herrin sind bereits am Treppenaufgang.«

»Quelle mégère!« rief de Grieux.

Ich fand die Großtante tatsächlich am Ausgang des Hotels, außer sich vor Ungeduld, weil ich noch nicht da war. Bis vier Uhr hatte sie es nicht ausgehalten.

»Nun hebt mich auf«, rief sie, und wir begaben uns wieder zum Roulett.

Zwölftes Kapitel

Die Großtante befand sich in einer ungeduldigen und gereizten Stimmung; man sah, daß das Roulett alle ihre Gedanken beherrschte. Gegen alles andere war sie gleichgültig und überhaupt äußerst zerstreut. So stellte sie zum Beispiel unterwegs gar keine Fragen mehr wie am Vormittag. Als eine überaus reiche Karosse wie ein Wirbelwind an uns vorbeisauste, hob sie gar die Hand und fragte: »Was ist das? Wem gehört das?« schien aber meine Antwort gar nicht gehört zu haben; ihre Versunkenheit wurde fortwährend durch jähe und ungeduldige Körperbewegungen und Äußerungen unterbrochen. Als ich ihr schon in der Nähe des Kursaals den Baron und die Baronin Würmerhelm zeigte, blickte sie zerstreut hin und sagte völlig gleichgültig: »Ah!« dann wandte sie sich hastig zu Potapytsch und Marfa, die hinter uns herschritten, und fuhr sie schroff an: »Nun, warum habt ihr euch denn angehängt? Ich kann euch doch nicht jedesmal mitnehmen! Geht nach Hause! Ich habe an dir genug«, fügte sie, zu mir gewandt, hinzu, als die beiden sich eiligst verneigt hatten und umgekehrt waren.

Im Kursaal wurde die Generalin bereits erwartet. Man räumte ihr sofort denselben Platz neben dem Croupier ein. Ich glaube, daß diese Croupiers, die immer so gemessen auftreten und nichts weiter scheinen als einfache Beamte, denen es vollkommen gleichgültig ist, ob die Bank gewinnt oder verliert, einem Verlust der Bank durchaus nicht so gleichgültig gegenüberstehen und natürlich irgendwelche Instruktionen haben, um Spieler anzulocken und die Staatsinteressen besser zu wahren – wofür sie sicherlich auch Gratifikationen und Prämien erhalten. Die Großtante wurde jedenfalls bereits als Opfer betrachtet. Und was man bei uns vorausgesehen hatte, das geschah auch.

Die Sache ging wie folgt vor sich.

Die alte Dame versteifte sich sofort auf zéro und befahl, jedesmal zwölf Friedrichsdor zu setzen. Wir setzten einmal, zweimal, dreimal – zéro kam nicht.

»Setze, setze!« stieß mich die Tante voller Ungeduld. Ich gehorchte.

»Wie oft haben wir schon gesetzt?« fragte sie endlich, vor Ungeduld mit den Zähnen knirschend.

»Ich habe zwölfmal gesetzt, Tantchen. Wir haben hundertundvierzig Friedrichsdor verloren. Ich sage Ihnen, am Abend wird vielleicht...«

»Schweig!« unterbrach sie mich. »Setze auf zéro und gleichzeitig tausend Gulden auf Rot. Da ist das Geld.«

Rot gewann, aber zéro war wieder ein Fehlschlag; man zahlte uns tausend Gulden aus.

»Siehst du, siehst du!« flüsterte die Generalin, »wir haben beinahe alles wiederbekommen, was wir verspielt haben. Setze wieder auf zéro; wir wollen noch zehnmal setzen und dann aufhören.«

Beim fünftenmal aber verlor sie ganz den Mut.

»Der Teufel soll dieses ekelhafte zéro holen. Da, setze die ganzen viertausend Gulden auf Rot«, befahl sie.

»Tantchen! das ist zu viel; wenn Rot nun nicht kommt«, flehte ich; die Großtante war nahe dran, mich zu schlagen, übrigens stieß sie mich so heftig, daß man das beinahe auch schon schlagen nennen konnte. Es war nichts zu machen, ich setzte die viertausend Gulden, die wir heute Vormittag gewonnen hatten, auf Rot. Die Großtante saß ruhig und stolz aufgerichtet da und zweifelte gar nicht an einem sicheren Gewinn.

»Zéro!« verkündete der Croupier.

Die Großtante hatte das nicht gleich verstanden; als sie aber sah, daß der Croupier ihre viertausend Gulden einzog, zusammen mit allem, was auf dem Tisch lag, und erfuhr, daß zéro, das so lange nicht gekommen war und auf das wir beinahe zweihundert Friedrichsdor verloren hatten, endlich da war, wie zum Tort gerade jetzt, als sie darüber geschimpft und es zum Teufel geschickt hatte, da schlug sie die Hände über dem Kopf zusammen und ächzte über den ganzen Saal. Die Umstehenden lachten sogar.

»Herrgott! Nun ist dieses verfluchte Ding gekommen«, stöhnte die Alte. »Nein, so ein verdammtes Ding! Das bist du! Das bist alles du!« fuhr sie mich wütend an und stieß mich. »Du hast mir davon abgeraten.«

»Tantchen, ich habe Ihnen das Beste geraten, wie kann ich für alle Chancen verantwortlich sein?«

»Ich werde dir Chancen zeigen«, flüsterte sie zornig, »scher dich weg von mir!«

»Leben Sie wohl, Tantchen.« Ich wandte mich zum Gehen.

»Alexej Iwanowitsch, Alexej Iwanowitsch, bleib doch! Wohin gehst du? Nun was denn, was denn? Was ärgerst du dich? Dummkopf! Bleib noch, bleib noch ein Weilchen, ärgere dich nicht, ich bin selber eine Närrin. Sag einmal, was sollen wir jetzt tun?«

»Ich übernehme es nicht mehr, Ihnen Weisungen zu geben, da Sie mich dann wieder beschuldigen werden. Spielen Sie allein; befehlen Sie, und ich werde setzen.«

»Aber, aber! Da, setz noch einmal viertausend Gulden auf Rot! Hier ist die Brieftasche, nimm.« Sie zog die Brieftasche heraus und überreichte sie mir. »Nimm rasch, hier sind zwanzigtausend Rubel bares Geld.«

»Tantchen«, murmelte ich, »solche Einsätze . . .«

»Und wenn ich zugrunde gehe – ich muß mein Geld zurückgewinnen ... setze!«

Wir setzten und verloren.

»Setze, setze! Achttausend auf einmal!«

»Das ist verboten, Tantchen, der höchste Einsatz ist viertausend!«

»So setze vier!«

Diesmal gewannen wir. Die alte Dame faßte neuen Mut.

»Siehst du, siehst du«, stieß sie mich an, »setze wieder vier!«

Wir setzten und verloren; dann verloren wir wieder und wieder.

»Tantchen, die ganzen zwölftausend sind weg«, meldete ich.

»Ich sehe, daß sie weg sind«, sagte sie mit einer Art stiller Wut, wenn man sich so ausdrücken darf. »Ich sehe es, ich sehe es«, murmelte sie, vor sich hinstarrend und in Gedanken versunken. »Ach! und wenn es mein Leben kostet, setz noch einmal viertausend Gulden.«

»Wir haben ja kein Geld mehr; hier in der Brieftasche sind nur noch unsere fünfprozentigen Papiere und irgendwelche Anweisungen; bares Geld ist keines mehr da.«

»Und im Portemonnaie?«

»Nur noch Kleingeld, Tantchen.«

»Gibt es hier Wechselstuben? Man hat mir gesagt, daß man hier alle unsere Papiere einwechseln kann«, fragte die Großtante entschlossen.

»Oh, soviel Sie wollen! Aber was Sie bei diesem Tausch verlieren werden, das ... da könnte sogar ein Jude schaudern.«

»Unsinn! Ich werde gewinnen! Bring mich dahin! Ruf diese Tölpel!«

Ich schob den Rollstuhl zurück, die Träger erschienen, und wir verließen den Kursaal.

»Schneller, schneller, schneller!« kommandierte die Generalin. »Zeige den Weg, Alexej Iwanowitsch, aber den kürzesten ... ist es weit?«

»Zwei Schritte, Tantchen.«

Doch an der Einmündung der Anlage in die Allee stießen wir auf unsere ganze Gesellschaft: den General, de Grieux, Mlle. Blanche und ihre Mutter. Paulina Alexandrowna war nicht mit, ebensowenig Mister Astley.

»Vorwärts, vorwärts! Nicht stehenbleiben«, schrie die Großtante, »was wollt ihr? Ich habe keine Zeit für euch.«

95

Ich schritt hinter dem Fahrstuhl; de Grieux stürzte auf mich zu.

»Sie hat den ganzen Gewinn von heute Vormittag verspielt und noch zwölftausend Gulden dazu. Jetzt fahren wir, um die fünfprozentigen Papiere einzuwechseln«, flüsterte ich ihm hastig zu.

De Grieux stampfte mit dem Fuß auf und beeilte sich, dem General die Kunde mitzuteilen. Wir schoben die Großtante unterdessen weiter.

»Halten Sie sie zurück, halten Sie sie zurück!« zischte der General mir voller Wut zu.

»Versuchen Sie es doch, ihr Halt zu gebieten«, flüsterte ich.

»Tantchen!« der General trat auf sie zu, »Tantchen ... wir werden gleich, wir werden gleich ...« seine Stimme zitterte und versagte. »Wir werden gleich einen Wagen nehmen und ins Freie fahren ... da ist ein herrlicher Blick ... ein Aussichtspunkt ... wir wollten Sie eben auffordern.«

»Ah, geh mir mit deinem Aussichtspunkt!« wehrte ihn die Alte gereizt ab.

»Dort ist ein Dörfchen ... da werden wir Tee trinken ...« fuhr der General schon voller Verzweiflung fort.

»Nous boirons du lait sur l'herbe fraîche«, setzte de Grieux in wütendem Ingrimm hinzu.

»Du lait, de l'herbe fraîche«, das ist für den Pariser Bourgeois der Inbegriff und das Ideal einer Idylle; das ist, wie bekannt, seine ganze Vorstellung von »la nature et la vérité.«

»Laß mich mit deiner Milch in Ruhe! Löffle sie selber, ich bekomme nur Bauchschmerzen davon. Was hängt ihr euch an mich?« schrie die Großtante. »Ich sage euch doch, ich habe keine Zeit.«

»Wir sind am Ziel, Tantchen!« rief ich, »hier ist es.«

Wir hielten vor einem Haus, in dem sich ein Bankgeschäft befand. Ich ging wechseln; die Großtante erwartete mich am Eingang; de Grieux, der General und Blanche standen abseits und wußten nicht, was sie tun sollten. Die Großtante warf ihnen einen zornigen Blick zu, und sie schlugen den Weg zum Kursaal ein.

Man legte mir eine so entsetzliche Abrechnung vor, daß ich keinen Entschluß fassen konnte und zu der Großtante zurückkehrte, um mir Weisungen zu erbitten.

»Ach, diese Räuber!« rief sie, die Hände zusammenschlagend. »Na, es macht nichts! Wechsle!« rief sie entschlossen. »Halt, rufe mir einmal den Bankier.«

»Vielleicht jemanden von den Angestellten, Tantchen?«

»Gut denn, einen Angestellten, das ist mir gleich. Ach, diese Räuber!«

Ein Bankbeamter erklärte sich bereit herauszukommen, als er erfuhr, daß eine alte gelähmte Gräfin, die nicht gehen konnte, ihn zu sich bitten lasse. Die Generalin sprach lange zornig und laut mit ihm, beschuldigte ihn der Gaunerei und feilschte mit ihm in einem Gemisch von Russisch, Französisch und Deutsch, während ich übersetzen half. Der ernsthafte Beamte sah uns beide an und schüttelte schweigend den Kopf. Die Großtante musterte er sogar mit einer allzu aufdringlichen Neugierde, die bereits an Unhöflichkeit grenzte; schließlich fing er an zu lächeln.

»So pack dich!« schrie die alte Dame. »Erstick an meinem Geld! Laß dir von ihm wechseln, Alexej Iwanowitsch, wir haben keine Zeit, sonst würden wir zu einem anderen fahren...«

»Der Beamte sagt, daß die anderen noch weniger geben.«

Ich entsinne mich der Abrechnung nicht genau, aber sie war fürchterlich. Ich wechselte gegen zwölftausend Gulden in Gold und Banknoten ein, nahm die Rechnung und übergab sie der Großtante.

»Ach laß! Wozu nachzählen«, wehrte sie ab, »schnell, schnell, schnell!«

»Ich werde nie wieder auf dieses verfluchte zéro setzen und auf Rot auch nicht«, murmelte sie, als wir uns dem Kursaal näherten.

Diesmal bemühte ich mich mit aller Kraft, sie zu möglichst kleinen Einsätzen zu bewegen; sollte das Glück ihr günstig sein, hatte sie immer noch Zeit, einen großen Einsatz zu wagen. Aber sie war so ungeduldig, daß sie anfänglich zwar einwilligte, während des Spiels jedoch in keiner Weise zurückzuhalten war; kaum hatte sie ein paar Einsätze von zehn oder zwanzig Friedrichsdor gewonnen, so puffte sie mich schon: »Siehst du! Siehst du! Wir haben doch gewonnen; hätten wir viertausend statt zehn gesetzt, hätten wir viertausend gewonnen, und was haben wir jetzt? Das bist du, alles du!«

Und so sehr ich mich über ihr Spiel ärgerte – ich beschloß zu schweigen und ihr keine Ratschläge mehr zu erteilen.

Da schoß de Grieux plötzlich heran. Sie standen alle drei

in der Nähe; ich bemerkte, daß Mlle. Blanche sich mit ihrer Mutter abseits hielt und mit dem kleinen Fürsten kokettierte. Der General war offensichtlich in Ungnade, fast ganz kaltgestellt. Blanche geruhte nicht einmal ihn anzusehen, obgleich er eifrig um sie herumschwänzelte. Der arme General! Er wurde blaß und rot, zitterte und kümmerte sich nicht einmal um das Spiel seiner Tante. Blanche und der kleine Fürst gingen schließlich hinaus; der General lief ihnen nach.

»Madame, Madame«, flüsterte de Grieux der Tante mit honigsüßer Stimme ins Ohr. »Madame, so kann man nicht setzen ... nein, nein, man kann nicht«, er radebrechte russisch, »nein!«

»Ja, wie denn? So lehre es mich doch!« wandte sich die Tante an ihn.

De Grieux fing plötzlich an, schnell französisch zu schwatzen, gab Ratschläge, geriet in Unruhe, sagte, daß man die Chancen abwarten müsse, führte allerlei Ziffern an ... Die Großtante begriff nichts. Er nahm unaufhörlich meine Dienste als Übersetzer in Anspruch, klopfte mit den Fingern auf den Tisch, gab Anweisungen; endlich ergriff er einen Bleistift und fing an auf dem Papier zu rechnen. Da verlor die Großtante endlich die Geduld.

»Ach, geh weg, du! Du schwätzt nur Unsinn! ,Madame, Madame', und verstehst selber nichts von der Sache; pack dich!«

»Mais, madame«, flötete de Grieux, und fing wieder an zu reden und zu erklären.

Er war wie in einem Rausch.

»So setze doch einmal so, wie er sagt«, befahl die Generalin, »wir wollen sehen: am Ende kommt doch was dabei heraus.«

De Grieux lag nur daran, die alte Dame von großen Einsätzen abzulenken; er schlug vor, auf Zahlen zu setzen, einzeln und in Gruppen. Ich setzte nach seiner Angabe je einen Friedrichsdor auf eine Reihe ungerader Zahlen in den ersten zwölf und je fünf Friedrichsdor auf Zahlengruppen zwischen zwölf und achtzehn und zwischen achtzehn und vierundzwanzig: im ganzen setzten wir sechzehn Friedrichsdor.

Das Rad kreiste.

»Zéro!« rief der Croupier.

Wir hatten alles verloren.

»So ein Dummkopf!« rief die Großtante de Grieux zu. »So ein verdammter Franzmann! Der gibt noch Ratschläge, der

Unhold! Pack dich, pack dich! Verstehst nichts und drängst dich noch herzu!«

De Grieux zuckte tödlich beleidigt die Achseln, sah die Großtante mit Verachtung an und ging weg. Er schämte sich bereits selber, daß er sich eingemischt, daß er es nicht vermocht hatte, sich zu beherrschen.

Nach einer Stunde hatten wir, so sehr wir uns auch abmühten, alles verloren.

»Nach Hause!« rief die Großtante.

Sie sprach kein Wort, bis wir die Allee erreicht hatten. Als wir uns bereits dem Hotel näherten, fing sie an, sich in Ausrufen zu ergehen.

»So eine Närrin! So eine Närrin! Du alte, alte Närrin!« Und kaum hatten wir die Wohnung erreicht: »Gebt mir Tee!« rief die Großtante, »und sofort packen! Wir reisen ab!«

»Wohin belieben Sie zu reisen, Mütterchen?« fing Marfa an.

»Was geht das dich an? Schuster, bleib bei deinem Leisten! Potapytsch, packe alles zusammen, den ganzen Kram. Wir reisen zurück, nach Moskau. Ich habe fünfzehntausend Rubel verspielt.«

»Fünfzehntausend, Mütterchen! Oh, mein Gott«, rief Potapytsch, in tiefer Rührung die Hände zusammenschlagend; er glaubte sich ihr damit gefällig zu machen.

»Du Narr! Fängt der noch an zu flennen! Schweig! Packt ein! Schnell die Rechnung, schnell!!«

»Der nächste Zug geht um halb zehn, Tantchen«, warf ich ein, um ihre Erregung etwas einzudämmen.

»Und wie spät ist es jetzt?«

»Halb acht.«

»Ist das ärgerlich! Nun, gleichviel! Alexej Iwanowitsch, ich besitze keine Kopeke mehr. Hier hast du noch zwei Wertpapiere, lauf noch einmal dorthin, und verkaufe sie. Ich habe sonst nichts für die Reise.«

Ich machte mich auf den Weg. Als ich nach einer halben Stunde ins Hotel zurückkehrte, fand ich die ganze Gesellschaft um die Großtante versammelt. Als sie erfahren hatten, daß die alte Dame nach Moskau zurückkreise, waren sie noch mehr bestürzt als über ihren Verlust. Durch ihre Abreise wurde allerdings das Vermögen gerettet, aber was sollte nun aus dem General werden? Wer sollte de Grieux bezahlen? Mlle. Blanche würde sich natürlich nicht bis zum Tod der Großtante gedulden wollen und sicherlich mit dem kleinen Fürsten oder einem anderen Kavalier entschlüpfen. Sie standen vor ihr, trösteten sie und redeten ihr zu. Paulina war wiederum nicht anwesend. Die Großtante schrie in rasender Wut: »Laßt mich in Ruhe, ihr Teufelspack! Was geht das alles euch an? Was drängt sich dieser Ziegenbart an mich heran?« schrie sie de Grieux an, »und was willst du, du Kiebitz?« wandte sie sich an Mlle. Blanche. »Was schwänzelst du um mich herum?«

»Diantre!« zischte Mlle. Blanche mit zornfunkelnden Augen; dann lachte sie plötzlich laut auf und verließ das Zimmer.

»Elle vivra cent ans!« rief sie in der Tür dem General zu.

»Ah, du rechnest also auf meinen Tod?« brüllte die Großtante den General an, »Scher dich fort! Jage sie alle hinaus, Alexej Iwanowitsch! Als ob euch das etwas anginge? Ich habe mein Geld durchgebracht, nicht eures!«

Der General zuckte die Achseln, krümmte sich zusammen und ging hinaus. De Grieux folgte ihm.

»Rufe mir Praskowja«, gebot die Großtante ihrer Kammerfrau.

Nach fünf Minuten kam Marfa mit Paulina zurück. Paulina hatte die ganze Zeit über mit den Kindern in ihrem Zimmer gesessen; sie hatte offenbar die Absicht gehabt, den ganzen Tag nicht auszugehen. Ihr Gesicht war ernst, traurig und sorgenvoll.

»Praskowja«, begann die Alte, »ist es wahr, was ich heute von dritter Seite gehört habe, daß dieser Narr, dein Stiefvater, diese dumme, windige Französin heiraten will – sie ist wohl Schauspielerin oder etwas noch Schlimmeres? Sage, ist das wahr?«

»Ganz genau weiß ich es nicht, Tantchen«, antwortete Paulina, »aber aus den Äußerungen von Mlle. Blanche selber, die es nicht für nötig hält, einen Hehl daraus zu machen, schließe ich...«

»Genug!« unterbrach die Großtante sie energisch, »ich verstehe alles. Ich habe immer vorausgesehen, daß er zu dergleichen fähig ist, und habe ihn stets für einen Hohlkopf und Leichtfuß gehalten. Er prahlt damit, daß er General ist – war ja nur Oberst und hat den Rang erst bei der Entlassung erhalten –, und macht sich wichtig. Ich weiß alles, meine Liebe, wie Ihr ein Telegramm nach dem anderen nach Moskau geschickt habt, ob die alte Tante denn nicht bald das Zeitliche segnen wird. Ihr habt auf die Erbschaft gewartet; ohne Geld nimmt ihn dieses gemeine Frauenzimmer, wie heißt sie doch – de Cominges – nicht einmal als Lakai, noch dazu mit seinen falschen Zähnen. Man sagt, sie besitze selber einen Haufen Geld, leihe gegen Prozente; man weiß ja, wo sie's her hat! Ich messe dir keine Schuld zu, Praskowja; du warst es nicht, welche die Telegramme abgesandt hat; und das Gewesene will ich auch vergessen. Ich weiß, daß du einen greulichen Charakter hast – eine Wespe bist du! Wenn du stichst, so schwillt es auf; aber du tust mir leid, weil ich die selige Jekaterina, deine Mutter, sehr liebgehabt habe. Wenn du also willst – laß hier alles im Stich, und reise mit mir. Wo solltest du auch bleiben? Ihre Gesellschaft ist jetzt auch nicht mehr anständig genug für dich. Halt!« wehrte die Großtante ab, als sie sah, daß Paulina antworten wollte, »ich bin noch nicht zu Ende. Ich werde nichts von dir verlangen. Mein Haus in Moskau ist, wie du ja selber weißt, ein Palast; bewohne meinethalben ein ganzes Stockwerk, und komm wochenlang nicht zu mir herunter, wenn mein Charakter dir nicht zusagt. Nun, willst du oder nicht?«

»Gestatten Sie mir erst eine Frage! Wollen Sie denn wirklich jetzt gleich abreisen?«

»Glaubst du etwa, daß ich scherze, meine Liebe? Ich habe es gesagt – und ich reise. Ich habe heute fünfzehntausend Rubel an eurem dreimal verfluchten Roulett verloren. Vor fünf Jahren habe ich das Versprechen gegeben, statt der Holzkirche auf meinem Gut bei Moskau eine Kirche aus Stein zu errichten; statt dessen habe ich hier mein Geld vergeudet. Jetzt will ich heimreisen, um die Kirche zu bauen.«

»Aber die Kur, Tantchen? Sie sind doch wegen der Brunnenkur hergekommen?«

»Ach, geh mir mit deiner Kur! Reize mich nicht, Praskowja, tust du es etwa mit Absicht? Antworte, reist du mit mir oder nicht?

»Ich bin Ihnen sehr, sehr dankbar, Tantchen«, sagte Paulina herzlich, »für die Zuflucht, die Sie mir anbieten. Sie haben meine Lage zum Teil erraten. Ich bin Ihnen so dankbar, daß ich, glauben Sie es mir, vielleicht sehr bald zu Ihnen kommen werde, jetzt aber sind da Gründe ... wichtige Gründe ... und ich kann mich nicht sofort, in diesem Augenblick entscheiden. Wenn Sie wenigstens noch zwei Wochen hiergeblieben wären ...«

»Das heißt also, du willst nicht.«

»Das heißt, ich kann nicht. Zudem darf ich mich *jetzt* in keinem Fall von den Geschwistern trennen, da ... da ... da es tatsächlich geschehen kann, daß sie eines Tages ganz verlassen sein werden; wenn Sie mich also mit den Kleinen aufnehmen wollen, Tantchen, so komme ich natürlich zu Ihnen und werde es Ihnen vergelten, das können Sie mir glauben«, fügte sie mit Wärme hinzu, »aber ohne die Kinder kann ich nicht, Tantchen.«

»Nun, flenne nicht!« Paulina dachte gar nicht daran zu flennen, sie weinte überhaupt nie. »Für die Küken wird sich auch noch Platz finden, der Hühnerstall ist groß. Außerdem ist es Zeit, daß sie in die Schule kommen. Du fährst jetzt also nicht mit! Sieh dich vor, Praskowja! Ich wünsche dir das Beste, aber ich weiß ja, warum du nicht reisen willst. Ich weiß alles, Praskowja. Mit diesen Franzosen nimmt es kein gutes Ende.«

Paulina fuhr auf. Ich erbebte geradezu. Alle wissen darum! Nur ich allein weiß nichts!

»Laß gut sein, ärgere dich nicht. Ich will's nicht breittreten. Sieh nur zu, daß nichts Schlimmes daraus entsteht, verstehst du? Du bist ein kluges Mädchen; es würde mir leid sein um dich. Doch nun genug. Hätte ich euch lieber alle nicht gesehen! Geh jetzt, lebe wohl.«

»Ich begleite Sie noch, Tantchen«, sagte Paulina.

»Das ist nicht nötig; störe mich nicht; ich habe euch alle satt.«

Paulina küßte der Großtante die Hand, doch diese entzog sie ihr und küßte sie selber auf die Wange.

Als Paulina an mir vorüberschritt, warf sie mir einen raschen Blick zu, wandte sich aber sofort wieder ab.

»So leb denn auch du wohl, Alexej Iwanowitsch. Es ist noch eine Stunde bis zur Abreise. Ich habe dich recht geplagt, denke ich. Hier, nimm diese fünfzig Goldstücke.«

»Ich danke Ihnen gehorsamst, Tantchen, es ist mir sehr peinlich ...«

»Ach was«, rief die Alte so energisch und zornig, daß ich nicht mehr zu widersprechen wagte und das Geld entgegennahm.

»Wenn du in Moskau ohne Stellung herumlaufen wirst, so komm zu mir, ich bringe dich schon irgendwo unter. Jetzt aber troll dich!«

Ich suchte mein Zimmer auf und warf mich aufs Bett. So

lag ich wohl eine halbe Stunde lang auf dem Rücken, die Hände über dem Kopf verschlungen. Die Katastrophe war hereingebrochen. Es gab vieles zu überdenken. Ich beschloß, morgen eindringlich mit Paulina zu sprechen! Ah! das Französlein! So ist das also wahr! Aber was konnte es eigentlich sein? Paulina und de Grieux! O Gott, wie konnte man sie nebeneinanderstellen!

Es war alles so unwahrscheinlich. Ich sprang plötzlich auf, ganz außer mir, um sofort Mister Astley aufzusuchen und ihn, koste es, was es wolle, zum Reden zu zwingen. Natürlich weiß er auch in dieser Sache mehr als ich. Mister Astley? Das ist ein weiteres Rätsel für mich.

Da wurde plötzlich an meine Tür geklopft. Ich sah nach – es war Potapytsch.

»Väterchen, Alexej Iwanowitsch, die gnädige Frau verlangen nach Ihnen.«

»Was ist denn? Reist sie etwa schon ab? Der Zug geht ja erst in zwanzig Minuten.«

»Sie sind sehr erregt, können kaum still sitzen. ‚Schneller, schneller‘, das heißt – ich soll Sie schneller rufen, Väterchen. Zögern Sie nicht, um Christi willen.«

Ich lief sofort hinunter. Man hatte die Großtante in den Korridor geschoben. In der Hand hielt sie eine Brieftasche.

»Alexej Iwanowitsch, geh voran, los ...«

»Wohin, Tantchen?«

»Und wenn's mein Leben kostet, ich muß mein Geld zurückgewinnen! Vorwärts marsch, ohne Widerrede! Das Spiel dauert doch bis Mitternacht?«

Ich war zunächst starr, überlegte dann und faßte sofort meinen Entschluß.

»Ihr Wille in Ehren, Antonida Wasiljewna, aber ich gehe nicht mit.«

»Warum denn nicht? Was soll das wieder heißen? Ihr seid wohl alle nicht recht bei Trost?«

»Tun Sie, wie Sie wollen. Ich aber würde mir später Vorwürfe machen; ich will nicht. Ich will weder Zeuge noch Beteiligter sein; erlassen Sie es mir, Antonida Wasiljewna. Hier gebe ich Ihnen Ihre fünfzig Friedrichsdor zurück; leben Sie wohl!«

Ich legte die Rolle mit dem Geld auf ein Tischchen, das zufällig neben dem Sessel der Großtante stand, verbeugte mich und ging fort.

»So ein Blödsinn!« rief die Alte mir nach. »Laß es bleiben, ich finde meinen Weg auch allein! Potapytsch, komm du mit mir! Hebt mich auf, tragt mich!«

Ich traf Mister Astley nicht an und kehrte nach Hause zurück. In später Stunde, gegen ein Uhr nachts, erfuhr ich von Potapytsch, wie die Großtante ihren Tag beschlossen hatte. Sie hatte alles verspielt, was ich ihr gewechselt, das heißt nach unserem Geld noch zehntausend Rubel. Im Spielsaal hatte sich jener Pole, dem sie am Morgen zwei Friedrichsdor gegeben, an sie herangemacht und die ganze Zeit ihr Spiel geleitet. Bis dahin hatte Potapytsch setzen müssen, wurde aber bald von ihr fortgejagt; da war der Pole eingesprungen. Es traf sich, daß er etwas Russisch verstand, sogar ein wenig schwatzen konnte, wobei er drei Sprachen durcheinandermischte, so daß sie sich schlecht und recht verständigen konnten. Die Generalin schimpfte ihn die ganze Zeit unbarmherzig, und obgleich er ständig »zu den Füßchen der Panna sank, so war es doch gar kein Vergleich mit Ihnen, Alexej Iwanowitsch«, erzählte Potapytsch. »Mit Ihnen ist sie doch wie mit einem Herrn umgegangen, aber jener hat ihr, ich habe es mit meinen eigenen Augen gesehen – Gott strafe mich auf der Stelle, wenn ich lüge –, direkt vom Tisch weg Geld gestohlen. Zweimal hat sie ihn selber dabei ertappt und ihn beschimpft, mit den übelsten Worten beschimpft; einmal hat sie ihn sogar an den Haaren gezogen – wahrhaftig, ich lüge nicht! so daß alle ringsherum lachten. Alles hat sie verspielt, Väterchen, alles, was sie hatte, alles, was Sie ihr eingewechselt haben. Als wir sie nach Hause gebracht hatten, hat sie nur Wasser zum Trinken verlangt, hat sich bekreuzigt und ins Bettchen gelegt. Sie war wohl recht erschöpft, denn sie ist gleich eingeschlafen: Gott schicke ihr himmlische Träume! Ach, dieses Ausland, das kann mir ...« schloß Potapytsch, »ich habe gleich gesagt, es führt zu nichts Gutem. Wenn wir nur schnell in unser Moskau zurückkämen! Und haben wir zu Hause in Moskau denn nicht alles, alles? Einen Garten, Blumen, wie man sie hier nicht einmal kennt, gute Luft, die Äpfel fangen an zu reifen, Raum in Hülle und Fülle – nein, wir mußten ins Ausland. Ich ... ach ... ach! ...«

Dreizehntes Kapitel

Nun ist beinahe ein ganzer Monat vergangen, ohne daß ich diese Aufzeichnungen in die Hand genommen hätte, die ich unter dem Einfluß starker, wenn auch verworrener Eindrücke geschrieben habe. Die Katastrophe, deren Herannahen ich damals ahnte, ist tatsächlich hereingebrochen, aber hundertmal schroffer und unerwarteter, als ich gedacht hatte.

Es ist alles so seltsam, so widerwärtig, sogar tragisch, wenigstens soweit es mich betrifft. Ereignisse sind auf mich hereingestürmt, die an ein Wunder grenzen und die ich bis heute als solches betrachte – obwohl man sie andererseits und besonders in Hinsicht auf den Taumel, in dem ich mich damals befand, kaum als außergewöhnlich bezeichnen kann. Das Wunderbarste aber bleibt für mich mein eigenes Verhalten allen diesen Geschehnissen gegenüber. Ich kann mich bis heute selber nicht verstehen! Und alles ist wie ein Traum verflogen – sogar meine Leidenschaft, und sie war doch echt und aufrichtig, aber ... wo ist sie jetzt? Es ist ja wahr, hin und wieder blitzt mir der Gedanke durch den Sinn: War ich damals nicht am Ende wahnsinnig, und habe ich nicht die ganze Zeit über irgendwo in einem Irrenhaus gesessen, vielleicht sitze ich auch jetzt dort – so daß mir das alles nur *geschienen* hat und auch bis jetzt nur *scheint*?

Ich habe meine Aufzeichnungen geordnet und durchgelesen. Wer weiß, vielleicht nur, um mich zu vergewissern, ob ich sie nicht im Irrenhaus geschrieben habe? Jetzt bin ich mutterseelenallein. Der Herbst ist im Anzug, die Blätter werden gelb. Ich sitze in diesem öden Städtchen (oh, wie öde sind die deutschen Kleinstädte!), und statt zu überdenken, was ich jetzt tun soll, lebe ich unter dem Einfluß eben erst verflogener Empfindungen, unter dem Einfluß frischer Erinnerungen, unter dem Einfluß jenes erst kürzlich verrauschten Wirbelsturmes, der mich damals in den Strudel riß und wieder hinausschleuderte. Es kommt mir bisweilen so vor, als ob ich noch immer in diesem Wirbelwind kreise, als ob der Sturm jetzt gleich wieder losbrechen müßte, um mich im Vorübersausen mit seinem Fittich fortzureißen, und ich verliere von neuem jedes Gefühl für Ordnung und Maß und bewege mich immer im Kreise, im Kreise, im Kreise ...

Vielleicht gelingt es mir übrigens, auch irgendwie festen Fuß zu fassen und aus dem Strudel herauszukommen, wenn ich mir wenigstens möglichst genaue Rechenschaft ablege über alles, was in diesem Moment geschehen ist. Es zieht mich wieder zur Feder, auch habe ich am Abend oft gar nichts zu tun. Und seltsam! um wenigstens irgendeine Beschäftigung zu haben, nehme ich mir aus der hiesigen schäbigen Leihbibliothek die Romane von Paul de Kock (in deutscher Übersetzung!), die ich eigentlich nicht ausstehen kann; aber ich lese sie und – wundere mich über mich selber: es ist, als fürchtete ich durch ein ernstes Buch, durch eine ernste Beschäftigung den Zauber des eben erst Erlebten zu zerstören. Als ob dieser widerwärtige Traum und alle die Erinnerungen, die er hinterließ, mir so teuer wären, daß ich fürchten müßte, sie in Rauch aufgehen zu sehen, wenn ich ihnen mit etwas Neuem zu nahe käme. Ist mir das alles wirklich so teuer? Ja, es ist mir teuer; vielleicht werde ich noch nach vierzig Jahren daran denken ...

Ich will also schreiben. Übrigens läßt sich das alles jetzt zum Teil viel kürzer erzählen: die Eindrücke sind ja nicht so frisch ...

Um zuerst die Großtante zu erledigen – am nächsten Tag verspielte sie endgültig alles. So mußte es auch kommen. Wenn ein Mensch von ihrem Schlag einmal den Weg beschritten hat, saust er wie ein Schlitten vom Schneeberg hinab, immer schneller und schneller. Sie spielte den ganzen Tag bis acht Uhr abends; ich war bei ihrem Spiel nicht zugegen und weiß es nur aus den Berichten anderer.

Potapytsch hielt den ganzen Tag neben ihr im Kursaal Wache. Die Polen, die ihr Spiel leiteten, wechselten einander an dem Tag mehrmals ab. Sie fing damit an, daß sie den gestrigen Polen, den sie an den Haaren gezogen hatte, fortjagte und einen anderen nahm; doch dieser war fast noch schlimmer. Nachdem sie ihn davongejagt und wieder den ersten genommen hatte, der nicht fortgegangen war, sondern die ganze Zeit seiner Verbannung hindurch hinter ihrem Sessel stand und jeden Augenblick seinen Kopf zu ihr durchzwängte, geriet sie völlig in Verzweiflung. Der weggejagte zweite Pole wollte auch durchaus nicht fortgehen; einer postierte sich rechts, der andere links. Sie zankten und beschimpften sich die ganze Zeit wegen der Art und Höhe der Einsätze, warfen sich gegenseitig »Laidak« (das heißt Strolch) und andere polnische Liebenswürdigkeiten an den Kopf, versöhnten sich wieder, schmissen mit dem Geld ohne Sinn und

Verstand um sich, disponierten ins Blaue. Waren sie im Streit, setzte jeder auf eigene Faust, der eine zum Beispiel auf Rot, der andere gleichzeitig auf Schwarz. Es endete damit, daß sie die Großtante vollständig verwirrten und aus der Fassung brachten, so daß sie sich schließlich beinahe unter Tränen an den alten Croupier wandte mit der Bitte, sie zu beschützen und die Polen fortzujagen. Sie wurden tatsächlich sofort hinausgeworfen, ungeachtet ihres Geschreis und ihrer Proteste. Beide schrien gleichzeitig und suchten zu beweisen, daß die Großtante ihnen Geld schulde, daß sie sie betrogen, daß sie sie unehrlich und gemein behandelt habe. Der unglückliche Potapytsch erzählte mir das alles unter Tränen noch an dem nämlichen Abend nach dem Verlust und klagte, daß die Polen sich die Taschen voll Geld gestopft hätten; er hatte selber gesehen, daß sie gewissenlos gemaust und alle Augenblicke etwas eingesteckt hatten. So hatte zum Beispiel der eine der Großtante für seine Bemühungen fünf Friedrichsdor abgebettelt, die er sofort gleichzeitig mit der alten Dame setzte. Die Großtante gewann, er aber schrie, daß sein Einsatz gewonnen, die Dame aber verloren habe. Als man die beiden fortwies, trat Potapytsch vor und meldete, daß sie die Taschen voll Gold hätten. Die Großtante bat sofort den Croupier, seine Anordnungen zu treffen, und wie sehr auch die beiden Polen schreien mochten (wie zwei Hähne, die man mit den Händen fängt) – die Polizei erschien, und ihre Taschen wurden sofort zugunsten der Großtante ausgeleert. Solange die Alte noch nicht alles verloren hatte, erfreute sie sich an diesem Tag bei den Croupiers und der ganzen Spielsaalobrigkeit offenbarer Hochachtung. Allmählich verbreitete sich die Kunde von ihrem Spiel in der ganzen Stadt. Die Kurgäste aller Nationen, geringe und vornehme, strömten herbei, um »une vieille comtesse russe, tombée en enfance« zu sehen, die schon »mehrere Millionen« verspielt habe.

Die Großtante hatte aber nur sehr wenig Vorteil davon, daß man sie von den zwei Polacken befreit hatte. An ihrer Stelle erschien zu ihren Diensten sofort ein dritter Pole; dieser sprach tadellos Russisch, war wie ein Gentleman gekleidet, hatte aber doch etwas Lakaienhaftes in seiner Erscheinung, trug einen riesigen Schnurrbart und trat sehr selbstbewußt auf. Auch er »küßte die Füßchen der Panna« und »legte sich zu ihren Füßchen«, benahm sich aber den Umstehenden gegenüber sehr herausfordernd, nahezu despotisch – mit einem

Wort, er machte sich sofort nicht zum Diener, sondern zum Herrn der Großtante. Bei jedem Einsatz wandte er sich an sie und schwor mit den schrecklichsten Schwüren, daß er ein »ehrenhafter Pan« sei und keine Kopeke von ihrem Geld nehmen werde. Er wiederholte diese Schwüre so oft, daß die alte Dame endgültig den Mut verlor. Da aber dieser Pole zu Anfang ihr Spiel wirklich günstig zu beeinflussen schien und zu gewinnen begann, wollte die Tante selber nicht mehr von ihm lassen. Nach einer Stunde erschienen die beiden früheren Polen, die man aus dem Spielsaal gewiesen hatte, abermals hinter dem Sessel der Großtante und boten wieder ihre Dienste an, wenigstens für Botengänge. Potapytsch beteuerte, daß der »ehrenhafte Pan« ihnen mit den Augen zugewinkt und ihnen sogar etwas in die Hände gedrückt habe. Da die Großtante nichts gegessen, ihren Rollstuhl überhaupt kaum verlassen hatte, so war der eine der Polen wirklich zu gebrauchen. Er lief in den anstoßenden Speisesaal des Kurhauses und holte ihr eine Tasse Bouillon, später auch Tee. Sie liefen übrigens alle beide. Als aber der Tag sich neigte, als es bereits allen klar war, daß die Generalin auch ihre letzte Banknote verspielen werde, standen hinter ihrem Stuhl bereits sechs Polen, von denen man vorher nichts gesehen und nichts gehört hatte. Während die alte Dame ihre letzten Goldstücke verspielte, hörten sie gar nicht mehr auf sie, ja beachteten sie nicht einmal, drängten sich über sie hinweg zum Tisch, rafften ihr das Geld weg, verfügten darüber, setzten, stritten und schrien, wobei sie sich mit dem »ehrenhaften Pan« ganz verbrüdert hatten; der »ehrenhafte Pan« selber schien aber die Existenz der Großtante ganz vergessen zu haben. Selbst als alles verloren war und sie gegen acht Uhr abends ins Hotel zurückkehrte, konnten sich drei oder vier Polen noch nicht entschließen, sie in Ruhe zu lassen, und liefen zu beiden Seiten des Rollstuhls her, wobei sie aus voller Kraft schrien und mit großer Zungenfertigkeit versicherten, daß die Generalin sie in irgendeiner Weise betrogen habe und ihnen etwas geben müsse. So kamen sie bis zum Hotel mit, wo man sie endlich mit Püffen davonjagte.

Nach Potapytschs Berechnung hatte seine Herrin an diesem Tag im ganzen gegen neunzigtausend Rubel verspielt, das am Tag vorher Verlorene nicht mitgerechnet. Sie hatte alle ihre Wertpapiere – die fünfprozentigen inneren Anleihen, alle ihre Aktien, ein Stück nach dem anderen – eingewechselt. Ich wunderte mich, daß sie das sieben bis acht Stunden lang ausgehalten hatte, ohne kaum einmal vom Tisch wegzugehen, aber Potapytsch erzählte, daß sie tatsächlich dreimal angefangen hatte, stark zu gewinnen; das hatte ihre Hoffnungen aufs neue beflügelt, und sie hatte sich nicht mehr vom Spieltisch trennen können. Übrigens wissen alle Spieler, daß ein Mensch fähig ist, beinahe vierundzwanzig Stunden lang auf einem Platz am Kartentisch zu verharren, ohne nach rechts oder links zu schauen.

Mittlerweile spielten sich an diesem Tag bei uns im Hotel gleichfalls sehr entscheidende Ereignisse ab. Am Vormittag, zwischen zehn und elf, als die Großtante noch zu Hause war, entschlossen sich unsere Herren, das heißt der General und de Grieux, zu einem letzten Schritt. Als sie erfahren hatten, daß die Großtante gar nicht daran dachte abzureisen, sondern im Gegenteil wieder in den Spielsaal fahren wollte, gingen sie allesamt (mit Ausnahme von Paulina) zu ihr, um noch einmal, endgültig und sogar *ganz offen* mit ihr zu reden. Der General, dem im Hinblick auf die für ihn so furchtbaren Folgen die Glieder schlotterten und der Atem stockte, hieb sogar über die Schnur. Nachdem er eine halbe Stunde lang gebeten und gefleht, offenherzig alles, das heißt seine Schulden und selbst seine Leidenschaft zu Mlle. Blanche gestanden hatte, wobei er vollständig die Fassung verlor, ging er plötzlich in einen schroffen Ton über, schrie die Tante an und stampfte mit den Füßen; sie mache der ganzen Familie Unehre, sie sei zum Spott der ganzen Stadt geworden und schließlich ... »Sie schänden den russischen Namen, meine Gnädigste«, rief der General, »und es gibt dafür noch eine Polizei!« Die Großtante jagte ihn endlich mit dem Stock, einem wirklichen Stock, hinaus. Der General und de Grieux hielten im Lauf dieses Vormittags noch eine oder zwei Beratungen ab, und zwar erwogen sie die Frage, ob es nicht in der Tat möglich sei, irgendwie die Polizei in Anspruch zu nehmen. Da sei eine unglückliche, aber ehrenwerte Greisin, die nicht mehr zurechnungsfähig sei, ihr letztes Geld verliere und so weiter. Mit einem Wort, ob man nicht irgendeine Aufsicht oder ein Verbot erwirken könne ... De Grieux zuckte nur mit den Schultern und lachte dem General, der bloß noch schwätzte und im Zimmer auf und ab lief, glatt ins Gesicht. Endlich gab de Grieux die Sache auf und verschwand. Am Abend erfuhren wir, daß er das Hotel endgültig verlassen, nachdem er zuvor sehr energisch und geheimnisvoll mit Mlle. Blanche geredet hatte. Was nun Mlle. Blanche anbelangt, so hatte sie schon am Morgen ihre Maßnahmen getroffen. Der General war endgültig abgetan, sie ließ ihn gar nicht mehr in ihre Nähe kommen. Als er ihr in den Kursaal nachlief und sie Arm in Arm mit dem kleinen Fürsten antraf, wurde er weder von ihr noch von Madame veuve Cominges erkannt. Auch der kleine Fürst grüßte ihn nicht. Den ganzen Tag über bearbeitete Mlle. Blanche den Fürsten, damit er sich endlich deutlich erkläre. Aber, ach! sie hatte sich in ihrer Spekulation auf den Fürsten bitter getäuscht. Diese kleine Katastrophe spielte sich schon am Abend ab; es stellte sich plötzlich heraus, daß der Fürst arm wie eine Kirchenmaus war und seinerseits darauf gerechnet hatte, von Mlle. Blanche Geld zu borgen und sein Glück am Roulett zu versuchen. Blanche wies ihm entrüstet die Tür und schloß sich in ihrem Zimmer ein.

Am Morgen dieses Tages hatte ich Mister Astley besuchen wollen oder, richtiger gesagt, ich suchte ihn den ganzen Vormittag, konnte ihn aber nirgends finden, weder in seiner Wohnung noch im Kursaal oder im Park. Er hatte diesmal sein Mittagsmahl nicht im Hotel eingenommen. Gegen fünf Uhr nachmittags erspähte ich ihn plötzlich: er ging vom Bahnhof direkt in das Hotel d'Angleterre. Er hatte Eile und sah sehr besorgt aus, obgleich es schwerfällt, aus seinem Antlitz Sorge oder irgendwelche Beunruhigung herauszulesen. Er streckte mir freudig mit dem gewohnten Ausruf »Ah!« die Hand entgegen, blieb aber nicht stehen, sondern setzte seinen Weg eilenden Schrittes fort. Ich schloß mich ihm an; er verstand es aber, mir so zu antworten, daß ich gar nichts erfahren konnte. Zudem war es mir äußerst peinlich, das Gespräch auf Paulina zu bringen; er selber fragte mit keiner Silbe nach ihr. Ich erzählte ihm von der Großtante, er hörte aufmerksam zu und zuckte ernsthaft mit den Achseln.

»Sie wird alles verlieren«, bemerkte ich.

»O ja«, erwiderte er, »sie ist ja bereits heute vormittag, als ich abreiste, in den Spielsaal gefahren, und daher wußte ich ganz genau, daß sie verlieren würde. Falls ich Zeit dazu finde, gehe ich in den Kursaal, um ihr zuzusehen, denn das ist sehr interessant.«

»Wo waren Sie denn?« rief ich, erstaunt darüber, daß ich bisher nicht danach gefragt hatte.

»Ich war in Frankfurt.«

»In Geschäften?«

»Ja, in Geschäften.«

Was sollte ich noch weiter fragen? Ich schritt noch immer neben ihm her, er aber ging plötzlich in das am Weg liegende Hotel Les quatre saisons hinein, nickte mir zu und verschwand. Auf dem Nachhauseweg wurde es mir allmählich klar, daß ich absolut nichts von ihm erfahren hätte, selbst wenn ich zwei Stunden mit ihm gegangen wäre, weil ... ich nach nichts zu fragen hatte! Ja, natürlich, so war es! Ich hätte meine Frage jetzt auf keinerlei Art in Worte kleiden können.

Paulina ging an diesem Tag mit den Kindern und der Kinderfrau mehrmals in den Park und hielt sich in der Zwischenzeit zu Hause auf. Den General mied sie schon längere Zeit und sprach fast gar nicht mit ihm, wenigstens von nichts Ernstem. Das hatte ich längst bemerkt. Da ich aber wußte, in welcher Lage der General sich befand, hatte ich eine Aussprache zwischen ihnen für unvermeidlich gehalten. Als ich jedoch nach meinem Gespräch mit Mister Astley dem Hotel zuschritt und Paulina mit den Kindern im Park traf, lag auf ihrem Antlitz eine so ungetrübte Ruhe, als wären die Familienstürme spurlos an ihr vorübergegangen. Meinen Gruß erwiderte sie mit einem Kopfnicken. Ich kam ganz verärgert nach Hause.

Ich hatte es allerdings vermieden, mit ihr zu sprechen, und war seit der Begebenheit mit den Würmerhelms kein einziges Mal mit ihr zusammen gewesen. Das war teilweise Großtuerei und Komödie; je weiter aber die Zeit vorschritt, desto echter wurde meine Entrüstung. Selbst wenn sie mich auch nicht im geringsten liebte, durfte sie nicht in dieser Weise mit meinen Gefühlen umspringen und meine Geständnisse mit soviel Verachtung aufnehmen. Sie weiß doch, daß ich sie wahrhaft liebe; sie hat es ja selber zugelassen, hat mir selber erlaubt, davon zu sprechen. Unser Verhältnis hatte allerdings ganz seltsam begonnen. Schon vor längerer Zeit, etwa vor zwei Monaten fing ich an zu bemerken, daß sie mich gerne zu ihrem Freund, zu ihrem Vertrauten gemacht hätte und mich zuweilen schon auf die Probe stellte. Aber die Sache kam damals nicht recht in Fluß; statt dessen bildeten sich die jetzigen seltsamen Beziehungen heraus; daher fing ich auch an, in dieser Weise mit ihr zu reden. Wenn meine Liebe ihr aber zuwider ist, warum verbietet sie mir nicht davon zu sprechen?

Es wird mir nicht verboten; sie hat mich selber sogar mehrmals auf dieses Gespräch gebracht ... natürlich um sich über mich lustig zu machen. Ich weiß es ganz bestimmt, ich habe das genau beobachtet – es macht ihr Vergnügen, mich erst anzuhören und mich aufs äußerste zu reizen, um mich dann plötzlich durch ihre vollständige Verachtung und Geringschätzung zu überraschen. Dabei weiß sie doch, daß ich ohne sie nicht leben kann. Seit dem Abenteuer mit dem Baron sind erst drei Tage verflossen, und ich kann unsere Trennung kaum noch ertragen. Als ich sie jetzt eben im Park traf, fing mein Herz so stark zu klopfen an, daß ich erblaßte. Aber auch sie wird ohne mich nicht leben können! Sie braucht mich; aber – aber soll ich wirklich nur ihr Hofnarr sein?

Sie hat ein Geheimnis – das ist klar! Ihre Unterredung mit der Großtante hatte meinem Herzen einen argen Stoß versetzt. Ich habe sie doch tausendmal gebeten, aufrichtig gegen mich zu sein, und sie wußte, daß ich tatsächlich bereit war, mein Leben für sie zu lassen. Sie wies mich aber immer beinahe mit Verachtung zurück oder verlangte solche Narrheiten wie die mit dem Baron, statt das angebotene Opfer anzunehmen. Ist das nicht empörend? Bedeutet dieser Franzose ihr wirklich die ganze Welt? Und Mister Astley? Doch hier wird die Sache schon ganz unverständlich, und inzwischen – o Gott, wie habe ich mich gequält!

Zu Hause angelangt, ergriff ich die Feder und warf in einem Anfall von Wut folgende Zeilen hin:

Paulina Alexandrowna,
ich sehe deutlich, daß die Lösung gekommen ist, die natürlich auch Sie nicht unberührt lassen wird. Ich wiederhole es Ihnen zum letztenmal: Brauchen Sie mein Leben oder nicht? Wenn Sie mich nötig haben zu *irgendeinem Zweck* – verfügen Sie über mich; ich werde mich in meinem Zimmer aufhalten, wenigstens den größten Teil des Tages, und nirgends hinfahren. Brauchen Sie mich – so schreiben Sie oder rufen Sie mich.

Ich versiegelte das Briefchen und übergab es dem Zimmerkellner mit der Weisung, es nur in Paulinas Hände gelangen zu lassen. Ich erwartete keine Antwort, aber nach drei Minuten kam der Kellner zurück mit der Bestellung, man »ließe mich grüßen«.

In der siebten Stunde beschied man mich zu dem General.

Ich fand ihn in seinem Arbeitszimmer; er war wie zum

Ausgehen gekleidet. Hut und Stock lagen auf dem Sofa. Als ich eintrat, kam es mir vor, als ob er mitten im Zimmer stünde, mit gespreizten Beinen und gesenktem Kopf, und laut mit sich selber redete. Sobald er mich aber erblickte, stürzte er beinahe schreiend auf mich zu, so daß ich unwillkürlich zurückwich und fortlaufen wollte; er aber packte mich an beiden Händen und zerrte mich zum Sofa, auf das er sich selber niederließ, während er mich in einen Lehnsessel drückte, der gerade gegenüber stand. Ohne meine Hände loszulassen, begann er mit zitternden Lippen und mit Tränen, die plötzlich an seinen Wimpern aufblitzten, flehenden Tones zu reden.

»Alexej Iwanowitsch, retten Sie mich, retten Sie mich, haben Sie Erbarmen mit mir!«

Ich konnte lange Zeit gar nichts verstehen; er redete, redete und redete und wiederholte immer wieder: »Haben Sie Erbarmen, haben Sie Erbarmen!« Endlich erriet ich, daß er so etwas wie einen Rat von mir verlangte oder, richtiger gesagt: als er sich von allen verlassen sah, erinnerte er sich meiner in seinem Schmerz und in seiner Sorge und ließ mich rufen, um nur zu reden, zu reden, zu reden.

Er hatte den Verstand, zum mindesten aber die Fassung völlig verloren. Er faltete die Hände und war bereit, sich mir zu Füßen zu werfen, damit ich mich – was glauben Sie wohl? – sofort zu Mlle. Blanche begeben, ihr ins Gewissen reden und sie anflehen solle, zu ihm zurückzukehren und ihn zu heiraten.

»Ich bitte Sie, Herr General«, rief ich, »Mlle. Blanche hat mich bisher vielleicht überhaupt noch nicht bemerkt; was kann ich da tun?«

Es war aber ganz nutzlos zu widersprechen; er begriff nicht, was man sagte. Er fing dann auch an, von der Großtante zu reden, aber völlig zusammenhanglos; er beharrte noch immer bei dem Gedanken, die Polizei holen zu lassen.

»Bei uns, bei uns«, begann er, plötzlich in Zorn ausbrechend, »mit einem Wort, bei uns, in einem wohlgeordneten Staat, wo es eine Obrigkeit gibt, würde man solche alte Frauen sofort unter Vormundschaft stellen! Jawohl, mein Verehrtester, jawohl«, fuhr er fort, plötzlich in einen scheltenden Ton verfallend; er sprang auf und ging im Zimmer hin und her. »Sie haben das noch nicht gewußt, verehrtester Herr«, wandte er sich an einen eingebildeten verehrten Herrn in der Ecke, »so werden Sie es erfahren – jawohl, bei uns macht man solche alte Frauen gefügig, gefügig, gefügig, jawohl ... oh, hol's der Teufel!«

Er warf sich wieder auf das Sofa; eine Minute danach begann er mir in Eile, beinahe schluchzend und mit stockendem Atem zu erzählen, daß Mlle. Blanche ihn deshalb nicht heiraten wolle, weil statt des Telegramms die Großtante gekommen und weil es jetzt bereits klar sei, daß er die Erbschaft nicht erhalten werde. Er glaubte wohl, daß ich noch nichts von alledem wisse. Ich fing an von de Grieux zu reden; er wehrte ab: »Auf und davon! Ich habe ihm ja meinen ganzen Besitz verpfändet; ich bin arm wie eine Kirchenmaus! Das Geld, das Sie mitgebracht haben ... dieses Geld – ich weiß nicht, wieviel davon übriggeblieben ist, vielleicht siebenhundert Franken ... das ist aber auch das letzte, und dann – ich weiß nicht, ich weiß nicht.«

»Wie wollen Sie denn die Hotelrechnung bezahlen?« rief ich erschrocken, »und ... was dann?«

Er sah nachdenklich vor sich hin, hatte aber anscheinend nicht verstanden, vielleicht nicht einmal gehört, was ich sagte. Ich versuchte das Gespräch auf Paulina Alexandrowna und die Kinder zu bringen; er erwiderte rasch: »Ja! ja«, fing aber sofort wieder an von dem Fürsten zu sprechen und davon, daß Blanche jetzt mit ihm wegfahren werde und dann ... »Was soll ich dann tun?« wandte er sich plötzlich an mich, »ich schwöre bei Gott! was soll ich tun – sagen Sie, das ist doch Undank! Das ist doch wirklich Undank?«

Schließlich fing er an bitterlich zu weinen.

Mit einem solchen Menschen war nichts anzufangen; es war aber auch gefährlich, ihn allein zu lassen; es konnte ihm etwas zustoßen. Es gelang mir schließlich, ihn abzuschütteln, aber ich wies die Kinderfrau an, öfters nach ihm zu sehen; außerdem sprach ich mit dem Zimmerkellner, einem sehr verständigen Mann; auch er versprach mir aufzupassen.

Kaum hatte ich den General verlassen, als Potapytsch kam und mich zur Großtante entbot. Es war acht Uhr; sie war eben erst aus dem Kursaal zurückgekehrt, nach ihrem endgültigen Ruin. Ich ging zu ihr. Die Alte saß im Rollstuhl, ganz erschöpft und offenbar krank. Marfa reichte ihr eine Tasse Tee und mußte sie fast zwingen, ihn zu trinken. Die Stimme und der Ton der Großtante waren jäh verändert.

»Guten Abend, lieber Alexej Iwanowitsch«, sagte sie, den Kopf langsam und gewichtig neigend, »verzeihen Sie, daß ich Sie noch einmal belästige, verzeihen Sie es einer alten Frau. Ich habe alles dort gelassen, mein Lieber, nahezu hunderttausend Rubel. Du hattest recht, daß du gestern nicht mit mir gegangen bist. Jetzt habe ich nichts mehr, keinen Groschen. Nun will ich keinen Augenblick mehr verlieren, um halb neun reise ich ab. Ich habe zu deinem Engländer geschickt, zu diesem Astley, nicht wahr? und wollte ihn bitten, mir für eine Woche dreitausend Franken zu borgen. Mache du ihm doch die Sache klar, damit er nicht wer weiß was denkt und es mir abschlägt. Ich bin noch reich genug, mein Bester. Ich besitze drei Güter und zwei Häuser. Auch Geld wird sich noch finden, ich habe nicht alles mitgenommen... Ach, da ist er ja! Da sieht man doch, daß er ein guter Mensch ist.«

Mister Astley war auf den ersten Ruf der alten Dame herbeigeeilt. Ohne zu überlegen oder viel Worte zu machen, zahlte er ihr sofort dreitausend Franken gegen einen Wechsel aus, den sie unterschrieb. Als das erledigt war, verneigte er sich und ging ab.

»Und nun geh auch du, Alexej Iwanowitsch... Ich habe noch eine reichliche Stunde Zeit – ich will mich ein wenig hinlegen, die Knochen tun mir weh. Nimm mir alten Närrin nichts übel. Ich werde die jungen Leute jetzt nicht mehr des Leichtsinns beschuldigen... und auch jenen Unglückswurm, euren General, darf ich nicht mehr verurteilen; es wäre Sünde. Geld gebe ich ihm trotzdem nicht, wie er es so gern möchte, denn er ist meiner Ansicht nach doch zu dumm, aber ich alte Närrin bin ja auch nicht klüger als er. Wahrlich, Gott sucht einen auch noch im Alter heim und straft den Hochmut. Leb wohl. Marfa, hilf mir auf!«

Ich hatte aber den Wunsch, die Großtante zur Bahn zu begleiten. Zudem befand ich mich in einer gewissen Erwartung, ich dachte immer, es müsse jetzt gleich, sofort etwas geschehen. Es litt mich nicht in meinem Zimmer. Ich trat auf den Korridor hinaus, ging sogar hinunter, um einen Augenblick in der Allee umherzuschlendern. Mein Brief an sie war klar und bündig, die jetzige Katastrophe natürlich definitiv. Im Hotel erfuhr ich, daß de Grieux abgereist sei. Schließlich, wenn sie mich auch als Freund verwarf, so würde sie mich vielleicht als Diener dulden. Sie bedarf meiner doch, wenn auch nur zu Botengängen, und ich werde ihr gute Dienste leisten, wie könnte es anders sein!

Als die Zeit der Abreise herannahte, lief ich zum Bahnhof und half der Großtante in den Wagen. Sie fanden alle in einem besonderen Abteil Platz. »Ich danke dir, mein Lieber, für deine uneigennützige Teilnahme«, sagte sie mir zum Abschied; »und erinnere Praskowja an das, was ich gestern sagte – ich werde auf sie warten.«

Ich ging nach Hause. Als ich an dem Zimmer des Generals vorbeischritt, traf ich die Kinderfrau und erkundigte mich nach ihm. »Ach, es ist nicht so schlimm«, antwortete sie traurig. Ich öffnete trotzdem die Tür, blieb aber in höchster Verblüffung an der Schwelle stehen. Mlle. Blanche und der General lachten über irgend etwas um die Wette. Die veuve Cominges saß auf dem Sofa. Der General war augenscheinlich außer sich vor Freude, stammelte allerhand ungereimtes Zeug und brach fortwährend in nervöse, langandauernde Lachsalven aus, so daß sein Gesicht von einer Unzahl von Fältchen zusammengezogen wurde und die Augen ganz verschwanden. Später erfuhr ich durch Blanche selber, daß sie nach der Absetzung des Fürsten von dem Kummer des Generals gehört hatte und für einen Augenblick zu ihm gegangen war, um ihn zu trösten. Der arme General wußte aber nicht, daß sein Geschick zu der Stunde bereits entschieden war und daß Blanche schon dabei war, ihre Koffer zu packen, um morgen mit dem ersten Frühzug nach Paris zu sausen.

Ich stand ein Weilchen auf der Schwelle und beschloß, lieber nicht einzutreten. Ich entfernte mich unbemerkt und ging hinauf in mein Zimmer. Als ich die Türe öffnete, entdeckte ich im Halbdunkel eine Gestalt, die auf einem Stuhl in der Ecke beim Fenster saß. Sie erhob sich bei meinem Eintritt nicht. Ich trat rasch auf sie zu, blickte sie an und – mein Atem stockte: es war Paulina!

Vierzehntes Kapitel

Ich schrie auf.

»Was denn? Was denn?« fragte sie mit seltsamer Stimme. Sie war blaß und blickte düster vor sich hin.

»Was? Sie fragen noch? Sie sind – hier bei mir?«

»Wenn ich komme, so komme ich *ganz*. Das ist meine Gewohnheit. Sie werden es gleich sehen; zünden Sie eine Kerze an.«

Ich tat es. Sie stand auf, trat an den Tisch und legte einen geöffneten Brief vor mich hin.

»Lesen Sie«, befahl sie.

»Das – das ist die Handschrift von de Grieux«, rief ich, den Brief ergreifend. Meine Hände zitterten, und die Zeilen tanzten vor meinen Augen. Ich habe den genauen Wortlaut des Briefes vergessen, aber hier ist er – wenn auch nicht Wort für Wort, so doch mindestens Gedanke für Gedanke.

»Mademoiselle«, schrieb de Grieux, »ungünstige Verhältnisse zwingen mich, sofort abzureisen. Sie werden natürlich selber bemerkt haben, daß ich einer endgültigen Aussprache mit Ihnen so lange aus dem Weg gegangen bin, bis diese Verhältnisse sich geklärt haben. Die Ankunft Ihrer alten Verwandten – de la vieille dame – und ihre unsinnige Handlungsweise haben alle meine Zweifel beseitigt. Meine eigenen zerrütteten Verhältnisse verbieten es mir durchaus, weiterhin süße Hoffnungen zu hegen, in denen ich eine Zeitlang zu schwelgen wagte. Ich beklage das Geschehene, aber ich hoffe, daß Sie in meinem Benehmen nichts finden werden, was eines Gentleman und ehrlichen Mannes – gentilhomme et honnête homme – unwürdig wäre. Da ich beinahe mein ganzes Vermögen durch Ihren Stiefvater verloren habe, stehe ich vor der zwingenden Notwendigkeit, von dem, was mir geblieben ist, Gebrauch zu machen. Ich habe bereits meinen Freunden in Petersburg Order gegeben, den Verkauf des mir verpfändeten Besitztums unverzüglich in die Wege zu leiten; da ich aber weiß, daß Ihr leichtsinniger Stiefvater Ihr eigenes Vermögen vergeudet hat, habe ich mich entschlossen, ihm fünfzigtausend Franken zu erlassen und gebe ihm einen Teil der Pfandbriefe auf sein Besitztum in der Höhe dieser Summe zurück, so daß Sie jetzt die Möglichkeit haben, all das Verlorene zurückzuverlangen, indem Sie auf gerichtlichem Weg das Geld von ihm einfordern. Ich hoffe, Mademoiselle, daß meine Handlungsweise in Anbetracht der jetzigen Lage für Sie äußerst vorteilhaft sein wird. Ich hoffe auch, daß ich dadurch den Verpflichtungen eines ehrlichen und vornehmen Mannes völlig gerecht werde. Seien Sie überzeugt, daß Ihr Andenken ewig in meinem Herzen weiterleben wird.«

»Nun, das ist alles ganz klar«, sagte ich zu Paulina, »haben Sie wirklich etwas anderes erwarten können?« fügte ich empört hinzu.

»Ich habe gar nichts erwartet«, erwiderte sie scheinbar ruhig, aber ihre Stimme schien leise zu beben; »ich hatte meinen Entschluß längst gefaßt; ich las in seinen Gedanken und wußte, was er vorhatte. Er dachte, daß ich suchen ... daß ich darauf bestehen würde ...« Sie hielt inne, biß sich auf die Lippen, ohne auszureden, und verstummte. »Ich habe absichtlich meine Verachtung für ihn verdoppelt«, begann sie wieder, »ich wartete ab, was er tun würde. Wenn das Telegramm wegen der Erbschaft gekommen wäre – hätte ich ihm die Schuld dieses Idioten von Stiefvater zu Füßen geschleudert und ihn fortgejagt! Ich hasse ihn schon lange, schon lange. Oh, er war früher ein ganz anderer Mensch, ein ganz anderer, aber jetzt, jetzt ... Oh, mit welcher Wonne würde ich ihm jetzt diese fünfzigtausend Franken in sein gemeines Gesicht schleudern und ausspucken ...«

»Aber das Dokument, dieser zurückerstattete Schuldschein über fünfzigtausend Rubel ist doch in den Händen des Generals? Nehmen Sie ihn, und geben Sie ihn de Grieux zurück.«

»Oh, das wäre nicht das Richtige! Nein, nein!«

»Ja, es ist wahr, es ist nicht das Richtige! Und wessen wäre der General jetzt nicht fähig? Aber die Großtante!« rief ich plötzlich.

Paulina sah mich zerstreut und ungeduldig an.

»Was soll die Großtante?« sagte sie ärgerlich, »ich kann nicht zu ihr gehen ... ich will niemanden um Verzeihung bitten«, setzte sie gereizt hinzu.

»Ja, was soll man denn tun?« rief ich. »Wie konnten Sie nur diesen de Grieux lieben! Oh, der Schurke, der Schurke! Wenn Sie wollen, töte ich ihn im Duell! Wo ist er jetzt?«

»Er ist in Frankfurt und wird drei Tage dort bleiben.«

»Ein Wort von Ihnen, und ich reise morgen mit dem ersten Zug«, rief ich in einer Art blöder Begeisterung.

Sie fing an zu lachen.

»Er wird am Ende noch sagen: ‚Geben Sie mir erst die fünfzigtausend Franken zurück.' Und warum sollte er sich schlagen? ... Das ist Unsinn!«

»Ja, aber woher, woher soll man diese fünfzigtausend Franken nehmen?« wiederholte ich zähneknirschend. »Als ob man sie ohne weiteres vom Fußboden aufheben könnte! Nun, und – Mister Astley?« fragte ich aus einer plötzlichen Eingebung heraus.

Ihre Augen flammten.

»Wie, du *selber* willst also, daß ich von dir fort zu diesem Engländer gehe«, sagte sie mit einem bitteren Lächeln und sah mich durchdringend an. Zum erstenmal im Leben hatte sie du zu mir gesagt.

In diesem Augenblick schien sie infolge der Erregung von einem Schwindel befallen zu werden. Sie setzte sich wie erschöpft aufs Sofa.

Ich war wie vom Blitz getroffen; ich stand da und traute meinen Augen, traute meinen Ohren nicht. Das bedeutete doch, daß sie mich liebte! Sie war zu *mir* gekommen und nicht zu Mister Astley! Sie, ein junges Mädchen, war allein zu mir in mein Zimmer gekommen, im Hotel, sie hatte sich also öffentlich kompromittiert, und ich, ich stand vor ihr und begriff noch immer nicht.

Ein wilder Gedanke schoß mir durch den Kopf.

»Paulina! Laß mir nur eine Stunde Zeit! Warte hier, nur eine Stunde und ... ich komme zurück! Das ist ... das ist durchaus notwendig! Du wirst sehen! Bleib hier, bleib hier!«

Ich lief davon, ohne ihren erstaunten, fragenden Blick zu erwidern; sie rief mir etwas nach, aber ich kehrte nicht um.

Ja, bisweilen setzt sich der absurdeste, der anscheinend unmöglichste Gedanke derartig im Hirn fest, daß man ihn schließlich für etwas Erreichbares hält ... und nicht genug! Wenn der Gedanke sich mit einem starken, leidenschaftlichen Willen verbindet, sieht man ihn vielleicht sogar für etwas Schicksalhaftes, Unabwendbares, Vorbestimmtes an, für etwas, das unbedingt eintreffen muß. Vielleicht spielt da noch etwas mit, irgendeine Kombination von Vorahnungen, irgendeine ungewöhnliche Willensanstrengung, eine Art Vergiftung durch die eigene Phantasie oder sonst etwas – ich weiß es nicht; mit mir aber geschah an diesem Abend, den ich nie in meinem Leben vergessen werde, etwas Wunderbares. Es läßt sich zwar mathematisch vollständig erklären, für mich bleibt es aber trotzdem wunderbar. Und warum, warum saß diese Gewißheit damals so fest, so tief in meinem Kopf und schon seit so langer Zeit? Sicher hatte ich schon daran gedacht, ich wiederhole es, nicht als an einen Zufall, der unter anderen eintreten kann (also auch nicht eintreten kann), sondern als an etwas, was unabwendbar geschehen mußte!

Es war ein Viertel elf; ich betrat das Kurhaus in so fester Hoffnung und zugleich in einer Erregung, wie ich sie noch nie empfunden hatte. In den Spielsälen war noch ziemlich viel Publikum, wenngleich um die Hälfte weniger als am Vormittag.

Nach zehn Uhr abends verbleiben an den Spieltischen nur die echten, leidenschaftlichen Spieler, für die in den Badeorten nur das Roulett existiert, die nur ihretwegen hergekommen sind, die nicht merken, was um sie herum vorgeht, und sich die ganze Saison hindurch für nichts interessieren, sondern nur spielen vom Morgen bis zum Abend und bereit wären, die ganze Nacht hindurch bis zum Tagesanbruch zu spielen, wenn das möglich wäre. Sie gehen immer verdrießlich fort, wenn die Spielsäle um Mitternacht geschlossen werden. Und wenn der erste Croupier vor Schluß des Spieles gegen Mitternacht verkündet: »Les trois derniers coups, messieurs!« so sind sie bereit, bei diesen drei letzten Runden alles zu setzen, was sie in der Tasche haben, und tatsächlich wird dabei das meiste verloren. Ich trat an denselben Tisch, an dem heute die Großtante gesessen hatte. Es war nicht allzu eng, so daß ich sehr bald einen Stehplatz erhielt. Gerade vor mir war auf dem grünen Tuch das Wort Passe aufgeschrieben.

Passe – das ist eine Zahlenreihe von neunzehn bis einschließlich sechsunddreißig; die erste Zahlenreihe jedoch von eins bis einschließlich achtzehn heißt Manque; doch was ging das mich an? Ich berechnete nicht, ich hatte nicht einmal gehört, welche Zahl bei dem letzten Coup herausgekommen war, und ich erkundigte mich auch nicht danach, als ich das Spiel begann, wie das wohl ein jeder, auch nur einigermaßen berechnende Spieler getan hätte. Ich zog meine sämtlichen zwanzig Friedrichsdor heraus und warf sie auf das vor mir stehende Passe.

»Vingt deux!« rief der Croupier.

Ich hatte gewonnen – und setzte wiederum alles: das Frühere und den Gewinn.

»Trente et un«, rief der Croupier.

Wieder gewonnen. Ich hatte also schon achtzig Friedrichsdor. Ich setzte sie alle auf die zwölf mittleren Zahlen (dabei ist der Gewinn dreifach, man hat aber zwei Chancen gegen sich), das Rad drehte sich, und es kam vierundzwanzig. Man legte mir drei Rollen zu fünfzig Friedrichsdor und zehn Goldstücke hin. Ich besaß also mit dem früheren zweihundert Friedrichsdor.

Ich war wie im Fieber und schob diesen ganzen Geldhaufen auf Rot; plötzlich kam ich zur Besinnung! Und nur dieses einzige Mal während des ganzen Abends, während des ganzen Spieles überlief es mich eiskalt vor Schreck, so daß meine Hände und Füße zitterten. Mit Entsetzen empfand und erkannte ich in einem Augenblick: was ein Verlust jetzt für mich bedeuten würde! Auf diesem Einsatz stand mein ganzes Leben!

»Rouge!« rief der Croupier, und ich atmete auf; eine heiße Welle lief über meinen Körper. Die Auszahlung erfolgte in Banknoten; ich besaß also bereits viertausend Gulden und achtzig Friedrichsdor! Zu dieser Zeit war ich noch fähig zu zählen.

Ich erinnere mich, daß ich dann zweitausend Gulden wieder auf die zwölf mittleren Zahlen setzte und verlor; ich setzte mein Gold und die achtzig Friedrichsdor und verlor. Die Wut packte mich! Ich ergriff die letzten mir verbliebenen zweitausend Gulden und setzte sie auf die zwölf ersten Zahlen – auf gut Glück, blindlings, ohne Berechnung! Dabei hatte ich übrigens einen Augenblick lang ein Gefühl der Erwartung, das man vielleicht mit dem Eindruck vergleichen kann, den Madame Blanchard haben mochte, als sie sich in Paris von dem Luftballon aus zur Erde niederließ.

»Quatre!« rief der Croupier.

Nun hatte ich mit dem früheren Einsatz zusammen wieder sechstausend Gulden. Ich blickte schon wie ein Sieger drein, ich fürchtete jetzt nichts, nichts mehr und warf viertausend Gulden auf Schwarz. Neun Spieler beeilten sich meinem Beispiel zu folgen und auch auf Schwarz zu setzen. Die Croupiers sahen einander an und berieten sich. Ringsum redete man; alles war gespannt.

Es kam Schwarz. Von da an erinnere ich mich der Höhe meiner Gewinne und der Reihenfolge meiner Einsätze nicht mehr. Ich entsinne mich nur wie im Traum, daß ich bereits gegen sechzehntausend Gulden gewonnen hatte; plötzlich verlor ich in drei unglücklichen Coups wieder zwölf davon; ich setzte dann die letzten viertausend Gulden auf Passe (aber ich empfand nichts mehr dabei, ich wartete nur mechanisch und ganz gedankenlos) und gewann wieder; dann gewann ich noch viermal nacheinander. Ich weiß nur noch, daß ich das Geld zu Tausenden einheimste, auch ist mir noch in Erinnerung, daß die zwölf mittelsten Zahlen, auf die ich es abgesehen hatte, am häufigsten kamen. Sie erschienen fast regelmäßig, bestimmt drei-, viermal nacheinander, blieben dann zweimal aus und kamen wieder drei- oder viermal. Diese staunenswerte Regelmäßigkeit kommt zeitweise vor, und gerade das bringt die gewohnheitsmäßigen Spieler, welche mit dem Bleistift in der Hand berechnen, aus der Fassung. Und was für entsetzliche Tücken des Schicksals treten dabei mitunter zutage!

Seit meinem Erscheinen war nicht mehr als eine halbe Stunde verflossen. Plötzlich teilte mir der Croupier mit, daß ich dreißigtausend Gulden gewonnen habe; da die Bank dadurch gesprengt sei, müsse das Roulett bis zum nächsten Tag geschlossen werden. Ich raffte mein ganzes Gold zusammen, schüttete es in die Taschen, ergriff die Banknoten und ging sofort an einen andern Tisch, in einen andern Saal, wo sich ein weiteres Roulett befand; die ganze Menge flutete mir nach; dort wurde mir gleich ein Platz freigemacht, und ich fing wieder an zu setzen, blindlings und ohne zu rechnen. Ich kann nicht begreifen, was mich beschützte!

Ab und zu schoß mir doch eine Art Berechnung durch den Kopf. Ich warf mich auf bestimmte Zahlen und Chancen, ließ sie dann aber wieder sein und setzte von neuem ganz unbewußt. Wahrscheinlich war ich sehr zerstreut; ich entsinne mich, daß die Croupiers meine Einsätze einige Male korrigierten. Ich machte grobe Fehler. Der Schweiß stand mir auf der Stirn, und meine Hände zitterten. Die Polen drängten sich wieder mit ihren Diensten heran, aber ich hörte auf niemanden. Das Glück verließ mich nicht mehr! Plötzlich wurde um mich lautes Sprechen und Lachen hörbar. »Bravo, bravo!« schrien alle, einige klatschten sogar in die Hände. Ich hatte auch hier dreißigtausend Gulden gewonnen und die Bank gesprengt.

»Gehen Sie fort, gehen Sie fort«, flüsterte eine Stimme zu meiner Rechten.

Es war irgendein Frankfurter Jude; er hatte die ganze Zeit neben mir gestanden und mir, glaube ich, bisweilen beim Spiel geholfen.

»Um Gottes willen, gehen Sie fort«, flüsterte eine andere Stimme an meinem linken Ohr.

Ich sah rasch auf. Es war eine sehr einfach und vornehm gekleidete Dame von ungefähr dreißig Jahren, mit einem krankhaft-blassen, müden Gesicht, das jedoch auch jetzt noch Spuren ihrer früheren wunderbaren Schönheit zeigte. Ich war gerade dabei, die Banknoten in meine Tasche zu stopfen, wobei ich sie achtlos zusammenknüllte, und das übrige Geld vom Tisch hinwegzuraffen. Als ich die letzte Rolle zu fünfzig Friedrichsdor wegnahm, gelang es mir, sie ganz unbemerkt der bleichen Dame in die Hand zu drücken. Ich empfand damals den lebhaften Wunsch, das zu tun, und ich erinnere mich, daß ihre dünnen mageren Fingerchen meine Hand in heißer Dankbarkeit kräftig drückten. Alles das hatte nur einen Augenblick gedauert.

Als ich alles zusammengerafft hatte, begab ich mich an einen Trente-et-quarente-Tisch.

Beim Trente-et-quarente sitzt das vornehme Publikum. Das ist kein Roulett mehr, das ist ein Kartenspiel. Hier wird die Bank erst durch einen Gewinn von hunderttausend Talern gesprengt. Der höchste Einsatz war ebenfalls viertausend Gulden. Ich kannte das Spiel gar nicht, auch nicht die Satzmöglichkeiten; ich sah nur, daß man auch hier auf Rot und Schwarz setzen konnte. So hielt ich mich also daran. Das gesamte Publikum drängte sich um mich. Ich weiß nicht, ob ich in dieser Zeit auch nur ein einziges Mal an Paulina gedacht habe. Es gewährte mir einen unsagbaren Genuß, die Banknoten zusammenzuraffen und einzuheimsen, die sich vor mir aufhäuften.

Es war tatsächlich, als ob ich vom Schicksal selbst geschoben würde. Dieses Mal ereignete sich wie absichtlich ein Umstand, der übrigens ziemlich häufig während des Spieles vorkommt. Das Glück heftet sich zum Beispiel an Rot und bleibt ihm zehn, ja vielleicht fünfzehn Runden hindurch treu. Ich hatte erst vor drei Tagen gehört, daß Rot in der vergangenen Woche zweiundzwanzigmal nacheinander gekommen sei. Dergleichen hatte man noch nicht erlebt, und man erzählte es sich mit Staunen. Selbstverständlich lassen alle sofort Rot im Stich, und schon nach zehn Coups wagt es fast niemand mehr, darauf zu setzen. Keiner der erfahrenen Spieler setzt dann aber auch auf Schwarz, die Gegenfarbe. Er weiß, was dieser »Eigensinn des Zufalls« bedeutet. Man müßte doch denken, daß nach sechzehn Schlägen Rot beim siebzehnten unbedingt Schwarz kommen müsse. Darauf stürzen sich die Neulinge in Mengen, verdoppeln und verdreifachen die Einsätze und verlieren ganz fürchterlich.

Als ich jedoch bemerkt hatte, daß Rot siebenmal nacheinander gekommen war, heftete ich mich in seltsamem Eigensinn absichtlich an Rot. Ich bin überzeugt, daß dabei zum großen Teil meine Eigenliebe mitspielte; ich wollte die Zuschauer durch ein unsinniges Riskieren in Erstaunen setzen, und – welch seltsames Empfinden! – ich erinnere mich genau, daß ich tatsächlich, auch ohne den Reiz der Eigenliebe, plötzlich von einem furchtbaren Wagemut ergriffen wurde. Vielleicht wird die Seele, wenn sie durch so viele Empfindungen hindurchgeht, nicht gesättigt davon, sondern nur gereizt und verlangt nach weiteren, immer stärkeren Empfindungen, bis zur endgültigen Erschöpfung. Ich lüge wirklich nicht, wenn ich sage: Wäre nach den Spielregeln ein Einsatz von fünfzigtausend Gulden zulässig gewesen, ich hätte sie unbedingt gesetzt. Ringsum schrien alle, daß das Wahnsinn sei, daß Rot schon zum vierzehntenmal komme!

»Monsieur a gagné déjà cent mille florins«, sagte irgend jemand neben mir.

Ich erwachte plötzlich. Wie? Ich hatte an diesem Abend hunderttausend Gulden gewonnen! Ja, wozu brauchte ich denn mehr? Ich griff nach den Banknoten, stopfte sie in die Tasche, raffte mein ganzes Gold, alle die Rollen zusammen und verließ das Kurhaus in aller Eile. Als ich durch die Säle schritt, lachten alle über meine weitabstehenden Taschen und den durch die Schwere des Goldes ungleichmäßigen Gang. Ich glaube, es wog viel mehr als ein halbes Pud. Mehrere Hände streckten sich mir entgegen; ich teilte mit vollen Händen aus, so viel ich gerade erfassen konnte. Zwei Juden hielten mich am Ausgang an.

»Sie sind kühn! Sie sind sehr kühn!« sagten sie. »Aber reisen Sie unbedingt morgen früh ab, so früh als möglich, sonst werden Sie alles, alles verlieren.«

Ich hörte nicht auf sie. In der Allee war es so dunkel, daß man die Hand nicht vor den Augen sehen konnte. Die Entfernung bis zum Hotel betrug ungefähr eine halbe Werst. Ich hatte mich niemals vor Dieben oder Räubern gefürchtet, auch als kleiner Knabe nicht; ich dachte auch jetzt nicht an dergleichen. Ich weiß übrigens nicht mehr, woran ich unterwegs dachte; ich hatte gar keine Gedanken im Kopf. Ich empfand nur einen unbeschreiblichen Genuß – des Erfolges, des Sieges, der Macht, ich weiß nicht, wie ich mich ausdrücken soll. Auch Paulinas Bild erschien vor mir; ich wußte und fühlte, daß ich zu ihr ging, daß ich gleich mit ihr beisammen sein, ihr erzählen, ihr zeigen würde ... Aber ich erinnerte mich kaum noch alles dessen, was sie mir vor kurzem gesagt hatte, warum ich fortgegangen war, und alle die Empfindungen, die ich erst vor anderthalb Stunden durchlebt hatte, erschienen mir bereits jetzt als etwas längst Vergangenes, Geordnetes, Veraltetes, worüber wir schon nicht mehr sprechen würden, da jetzt etwas ganz Neues beginnen müsse. Ganz am Ende der Allee überfiel mich plötzlich der Schreck: Wie, wenn man mich jetzt erschlüge und beraubte! Meine Furcht verdoppelte sich mit jedem Schritt. Ich lief beinahe. Plötzlich blitzten die hellerleuchteten Fensterreihen unseres Hotels vor mir auf. Gott sei Dank! Ich war zu Hause.

Ich lief die Treppe hinauf und öffnete schnell die Tür meines Zimmers. Paulina war da, sie saß auf meinem Sofa vor der angezündeten Kerze, die Hände gefaltet. Sie sah mich erstaunt an, und ich sah tatsächlich in diesem Augenblick seltsam genug aus. Ich blieb vor ihr stehen und begann meinen ganzen Reichtum auf den Tisch zu werfen.

Fünfzehntes Kapitel

Ich weiß noch, daß sie mir unverwandt ins Gesicht sah, ohne sich dabei von ihrem Platz zu rühren oder auch nur ihre Haltung zu verändern.

»Ich habe zweihunderttausend Franken gewonnen!« rief ich, während die letzte Geldrolle auf den Tisch flog.

Ein ungeheurer Haufen von Banknoten und Geldrollen nahm den Tisch ein; ich konnte meine Augen nicht davon abwenden, für Augenblicke vergaß ich Paulina vollständig. Bald fing ich an, die Stöße der Banknoten zu ordnen und sie zusammenzulegen, bald schichtete ich das Gold zu einem besonderen Haufen; dann wieder ließ ich alles liegen und fing an, mit schnellen Schritten das Zimmer zu durchmessen, zu überlegen; dann trat ich plötzlich wieder an den Tisch und ging daran, das Geld zu zählen. Mit einemmal besann ich mich, stürzte zur Tür und schloß sie eiligst ab, wobei ich den Schlüssel zweimal umdrehte. Darauf blieb ich in Gedanken vor meinem kleinen Koffer stehen.

»Sollte man es nicht bis morgen in den Koffer legen?« fragte ich, mich plötzlich zu Paulina wendend, deren ich mich jetzt erst erinnerte.

Sie saß immer noch, ohne sich zu rühren, auf dem alten

Platz, beobachtete mich jedoch scharf. Ein seltsamer Ausdruck lag auf ihrem Antlitz, der mir gar nicht gefiel! Ich dürfte kaum irren, wenn ich sage, daß Haß aus ihm sprach.

Ich trat rasch auf sie zu.

»Paulina, hier sind fünfundzwanzigtausend Gulden – das sind fünfzigtausend Franken, sogar mehr. Nehmen Sie das Geld, werfen Sie es ihm morgen ins Gesicht.«

Sie antwortete mir nicht.

»Wenn Sie wollen, schaffe ich es ihm morgen selber in aller Frühe hin, nicht wahr?«

Sie fing plötzlich an zu lachen. Sie lachte lange.

Ich sah sie erstaunt und traurig an. Dieses Lachen glich allzusehr dem so oft gehörten spöttischen Gelächter, mit dem sie in der letzten Zeit meine leidenschaftlichsten Erklärungen zu begleiten pflegte. Endlich hörte sie auf, ihre Züge verfinsterten sich; sie sah mich streng und mit gefurchter Stirne an.

»Ich werde Ihr Geld nicht nehmen«, sagte sie verächtlich.

»Wie? Was ist das?« rief ich, »Paulina, weshalb denn?«

»Ich nehme kein Geld umsonst.«

»Ich biete es Ihnen als Freund an; ich biete Ihnen mein Leben an.«

Sie sah mich mit einem langen prüfenden Blick an, der mich zu durchdringen schien.

»Sie zahlen einen hohen Preis«, sagte sie spöttisch, »die Geliebte eines de Grieux' ist keine fünfzigtausend Franken wert.«

»Paulina, wie können Sie so mit mir sprechen!« rief ich vorwurfsvoll. »Bin ich denn de Grieux?«

»Ich hasse Sie! Ja ... ja ... Ich liebe Sie nicht mehr als de Grieux«, rief sie mit blitzenden Augen.

Dann bedeckte sie ihr Gesicht mit den Händen und verfiel in einen Weinkrampf. Ich stürzte zu ihr hin.

Ich begriff, daß in meiner Abwesenheit irgend etwas mit ihr vorgegangen war. Sie schien ihrer Sinne nicht ganz mächtig zu sein.

»Kaufe mich! Willst du? Willst du? Für fünfzigtausend Franken, wie de Grieux?« stieß sie unter krampfhaftem Schluchzen hervor.

Ich umfaßte sie, küßte ihre Hände, ihre Füße, sank vor ihr auf die Knie.

Der Krampf ging vorüber. Sie legte mir beide Hände auf die Schultern und sah mich durchbohrend an, als wollte sie etwas in meinem Gesicht lesen. Sie hörte mir zu, verstand aber offenbar nichts von dem, was ich ihr sagte. Eine gewisse Besorgnis und Nachdenklichkeit legte sich auf ihre Züge. Ich fürchtete für sie; ich hatte den bestimmten Eindruck, daß ihr Geist sich verwirrte. Bald zog sie mich sanft an sich, ein vertrauendes Lächeln huschte schon über ihr Gesicht; dann aber stieß sie mich plötzlich zurück und musterte mich wieder mit verdüsterten Blicken.

Plötzlich umarmte sie mich stürmisch.

»Du liebst mich doch, liebst mich doch?« sagte sie. »Du, du ... du wolltest dich doch meinetwegen mit dem Baron schlagen.«

Und dann brach sie in ein Lachen aus, als ob ihr plötzlich etwas Komisches und Liebes in den Sinn gekommen wäre. Sie lachte und weinte gleichzeitig. Was sollte ich machen? Ich war selber wie im Fieber. Sie fing an mir etwas zu erzählen, aber ich konnte fast nichts verstehen. Es war eine Art von Irrereden, ein Stammeln, als ob sie mir schnell etwas mitteilen wolle, ein Phantasieren, das ab und zu durch das allerfröhlichste Lachen unterbrochen wurde; aber dieses Lachen ängstigte mich. »Nein, nein, du bist mein Lieber, mein Lieber!« wiederholte sie. »Du bist mein Getreuer!« Und wieder legte sie mir die Hände auf die Schultern, wieder sah sie mich forschend an und wiederholte immer: »Du liebst mich ... liebst mich ... wirst du mich immer lieben?« Ich konnte die Augen nicht von ihr abwenden; ich hatte sie noch nie so liebevoll und zärtlich gesehen; freilich war das Fieberwahn, aber ... als sie meinen leidenschaftlichen Blick bemerkte, fing sie plötzlich an schelmisch zu lächeln; ohne jeden Zusammenhang begann sie von Mister Astley zu reden.

Übrigens hatte sie Mister Astley schon mehrfach erwähnt (besonders als sie sich vorhin bemüht hatte, mir etwas zu erzählen), aber um was es sich eigentlich handelte, konnte ich nicht vollständig fassen; sie schien sich sogar über ihn lustig zu machen; sie wiederholte fortwährend, daß er warte und ob ich denn wisse, daß er jetzt bestimmt unter dem Fenster stehe? »Ja, ja, unter dem Fenster, mach es doch auf, sieh nach, sieh nach, er ist hier, hier!« Sie stieß mich zum Fenster, aber sobald ich eine Bewegung machte, um zu gehen, brach sie in ein neues Lachen aus; ich blieb bei ihr, und sie umarmte mich immer wieder.

»Wir werden abreisen? Wir werden doch morgen abreisen?«

fragte sie plötzlich voller Unruhe, »aber ...« – sie wurde nachdenklich – »können wir die Großtante noch einholen, was meinst du? Ich denke, wir treffen sie noch in Berlin. Was sie wohl sagen wird, wenn sie uns plötzlich sieht? Und Mister Astley? ... Nun, der wird nicht vom Schlangenberg springen, was meinst du?« Sie lachte wieder. »Hör zu! Weißt du, wohin er im nächsten Sommer reist? Er will an den Nordpol zu wissenschaftlichen Forschungen und hat mich aufgefordert, mit ihm zu gehen, ha, ha, ha! Er sagt, daß wir Russen ohne die Europäer nichts wissen und zu nichts fähig sind ... Aber er ist doch auch ein guter Mensch! Weißt du, er entschuldigt den General. Er sagt, daß Blanche ... daß die Leidenschaft, ach, ich weiß nicht«, wiederholte sie plötzlich und hielt inne, als hätte sie den Faden verloren. »Die Armen! wie sie mir alle leid tun, auch die Großtante ... aber höre, wie hättest du de Grieux töten können? Und hast du denn wirklich, wirklich gedacht, daß du ihn töten würdest? Oh, du Dummer! Hast du wirklich glauben können, daß ich dir erlaubt hätte, dich mit ihm zu schlagen? Du bringst auch den Baron nicht um«, setzte sie lachend hinzu. »Oh, wie komisch warst du damals mit dem Baron, ich sah euch beiden von der Bank aus zu; und wie ungern gingst du hin, als ich dich schickte. Wie habe ich damals gelacht, wie habe ich gelacht«, fügte sie laut lachend hinzu.

Sie küßte und umarmte mich von neuem, preßte ihr Gesicht wieder leidenschaftlich und zärtlich an das meine. Ich dachte an nichts mehr, ich hörte nichts mehr. Mir vergingen die Sinne ...

Ich glaube, es war gegen sieben Uhr morgens, als ich erwachte; die Sonne schien ins Zimmer. Paulina saß neben mir und sah verstört um sich, als käme sie aus dem Dunkeln und müßte sich besinnen. Auch sie war eben erst erwacht und blickte den Tisch und das Geld unverwandt an. Mein Kopf war schwer und schmerzte. Ich wollte Paulinas Hand fassen; sie stieß mich plötzlich zurück und sprang vom Sofa auf. Der anbrechende Tag war trübe; vor Sonnenaufgang hatte es geregnet. Sie trat ans Fenster, öffnete es, beugte den Oberkörper hinaus, wobei sie die Ellenbogen auf das Fensterbrett und den Kopf mit den Händen stützte; so verharrte sie ungefähr drei Minuten, ohne sich nach mir umzusehen und ohne zu hören, was ich sagte. Ein Schreck durchfuhr mich! Was sollte jetzt werden, und womit sollte das enden? Plötzlich erhob sie sich vom Fenster, trat an den Tisch, sah mich mit dem Ausdruck einer grenzenlosen Verachtung an und sagte mit vor Zorn zitternden Lippen: »So gib mir doch jetzt meine fünfzigtausend Franken.«

»Paulina, schon wieder, schon wieder?« fing ich an.

»Oder hast du dir's überlegt? Ha, ha, ha! Vielleicht tut es dir jetzt schon leid?«

Die bereits gestern abgezählten fünfundzwanzigtausend Gulden lagen auf dem Tisch; ich nahm sie und reichte sie ihr.

»Sie gehören doch jetzt mir? Das ist doch so, nicht wahr?« fragte sie mich zornig, das Geld in der Hand haltend.

»Sie haben dir ja immer gehört«, sagte ich.

»Nun, da hast du deine fünfzigtausend Franken!«

Sie holte aus und schleuderte sie gegen mich. Das Päckchen traf mich schmerzhaft ins Gesicht, und die Scheine zerflatterten über den Fußboden. Dann lief Paulina hinaus.

Ich weiß natürlich, daß sie in jenem Augenblick nicht zurechnungsfähig war, obwohl ich diese zeitweilige Gestörtheit nicht recht begreife. Allerdings ist sie auch heute, nach Ablauf eines Monats, immer noch krank. Was aber war der Grund dieses Zustandes und besonders dieser Handlungsweise? Verletzter Stolz? Verzweiflung darüber, daß sie sich entschlossen hatte, zu mir zu kommen? Hatte sie am Ende den Eindruck, daß ich mich mit meinem Glück brüstete und mich tatsächlich von ihr befreien wollte, wie de Grieux, indem ich ihr fünfzigtausend Franken schenkte? Das war aber doch nicht der Fall, ich sage es mit reinem Gewissen. Ich glaube, daß hier zum Teil ihre Eitelkeit mit schuld war; diese Eitelkeit hatte ihr eingeflüstert, mir nicht zu glauben und mich zu beleidigen, obwohl sie das alles vielleicht nicht ganz klar übersah. In diesem Fall mußte ich für de Grieux büßen und war also ohne große Schuld schuldig geworden. Gewiß, dies alles geschah im Fieberwahn; ich wußte auch, daß sie im Fieber war und ... kümmerte mich nicht darum. Vielleicht kann sie mir das jetzt nicht verzeihen? Ja, so mag es jetzt sein – aber damals, damals? Ihr Fieberzustand und ihre Krankheit waren doch nicht so heftig, daß sie vollständig hätte vergessen können, was sie tat, als sie mit dem Brief von de Grieux zu mir kam? Also wußte sie, was sie tat.

Ich stopfte alle Banknoten und den ganzen Haufen Gold schleunigst ins Bett, deckte es zu und verließ das Zimmer zehn Minuten nach Paulinas Weggang. Ich war überzeugt, daß sie nach Hause gelaufen war, und wollte mich heimlich in ihre Wohnung schleichen, um mich im Vorzimmer bei der Kinderfrau nach dem Befinden des Fräuleins zu erkundigen. Wie groß aber war meine Bestürzung, als ich von der Kinderfrau, die mir auf der Treppe begegnete, erfuhr, daß Paulina noch nicht nach Hause gekommen war und daß die Frau sie bei mir holen sollte.

»Sie ist eben erst von mir weggegangen«, sagte ich ihr. »Es ist keine zehn Minuten her; wo kann sie hingeraten sein?«

Die Kinderfrau sah mich vorwurfsvoll an.

Unterdessen hatte sich schon eine ganze Fabel gebildet, die im Hotel die Runde machte. In der Portierloge und beim Oberkellner flüsterte man, daß das Fräulein früh um sechs Uhr aus dem Hotel in den Regen hinausgelaufen sei, und zwar in Richtung des Hotel d'Angleterre. Aus den Worten und Anspielungen des Personals entnahm ich, daß man bereits wußte, daß Paulina die ganze Nacht in meinem Zimmer zugebracht hatte. Übrigens erzählte man sich auch allerhand über die Familie des Generals. Es war bekannt, daß der General gestern beinahe den Verstand verloren und so geweint hatte, daß man es im ganzen Hotel hören konnte. Dann erzählte man noch, die Großtante wäre seine Mutter, die eigens zu dem Zweck aus dem fernen Rußland gekommen sei, um dem Sohn die Heirat mit Mlle. Blanche de Cominges zu verbieten und ihn im Fall seiner Widersetzlichkeit zu enterben; da er nun tatsächlich nicht auf sie gehört, hätte die Gräfin vor seinen Augen absichtlich ihr ganzes Geld am Roulett verspielt, damit nichts für ihn übrigbleibe. »Diese Russen!« wiederholte der Oberkellner entrüstet und schüttelte den Kopf. Andere lachten. Der Oberkellner machte die Rechnung fertig. Mein Gewinn war schon bekannt; Karl, mein Zimmerkellner, gratulierte mir als erster. Ich hatte aber für die Leute nichts übrig. Ich stürzte ins Hotel d'Angleterre.

Es war noch früh; Mister Astley empfing niemanden; als er jedoch erfuhr, daß ich es war, kam er zu mir auf den Korridor hinaus und blieb vor mir stehen, seinen bleiernen Blick unverwandt auf mich gerichtet, in Erwartung, was ich sagen würde. Ich fragte nach Paulina.

»Sie ist krank«, antwortete Mister Astley, mich nach wie vor starr anblickend und ohne die Augen von mir abzuwenden.

»Sie ist also wirklich bei Ihnen?«

»O ja, sie ist bei mir.«

»Sie sind also ... Sie sind entschlossen, sie bei sich zu behalten?«

»O ja, ich bin entschlossen.«

»Mister Astley, das gibt einen Skandal; das darf nicht sein. Zudem ist sie ganz krank; Sie haben das vielleicht nicht bemerkt?«

»O ja, ich habe es bemerkt und habe Ihnen bereits gesagt, daß sie krank ist. Wenn sie nicht krank wäre, hätte sie die Nacht nicht bei Ihnen verbracht.«

»Das wissen Sie also auch?«

»Ich weiß es. Sie wollte gestern zu mir kommen, dann hätte ich sie zu meiner Verwandten geführt; da sie aber krank war, irrte sie sich und kam zu Ihnen.«

»Was Sie da sagen! Da gratuliere ich Ihnen, Mister Astley. Übrigens bringen Sie mich auf eine Idee! Haben Sie nicht am Ende die ganze Nacht bei uns unterm Fenster gestanden? Miß Paulina hat mich immerwährend aufgefordert, das Fenster aufzumachen und nachzusehen, ob Sie nicht unten stehen, und hat furchtbar gelacht.«

»Wirklich? Nein, ich habe nicht unten gestanden; aber ich habe im Korridor gewartet und bin umhergegangen.«

»Sie braucht aber ärztliche Behandlung, Mister Astley.«

»O ja, ich habe schon nach dem Arzt geschickt, und wenn sie stirbt, werden Sie mir Rechenschaft über ihren Tod geben.«

Ich war bestürzt.

»Ich bitte Sie, Mister Astley, was wollen Sie damit sagen?«

»Ist es wahr, daß Sie gestern zweihunderttausend Taler gewonnen haben?«

»Insgesamt nur hunderttausend Gulden.«

»Nun sehen Sie! Reisen Sie also heute früh nach Paris.«

»Warum?«

»Alle Russen, die Geld haben, reisen nach Paris«, erklärte Mister Astley in einem Tonfall, als läse er es aus einem Buch ab.

»Was soll ich jetzt im Sommer in Paris? Ich liebe Paulina, Mister Astley! Sie wissen es selber.«

»Wirklich? Ich bin vom Gegenteil überzeugt. Zudem würden Sie, wenn Sie hierblieben, sicherlich alles verspielen und hätten dann nichts mehr, um nach Paris reisen zu können. Doch leben Sie wohl; ich bin fest überzeugt, daß Sie noch heute nach Paris abreisen werden.«

»Gut denn, leben Sie wohl; aber nach Paris fahre ich nicht. Überlegen Sie, Mister Astley, was jetzt bei uns werden soll. Mit einem Wort, der General ... und jetzt diese Geschichte mit Miß Paulina, das erfährt ja die ganze Stadt.«

»Ja, die ganze Stadt; ich glaube aber, der General denkt gar nicht daran und kümmert sich auch nicht darum. Zudem hat Miß Paulina das volle Recht, zu wohnen, wo es ihr beliebt. Und was die Familie anbelangt, so kann man mit vollem Recht sagen, daß sie überhaupt nicht mehr vorhanden ist.«

Ich ging fort und lachte innerlich über die seltsame Überzeugung dieses Engländers, daß ich nach Paris reisen würde. Er will mich aber im Duell erschießen, wenn Paulina stirbt, dachte ich, was soll das nun wieder heißen? Ich schwöre, Paulina tat mir leid, aber sonderbar – von dem Augenblick an, da ich gestern mit dem Spieltisch in Berührung getreten war und angefangen hatte, die Goldhaufen einzuheimsen, war die Liebe zur Nebensache geworden. Das sage ich jetzt; damals empfand ich das alles noch nicht so deutlich. Bin ich denn tatsächlich ein Spieler, war meine Liebe zu Paulina wirklich so ... eigentümlich? Nein, ich liebe sie heute noch, Gott ist mein Zeuge! Aber damals, als ich Mister Astley verlassen hatte und nach Hause ging, litt ich aufrichtig und machte mir Vorwürfe. Aber ... aber hier passierte mir eine überaus merkwürdige und dumme Geschichte.

Ich eilte zum General, als sich plötzlich in der Nähe seiner Zimmer eine Tür öffnete und jemand mich anrief. Es war Madame veuve Cominges, und sie rief mich auf Mlle. Blanches Geheiß. Ich betrat ihre Wohnung.

Diese war nicht groß, sie hatte zwei Räume. Man hörte das Lachen und Schreien Mlle. Blanches aus dem Schlafzimmer. Sie war im Begriff aufzustehen.

»Ah, c'est lui! Viens donc, bêta! Ist es wahr, que tu as gagné une montagne d'or et d'argent? J'aimerais mieux l'or.«

»Ich habe gewonnen«, antwortete ich lachend.

»Wieviel?«

»Hunderttausend Gulden.«

»Bibi, comme tu es bête. So komm doch herein, ich höre nichts. Nous ferons bombance, n'est ce pas?«

Ich ging zu ihr ... sie lag unter einer rosa Atlasdecke, aus der ihre gebräunten, gesunden, wundervollen Schultern hervorsahen, Schultern, wie man sie kaum im Traum erblickt, die nur leicht von einem mit blendendweißen Spitzen besetzten Hemd bedeckt waren, was ihrem bräunlichen Teint außerordentlich gut stand.

»Mon fils, as tu du coeur?« rief sie, als sie mich erblickte, und fing an zu kichern. Sie lachte immer sehr lustig und manchmal sogar aufrichtig.

»Toute autre...« wollte ich Corneille weiter zitieren.

»Siehst du, vois tu«, plapperte sie plötzlich los, »erstens such mir meine Strümpfe und hilf mir sie anziehen; und zweitens, si tu es n'es pas trop bête, je te prends à Paris. Du weißt, ich reise gleich.«

»Gleich?«

»In einer halben Stunde.«

Es war wirklich alles gepackt. Alle Koffer, alle ihre Sachen waren bereit. Der Kaffee war längst serviert.

»Eh bien, willst du, tu verras Paris. Dis donc, qu'est ce que c'est qu'un outchitel? Tu étais bien bête, quand tu étais outchitel? Wo sind meine Strümpfe? So zieh sie mir doch an, los!«

Sie streckte ein wirklich entzückendes braunes kleines Füßchen heraus, das ganz unverbildet war, nicht wie die Mehrzahl dieser Füßchen, die im Schuh so zierlich aussehen. Ich fing an zu lachen und begann ihr das seidene Strümpfchen anzuziehen. Mlle. Blanche saß dabei auf dem Bett und schwatzte.

»Eh bien, que feras tu, si je te prends avec? Erstens will ich fünfzigtausend Franken haben. Du wirst sie mir in Frankfurt geben. Nous allons à Paris; dort werden wir zusammen leben et je te ferais voir des étoiles en plein jour. Du wirst Frauen sehen, wie du sie noch nie gesehen hast. Höre...«

»Warte, wenn ich dir fünfzigtausend Franken gebe, was bleibt mir denn da?«

»Et cent cinquante mille francs, du vergißt; außerdem bin ich bereit, in deiner Wohnung zu leben, einen Monat, zwei, que sais-je! Natürlich werden wir diese hundertfünfzigtausend Franken in zwei Monaten durchbringen. Siehst du, je suis une bonne enfant und sage es dir im voraus, mais tu verras des étoiles.«

»Wie, das Ganze in zwei Monaten?«

»Das erschreckt dich? Ah, vil esclave! Weißt du wohl, daß ein Monat dieses Lebens mehr wert ist als dein ganzes Dasein? Ein Monat – et après le déluge! Mais tu ne peux comprendre, va! Geh, geh, du bist es nicht wert! Eh, que fais-tu?«

Ich zog ihr in diesem Augenblick den Strumpf über das zweite Füßchen, konnte mich aber nicht enthalten, es zu küssen. Sie entwand es mir und fing an, mich mit der Fußspitze ins Gesicht zu schlagen. Endlich jagte sie mich ganz fort.

»Eh bien, mon outchitel, je t'attends, si tu veux; in einer Viertelstunde reise ich«, rief sie mir nach.

Als ich mein Zimmer erreichte, war ich bereits wie verzaubert. Nun denn, ich war nicht schuld daran, daß Paulina mir das Päckchen mit dem Geld ins Gesicht geworfen und mir noch gestern Mister Astley vorgezogen hatte. Einige der auseinandergeflatterten Banknoten lagen noch auf dem Fußboden; ich hob sie auf. In diesem Augenblick öffnete sich die Tür, und der Oberkellner selber erschien (vorher hatte er mich nicht einmal ansehen mögen) mit der Aufforderung: Ob es mir nicht genehm sein würde, hinunterzuziehen in das vorzügliche Appartement, das Graf B. eben erst bewohnt hatte ...

Ich stand da und überlegte.

»Die Rechnung!« rief ich; »ich – reise gleich ab, in zehn Minuten.« – Nach Paris, gut denn – nach Paris! dachte ich im stillen; so steht es mir in den Sternen geschrieben.

Eine Viertelstunde später saßen wir wirklich alle drei zusammen in einem Familienabteil: ich, Mlle. Blanche und Madame veuve Cominges. Mlle. Blanche bekam beinahe Lachkrämpfe, wenn sie mich ansah. Die veuve Cominges stimmte mit ein; ich kann nicht sagen, daß ich lustig war. Mein Leben war in zwei Stücke auseinandergebrochen, aber seit gestern hatte ich mich bereits daran gewöhnt, alles auf eine Karte zu setzen. Vielleicht ist es wirklich wahr, daß ich das Geld nicht vertragen konnte und schwindlig geworden war. Peut-être je ne demandais pas mieux. Ich hatte das Gefühl, daß sich die Dekoration für eine Zeitlang verwandeln werde, aber nur für eine Zeitlang. In einem Monat bin ich zurück, und dann ... dann werden wir unsere Kräfte messen, Mister Astley! Nein, soweit ich mich jetzt erinnere, war ich auch damals sehr traurig, obgleich ich mit diesem Närrchen Blanche um die Wette lachte.

»Was willst du denn! Wie dumm du bist! Oh, wie dumm du bist!« rief Blanche, ihr Lachen unterbrechend und ernstlich mit mir scheltend. »Ja, denn, ja, ja, wir werden deine zweihunderttausend Franken verleben, mais tu seras heureux, comme un petit roi; ich werde dir selber die Halsbinde knüpfen und mache dich mit Hortense bekannt. Wenn unser ganzes Geld verlebt ist, kommst du wieder hierher, die Bank zu sprengen. Was haben dir die Juden gesagt? Die Hauptsache ist der Mut, und den hast du und wirst mir noch mehr als einmal Geld nach Paris bringen. Quant à moi, je veux cinquante mille francs de rente et alors...«

»Und der General?« fragte ich sie.

»Der General, du weißt es ja, holt jeden Tag um diese Zeit einen Blumenstrauß für mich. Ich habe ihm absichtlich befohlen, mir für heute die seltensten Blumen auszusuchen. Der Ärmste wird zurückkehren, und das Vögelchen ist fort. Er wird uns nachgeflogen kommen, das wirst du schon sehen. Ha, ha, ha! Ich werde mich sehr freuen. In Paris kann ich ihn gut brauchen; hier wird Mister Astley für ihn bezahlen...«

So kam ich damals nach Paris.

Sechzehntes Kapitel

Was soll ich über Paris sagen? Das Ganze war ja natürlich Wahn und Narrheit. Ich verbrachte damals kaum mehr als drei Wochen in Paris, und in dieser Frist wurde ich meine hunderttausend Franken endgültig los. Ich sage: hunderttausend Franken, denn das zweite Hunderttausend erhielt Mlle. Blanche in barem Geld von mir: fünfzigtausend in Frankfurt und drei Tage später in Paris noch einen Wechsel über fünfzigtausend Franken, den sie sich übrigens nach Verlauf einer Woche von mir einlösen ließ, »et les cent mille francs, qui nous restent, tu les mangeras avec moi, mon outchitel.« Sie nannte mich immer outchitel. Es ist schwer, sich auf der Welt etwas Berechnenderes, Geizigeres und Schäbigeres vorzustellen als die Wesen vom Schlag der Mlle. Blanche. Aber nur soweit es sich um ihr eigenes Geld handelt. Was meine hunderttausend Franken anbetrifft, so erklärte sie mir später ganz offen, daß sie sie gebraucht hätte, um sich erst einmal in Paris einzurichten; »jetzt habe ich mich ein für allemal auf anständigem Fuß installiert, nun wird mich lange Zeit niemand verdrängen, ich habe das wenigstens so eingerichtet«, setzte sie hinzu. Übrigens habe ich diese hunderttausend Franken fast gar nicht gesehen; sie hatte das Geld die ganze Zeit bei sich, und in meinem Portemonnaie, das sie jeden Tag selber durchsuchte, fanden sich niemals mehr als hundert Franken; meist waren es sogar weniger.

»Ach, wozu brauchst du Geld?« sagte sie mitunter mit der unschuldigsten Miene, und ich widersprach nicht. Dafür richtete sie für diese Summe ihre Wohnung äußerst hübsch ein, und als sie mich in das fertige Heim führte und mir die Zimmer zeigte, sagte sie: »Siehst du, was man mit Berechnung und Geschmack auch mit den jämmerlichsten Mitteln erreichen kann.« Diese Jämmerlichkeit belief sich aber auf rund fünfzigtausend Franken. Für die übrigen fünfzigtausend schaffte sie Wagen und Pferde an; außerdem gaben wir zwei Bälle, das heißt Abendgesellschaften, bei denen Hortense, Lisette und Cléopatre zugegen waren – Damen, die in vielen Beziehungen bemerkenswert und durchaus nicht schlecht waren. Bei diesen zwei Gesellschaften war ich gezwungen, die überaus alberne Rolle des Hausherrn zu spielen, reichgewordene, stumpfsinnige Kaufleute, die in ihrer Flegelhaftigkeit und Schamlosigkeit ganz unmöglich waren, zu begrüßen und zu unterhalten, dazu allerhand Leutnants, erbärmliche kleine Autoren und Zeitungsschmierer, die in modernen Fräcken, mit hellgelben Handschuhen erschienen und so viel Eitelkeit und Aufgeblasenheit an den Tag legten, wie das sogar in Petersburg undenkbar wäre – und das will schon viel sagen. Sie unterstanden sich sogar, über mich zu lachen, doch ich betrank mich mit Champagner und räkelte mich den ganzen Abend in einem der rückwärtigen Zimmer. Alles das war mir im höchsten Grad widrig.

»C'est un outchitel«, äußerte sich Blanche über mich, »il a gagné deux cent mille francs und hätte ohne mich nicht gewußt, wie er sie ausgeben soll. Später wird er wieder Lehrer werden; weiß niemand eine Stelle für ihn? Man muß etwas für ihn tun.« Ich nahm jetzt sehr oft meine Zuflucht zum Champagner, weil ich mich beständig in einem Zustand tiefer Traurigkeit und äußerster Langweile befand. Ich lebte in der allerspießbürgerlichsten, krämerhaftesten Gesellschaftsschicht, wo jeder Sou berechnet und veranschlagt wurde. Blanche mochte mich die ersten zwei Wochen gar nicht leiden, das merkte ich; wohl hatte sie mich elegant ausstaffiert und knüpfte mir täglich selber die Halsbinde, aber innerlich verachtete sie mich aus ganzer Seele. Ich kümmerte mich nicht im geringsten darum. Aus Langweile und Niedergeschlagenheit fing ich an, täglich ins Chateau des Fleurs zu gehen, wo ich mich regelmäßig jeden Abend betrank und Cancan tanzen lernte, der dort sehr schlecht getanzt wird; schließlich brachte ich es darin zu einer Art Berühmtheit. Endlich wurde Blanche klug aus mir; sie hatte sich vorher wohl gedacht, ich würde während der ganzen Dauer unseres Zusammenlebens immer mit Bleistift und Papier hinter ihr hergehen und immer rechnen, wieviel sie ausgegeben, wieviel sie gestohlen habe, wieviel sie noch ausgeben und stehlen werde. Natürlich war sie überzeugt davon, daß es zwischen uns wegen jedes Zehnfrankenstücks zum Kampf kommen müsse. Auf jeden von ihr erwarteten Angriff meinerseits hatte sie sich schon eine Erwiderung zurechtgelegt; da ich aber keine Angriffe unternahm, so widersprach sie in der ersten Zeit selber. Manchmal begann sie ungemein hitzig zu reden; wenn sie aber sah, daß ich schwieg (wobei ich mich meistens auf der Chaiselongue räkelte und die Zimmerdecke anstarrte), geriet sie doch in Erstaunen. Zuerst dachte sie, ich sei eben einfach dumm, un outchitel, und brach ihre Erörterung kurzerhand ab, wohl in dem Gedanken: Er ist ja dumm; wozu soll ich ihn noch darauf bringen, wenn er es nicht selber begreift. Dann ging sie fort, kam aber nach zehn Minuten wieder. Das geschah regelmäßig, wenn sie ganz unsinnige Ausgaben gemacht hatte, Ausgaben, die unseren Mitteln gar nicht entsprachen. So verkaufte sie zum Beispiel die Pferde und erstand ein anderes Paar für sechzehntausend Franken.

»Du bist also nicht böse, bibi?« trat sie auf mich zu.

»Nein, nein! Du langweilst mich«, sagte ich, sie mit der Hand von mir wegschiebend; das war ihr so neu, daß sie sich sofort zu mir setzte.

»Siehst du, wenn ich mich entschlossen habe, so viel zu bezahlen, so geschah das, weil es ein Gelegenheitskauf war. Man kann sie jederzeit wieder für zwanzigtausend Franken verkaufen.«

»Ich glaub's, ich glaub's. Die Pferde sind herrlich, und du hast jetzt ein prächtiges Gefährt; es wird dir zustatten kommen; genug davon.«

»Du ärgerst dich also nicht?«

»Worüber denn? Du tust nur klug daran, dir einige unbedingt notwendige Sachen anzuschaffen. Das alles wirst du später gut brauchen können. Ich sehe ein, daß es für dich tatsächlich notwendig ist, auf diesem Fuß zu leben; sonst wirst du es nie zu einer Million bringen. Da sind unsere hunderttausend Franken nur der Anfang, ein Tropfen im Meer.«

Blanche, die solche Ansichten meinerseits keinesfalls erwartet hatte, sondern auf Schelten und Vorwürfe gefaßt war – war wie vom Himmel gefallen.

»So also, so bist du! Mais tu as l'ésprit pour comprendre. Sais-tu, mon garçon, du bist zwar ein Lehrer, aber du hättest als Prinz geboren werden müssen. So tut es dir also nicht leid, daß unser Geld so rasch schwindet?«

»Ach was, wäre es nur bald zu Ende!«

»Mais ... sais-tu ... mais dis donc, bist du denn reich? Mais sais-tu, du verachtest das Geld doch allzusehr. Qu'est ce que tu feras après, dis donc?«

»Après fahre ich nach Homburg und gewinne noch einmal hunderttausend Franken.«

»Qui, oui, c'est ça, c'est magnifique! Und ich weiß, daß du bestimmt gewinnen und mir das Geld hierher bringen wirst. Dis donc, du bringst es noch fertig, daß ich dich wirklich liebgewinne. Eh bien, dafür, daß du so bist, will ich dich diese ganze Zeit über lieben und dir nicht ein einziges Mal untreu werden. Siehst du, ich habe dich bis jetzt nicht geliebt, parce que je croyais, que tu n'es qu'un outchitel (quelque chose, comme un laquais, n'est-ce pas?), aber ich war dir trotzdem treu, parce que je suis une bonne fille.«

»Lüge doch nicht! Und neulich mit Albert, dem brünetten Leutnant – glaubst du, ich hätte nichts bemerkt?«

»Oh, oh, mais tu es ...«

»Lüge doch nicht! Glaubst du denn, daß ich böse bin? Ich pfeife darauf; il faut que jeunesse se passe. Du kannst ihn doch nicht fortjagen, wenn er vor mir da war und du ihn liebst. Aber gib ihm kein Geld mehr, hörst du?«

»Du ärgerst dich also auch darüber nicht? Mais tu es un vrai philosophe, sais-tu? Un vrai philosophe!« rief sie entzückt. »Eh bien, je t'aimerai, je t'aimerai – tu verras, tu seras content!«

Von dieser Zeit an brachte sie mir tatsächlich wärmere Gefühle entgegen, sogar Freundschaft, und so vergingen unsere letzten zehn Tage. Die versprochenen »Sterne« bekam ich nicht zu sehen; aber in mancher Hinsicht hat sie in der Tat Wort gehalten. Außerdem hatte sie mich mit Hortense bekannt gemacht, die in ihrer Art wirklich eine außergewöhnliche Person war und in unserm Kreis Thérèse philosophe genannt wurde...

Übrigens ist es nicht nötig, dies alles ausführlich zu schildern; man könnte eine eigene Novelle daraus machen, von ganz besonderer Färbung, die aber nicht in diese Erzählung hineinpassen würde. Die Sache lag so: Ich wünschte aus ganzer Seele, daß alles schneller ein Ende haben möge. Aber unsere hunderttausend Franken reichten, wie ich schon erwähnte, beinahe einen Monat lang – worüber ich mich aufrichtig wunderte. Blanche hatte sich für mindestens achtzigtausend Franken Sachen angeschafft, und wir hatten kaum mehr als zwanzigtausend Franken verlebt; und – dennoch reichte es. Blanche, die zuletzt beinahe aufrichtig gegen mich war, zumindest in manchen Dingen nicht log, gestand mir, daß wenigstens die Schulden, die sie hatte machen müssen, mir nicht zur Last fallen sollten. »Ich habe dich keine Rechnungen und Wechsel unterschreiben lassen«, sagte sie mir, »weil du mir leid tust; eine andere hätte das unbedingt getan und dich ins Gefängnis gebracht. Siehst du, siehst du, wie ich dich geliebt habe und wie gut ich bin! Was wird mich allein diese verteufelte Hochzeit kosten.«

Es gab tatsächlich eine Hochzeit bei uns. Sie fiel schon in die letzten Tage unseres Monats, und es ist anzunehmen, daß der letzte Rest meiner hunderttausend Franken dafür draufgegangen ist. Und dann war die Geschichte aus, das heißt unser Monat hatte damit ein Ende, und ich nahm offiziell meinen Abschied.

Es war so gekommen. Eine Woche nach unserer Niederlassung in Paris kam der General an. Er begab sich sofort zu Blanche und blieb von diesem ersten Besuch an beinahe ganz bei uns. Allerdings hatte er irgendwo eine kleine eigene Wohnung. Blanche empfing ihn freudig, mit Gekreisch und Gelächter, und umarmte ihn sogar; die Dinge gestalteten sich so, daß sie ihn selber nicht mehr losließ und er ihr überall folgen mußte: auf die Boulevards, auf Spazierfahrten, ins Theater und zu Bekannten. Für solche Zwecke war der General noch zu gebrauchen; er war ziemlich stattlich und würdevoll, groß von Gestalt, mit gefärbtem Backenbart und riesigem Schnurrbart (er hatte früher bei den Kürassieren gedient), mit vornehmen, wenn auch etwas schwammig gewordenen Zügen. Seine Manieren waren tadellos, auch verstand er es, einen Frack zu tragen. In Paris fing er an, seine Orden anzulegen.

Sich mit so einem Kavalier auf den Boulevards zu zeigen war nicht nur möglich, sondern wirkte, wenn man sich so ausdrücken darf, sogar als *Empfehlung*. Der gutmütige und etwas begriffsstutzige General war mit alledem ungemein zufrieden; er hatte ganz anderes erwartet, als er nach seiner Ankunft in Paris bei uns auftauchte. Er erschien damals beinahe zitternd vor Furcht. Er hatte gedacht, Blanche würde ihn anschreien und ihn fortjagen lassen; deshalb geriet er durch diese Wendung der Dinge in Entzücken und verblieb diesen ganzen Monat hindurch in einer Art von sinnlos-begeistertem Zustand: so verließ ich ihn auch. Erst hier erfuhr ich genau, daß er damals, am Morgen unserer plötzlichen Abreise aus Roulettenburg, eine Art Anfall erlitten hatte. Er war ohnmächtig zusammengebrochen, war dann eine ganze Woche lang wie wahnsinnig gewesen und hatte irre geredet. Man behandelte ihn, aber plötzlich ließ er alles im Stich, setzte sich in den Zug und sauste nach Paris. Der Empfang, den ihm Blanche zuteil werden ließ, erwies sich natürlich als die beste Arznei, aber die Krankheitserscheinungen hielten noch lange an, trotz seiner gehobenen und begeisterten Stimmung. Zu überlegen oder auch nur ein halbwegs ernstes Gespräch zu führen war er nicht mehr fähig; in solchen Fällen fügte er nur jedem Wort ein »Hm!« hinzu und nickte mit dem Kopf – so fand er sich damit ab. Er lachte häufig, aber es war ein nervöses, krankhaftes Lachen, als würde er von Krämpfen geschüttelt; dann wieder saß er stundenlang da, finster wie die Nacht, die dichten Augenbrauen zusammengezogen. An vieles konnte er sich gar nicht mehr erinnern; er war bis zur Unmöglichkeit zerstreut und gewöhnte sich an, mit sich selber zu reden. Nur Blanche konnte ihn aufmuntern; die Anfälle von düsterer Gemütsstimmung, wenn er mürrisch in einer Ecke saß, bedeuteten denn auch nichts anderes, als daß er Blanche lange nicht gesehen hatte oder daß Blanche ausgefahren war, ohne ihn mitzunehmen oder ihn zum Abschied zu liebkosen. Er hätte dabei selber nicht zu sagen vermocht, was er wollte, und er wußte nicht, daß er traurig und düster war. Wenn er eine oder zwei Stunden so dagesessen hatte (ich beobachtete das zweimal, als Blanche für den ganzen Tag ausgegangen war, wahrscheinlich zu Albert), begann er plötzlich um sich zu blicken, unruhig zu werden, sann nach und schien jemanden suchen zu wollen; sah er dann niemanden und konnte er sich nicht besinnen, wonach er hatte fragen wollen, verfiel er wieder in Versunkenheit, bis Blanche plötzlich wieder erschien, lustig, munter, elegant gekleidet, mit ihrem hellen Lachen. Sie lief auf ihn zu, schüttelte ihn und küßte ihn sogar – womit sie ihn übrigens ziemlich selten erfreute. Einmal war der General über ihr Erscheinen so glücklich, daß er sogar anfing zu weinen. Ich war ganz erstaunt.

Kaum war er bei uns aufgetaucht, warf sich Blanche mir gegenüber zu seinem Anwalt auf. Sie wurde sogar ganz beredt, erinnerte daran, daß sie dem General meinetwegen untreu geworden, daß sie mit ihm so gut wie verlobt gewesen sei und ihm ihr Wort gegeben habe; daß er ihretwegen seine Familie verlassen habe und daß ich, der doch schließlich bei ihm gedient, das doch empfinden müsse und daß ... ob ich mich denn nicht schäme? ... Ich schwieg zu allem, sie aber plapperte unentwegt. Schließlich mußte ich lachen, und damit war die Sache zu Ende, das heißt zuerst hielt sie mich für einen Dummkopf, später aber kam ihr der Gedanke, daß ich doch ein sehr guter und brauchbarer Mensch sei. Mit einem Wort, ich hatte das Glück, zu guter Letzt entschieden das Wohlwollen dieser würdigen Jungfrau zu genießen. Blanche war übrigens in der Tat ein sehr gutes Mädchen – natürlich in ihrer Art; ich hatte sie erst anders beurteilt. »Du bist ein kluger und guter Mensch«, wiederholte sie mir zum Schluß immer wieder, »und ... und ... es ist nur schade, daß du solch ein Dummkopf bist! Du wirst nie, nie etwas besitzen.«

»Un vrai russe, un calmouk!« Einigemal mußte ich auf ihr Geheiß den General spazierenführen, genauso wie ein Lakai das Windspiel seiner Herrin. Übrigens ging ich mit ihm auch ins Theater, zum Bal-Mabille und in Restaurationen. Diese Ausgänge bezahlte Blanche, obgleich der General eigenes Geld besaß und es sehr liebte, in Gegenwart anderer seine Brieftasche zu ziehen. Einmal mußte ich beinahe Gewalt anwenden, um ihn davon abzuhalten, eine Brosche für siebenhundert Franken zu kaufen, die ihm im Palais Royal in die Augen gestochen hatte und die er Blanche durchaus schenken wollte. Was bedeutete ihr eine Brosche für siebenhundert Franken? Der General besaß insgesamt kaum mehr als tausend Franken. Ich habe nie erfahren können, woher er dieses Geld hatte. Ich vermute, von Mister Astley, um so mehr, als dieser die Hotelrechnung für sie alle bezahlt hatte. Was jedoch das Verhalten des Generals mir gegenüber in dieser Zeit anbelangt, so hatte er, glaube ich, gar keine Ahnung von meinen

Beziehungen zu Blanche. Er hatte zwar so von ferne gehört, daß ich ein Kapital gewonnen hätte, war aber anscheinend der Meinung, daß ich eine Art Sekretär oder sogar Diener von Blanche sei. Wenigstens sprach er mit mir immer sehr von oben herab, als wäre ich noch wie früher sein Untergebener, und versuchte mich sogar manchmal abzukanzeln. Einmal beim Morgenkaffee brachte er mich und Blanche furchtbar zum Lachen. Er war kein allzu empfindlicher Mensch; damals aber hatte er mir plötzlich etwas übelgenommen; was es war, weiß ich bis heute nicht. Aber das wußte er selber wohl ebensowenig. Nichtsdestoweniger hielt er mir eine Standrede, die weder Anfang noch Ende hatte, à baton rompu, wie man zu sagen pflegt; er schrie, ich sei ein Bengel, den er schon Mores lehren werde ... er werde mir schon klarzumachen wissen und so weiter. Aber niemand konnte etwas davon verstehen. Blanche starb vor Lachen; endlich wurde er einigermaßen ruhig und spazierengeführt. Übrigens beobachtete ich öfters, daß er plötzlich traurig wurde, daß ihm irgend etwas oder irgend jemand leid tat, daß er sich trotz der Anwesenheit von Blanche nach jemandem sehnte. In solchen Augenblicken fing er ein- oder zweimal von selber mit mir zu reden an, konnte sich aber nie recht verständlich machen; er sprach von seinem Dienst, seiner verstorbenen Frau, der Wirtschaft, dem Gut. Manchmal klammerte er sich an irgendein Wort, freute sich darüber und wiederholte es hundertmal am Tag, obwohl es weder seine Gedanken noch seine Gefühle wiedergab. Ich versuchte mit ihm über seine Kinder zu sprechen; aber er machte das in seiner üblichen hastigen Weise ab und ging sofort auf einen andern Gegenstand über. »Ja, ja! Die Kinder, die Kinder! Sie haben recht! Die Kinder!« Nur einmal packte ihn die Rührung – ich war mit ihm unterwegs ins Theater. »Das sind unglückliche Kinder«, sagte er plötzlich; »jawohl, mein Herr, das sind unglückliche Kinder!« Und dann wiederholte er an diesem Abend mehrfach die Worte: »Unglückliche Kinder!« Als ich einmal Paulina erwähnte, geriet er sogar in Wut. »Das ist ein undankbares Weib!« schrie er. »Das ist schlecht und undankbar! Sie hat Schande über die Familie gebracht! Wenn es hier Gesetze gäbe, hätte ich sie ins Bockshorn gejagt! Jawohl, jawohl!« Was nun de Grieux anbetrifft, so konnte er nicht einmal den Namen hören. »Er hat mich zugrunde gerichtet«, sagte er, »er hat mich bestohlen, er hat mich gemordet! Das war mein Alb zwei ganze

Jahre lang! Ich habe monatelang jede Nacht von ihm geträumt! Das ist, das ist ... oh, sprechen Sie mir niemals von ihm!«

Ich sah, daß die Sache zwischen ihm und Blanche vorwärts ging, schwieg aber meiner Gewohnheit gemäß. Blanche verkündete mir die Tatsache als erste, gerade eine Woche vor unserer Trennung. »Il a du chance«, plapperte sie, »Babuschka ist jetzt wirklich krank und wird bestimmt sterben. Mister Astley hat telegraphiert; du mußt zugeben, daß er immerhin ihr Erbe ist. Und wenn auch nicht, so wird er keinesfalls stören. Erstens hat er seine Pension, und zweitens wird er in dem Seitenzimmer wohnen und vollkommen glücklich sein. Ich werde madame la générale und komme in gute Kreise« – davon träumte Blanche beständig –, »später werde ich russische Gutsbesitzerin, j'aurai un château, des moujiks, et puis j'aurai mon million.«

»Wenn er aber eifersüchtig wird und weiß Gott was verlangen sollte – verstehst du?«

»O nein, non, non, non! Wie dürfte er es wagen! Ich habe meine Maßnahmen getroffen, sei ohne Sorge. Ich habe ihn veranlaßt, mehrere Wechsel auf den Namen von Albert zu unterschreiben. Sobald er muckt – wird er sofort bestraft; er wird's auch nicht wagen.«

»Also heirate ihn.«

Die Hochzeit wurde ohne besondere Feierlichkeit, ganz still, im Familienkreis begangen. Geladen waren Albert und noch einige der nächsten Freunde. Hortense, Cléopatre und die anderen waren definitiv ausgeschaltet. Der Bräutigam interessierte sich außerordentlich für seine Würde. Blanche knüpfte ihm selber die Halsbinde, pomadisierte ihn eigenhändig, und er sah in Frack und weißer Weste sehr comme il faut aus.

»Il est pourtant très comme il faut«, erklärte mir Blanche, als sie aus dem Zimmer des Generals kam, als ob die Entdeckung, daß er très comme il faut sei, sie selber überrascht habe. Da ich allem nur als müßiger Zuschauer beiwohnte, kümmerte ich mich wenig um die Einzelheiten und habe vieles vergessen. Ich weiß nur noch, daß Blanche gar kein Fräulein de Cominges war, ebenso wie ihre Mutter keine veuve Cominges, sondern du Placet hieß. Warum sie sich beide de Cominges genannt hatten, weiß ich bis jetzt nicht. Der General war aber auch damit sehr zufrieden, und du Placet gefiel ihm sogar noch besser als de Cominges. Am Hochzeitsmorgen schritt er, schon fertig angekleidet, immer im Salon auf und ab und wiederholte mit äußerst ernster und wichtiger Miene: »Mlle. Blanche du Placet! Blanche du Placet! du Placet! Fräulein Blanka du Placet...«, und eine gewisse Selbstgefälligkeit leuchtete in seinen Zügen. In der Kirche, beim Maire und zu Hause beim Gabelfrühstück war er nicht nur freudig und zufrieden, sondern sogar stolz. Es war mit ihnen beiden etwas vorgegangen. Auch Blanche sah mit einer Art besonderer Würde drein.

»Ich muß mich jetzt ganz anders benehmen«, sagte sie mir ungemein ernst, »mais, vois tu, an eine ganz abscheuliche Sache habe ich nicht gedacht. Stelle dir vor, ich kann bis jetzt meinen neuen Familiennamen nicht lernen: Sagorjanski, Sagorjanski, m-me la générale de Sago – Sago, ces diables des noms russes, enfin madame la générale à quatorze consonnes! Comme c'est agréable, n'est-ce pas?«

Endlich trennten wir uns, und Blanche, diese dumme Blanche, vergoß sogar Tränen beim Abschied. »Tu étais bon enfant«, sagte sie weinend. »Je te croyais bête et tu en avais l'air, aber das steht dir gut.« Als sie mir bereits zum letztenmal die Hand gedrückt hatte, rief sie plötzlich: »Attends!« stürzte in ihr Boudoir und brachte mir nach einer Minute zwei Banknoten zu tausend Franken. Das hätte ich nie geglaubt. »Es wird dir zustatten kommen, du bist vielleicht ein sehr gelehrter outchitel, aber ein furchtbar dummer Mensch. Mehr als zweitausend gebe ich dir auf keinen Fall, da du ohnehin alles verspielen wirst. Nun, leb wohl! Nous serons toujours bons amis, und wenn du wieder gewinnst, so komm bestimmt zu mir, et tu seras heureux!«

Ich selber besaß noch etwa fünfhundert Franken; außerdem habe ich eine prachtvolle Uhr im Werte von tausend Franken, Brillanthemdenknöpfe und anderes, so daß ich noch eine ziemlich lange Zeit durchhalten kann, ohne mich zu sorgen. Ich bin absichtlich in diesem Städtchen sitzen geblieben, um mich zu sammeln; vor allem aber erwarte ich Mister Astley. Ich habe zuverlässigen Bescheid erhalten, daß er hier durchreisen und sich einen Tag lang in Geschäften aufhalten wird. Dann erfahre ich alles ... und dann – dann geht es geradewegs nach Homburg. Nach Roulettenburg werde ich nicht gehen, allenfalls im nächsten Jahr. Man sagt, daß es tatsächlich schlecht ausgeht, wenn man sein Glück zweimal nacheinander am selben Tisch versucht; in Homburg aber wird erst richtig gespielt.

Siebzehntes Kapitel

Nun sind bereits ein Jahr und acht Monate hingegangen, ohne daß ich diese Aufzeichnungen zur Hand genommen hätte; und auch jetzt habe ich sie nur zufällig durchgelesen, um mich in meinem Kummer und Leid etwas zu zerstreuen. Also ich erwähnte zuletzt, daß ich nach Homburg reisen wollte. O Gott! Mit wie leichtem Herzen – gegen heute – schrieb ich damals die letzten Zeilen! Das heißt, eigentlich nicht mit leichtem Herzen, aber mit wieviel Selbstvertrauen, welch unerschütterlichen Hoffnungen! Zweifelte ich auch nur im geringsten an mir selber? Und nun sind reichlich anderthalb Jahre vergangen, und ich bin, meine ich, viel schlimmer dran als ein Bettler. Ach was Bettler! Ich pfeife auf den Bettelstand! Ich habe mich ganz einfach zugrunde gerichtet. Meine Lage läßt sich überhaupt mit nichts vergleichen, und es hat auch keinen Zweck, mir selber Moral zu predigen! Kann es etwas Dümmeres geben als Moral in so einer Zeit? O über die selbstzufriedenen Menschen! Mit welch stolzer Selbstzufriedenheit sind diese Schwätzer bereit, ihre Sentenzen vorzubringen! Wenn sie wüßten, wie sehr ich selber das Ekelhafte meines jetzigen Zustandes empfinde, würde ihre Zunge sich einfach sträuben, mir weise Lehren zu predigen. Und was können sie mir Neues sagen, das ich nicht selber weiß? Und kommt es denn darauf an? Hier kommt es nur darauf an: eine Umdrehung des Rades, und alles ändert sich, und die nämlichen Moralisten sind die ersten (davon bin ich überzeugt), die mir unter freundschaftlichen Späßchen gratulieren. Und dann werden sie sich nicht alle so von mir abwenden wie jetzt. Übrigens pfeife ich auf sie alle! Was bin ich jetzt? Zéro. Was kann ich morgen sein? Morgen kann ich von den Toten auferstehen und wieder zu leben anfangen. Ich kann immer wieder den Menschen in mir finden, solange er noch nicht verloren ist.

Ich bin damals tatsächlich nach Homburg gereist, aber ... ich war dann auch wieder in Roulettenburg, ich war auch in Spa, war sogar in Baden, wohin ich als Kammerdiener des Rates Hinze kam, dieses Schuftes, der damals hier mein Herr war. Ja, ich war sogar volle fünf Monate hindurch Lakai! Das geschah gleich nach meiner Gefängnisstrafe. Ich habe auch im Gefängnis gesessen, in Roulettenburg, wegen einer hiesigen Schuld. Ein Unbekannter hat mich losgekauft – wer war es? Mister Astley? Paulina? Ich weiß es nicht, aber meine Schuld, im ganzen zweihundert Taler, war bezahlt worden, und ich erhielt meine Freiheit wieder. Wohin sollte ich mich wenden? So trat ich denn in den Dienst dieses Hinze. Es ist ein junger und leichtsinniger Mann, der gerne faulenzt, aber beherrsche drei Sprachen in Rede und Schrift. Anfänglich war ich bei ihm eine Art Sekretär, mit einem Gehalt von dreißig Gulden im Monat; zuletzt aber war ich nur noch Bedienter; seine Mittel gestatteten ihm nicht mehr, einen Sekretär zu halten, und er setzte mein Gehalt herab; da ich kein anderweitiges Unterkommen hatte, blieb ich – und wurde auf diese Weise ganz von selber zum Lakaien. Ich bekam nicht genug zu essen und zu trinken in seinem Dienst, aber dafür sparte ich mir in fünf Monaten siebzig Gulden. In Baden erklärte ich ihm eines Abends, daß ich mich von ihm zu trennen wünschte; an demselben Abend begab ich mich zum Roulett. O wie mein Herz klopfte! Nein, es lag mir nicht so sehr am Geld! Ich wollte damals nur, daß morgen alle diese Hinzes, alle diese Oberkellner, alle diese prächtigen Badener Damen, daß sie alle von mir reden, meine Geschichte erzählen, über mich staunen, mich loben und sich vor meinem neuen Gewinn beugen sollten. Kindische Träume und Sorgen! Aber wer weiß! Vielleicht wäre ich Paulina begegnet, ich hätte ihr alles erzählt, und sie hätte gesehen, daß ich über alle diese dummen Schicksalsschläge erhaben bin ... Oh, es lag nicht am Geld! Ich bin überzeugt, daß ich es wieder irgendeiner Blanche hingeworfen hätte und wieder drei Wochen lang in Paris mit eigenen Pferden für sechzehntausend Franken spazierengefahren wäre. Ich weiß ja ganz genau, daß ich nicht geizig bin; ich glaube sogar, daß ich ein Verschwender bin – und dennoch, mit welch einem Erbeben, welch einem Herzklopfen lausche ich auf den Ruf des Croupiers: »Trente et un, rouge, impair et passe« oder »quatre, noir, pair et manque!« Mit welch einer Gier betrachte ich den Spieltisch, auf dem die Louisdor, Friedrichsdor und Taler umherliegen, die Geldrollen, die der Rechen des Croupiers in feuerglühende Haufen teilt oder in meterlange Silberketten, die um das Rad herumliegen. Wenn ich mich dem Spielsaal nähere und schon durch zwei Zimmer weit das Klirren des rollenden Geldes höre, verfalle ich beinahe in Krämpfe.

Oh, jener Abend, als ich meine siebzig Gulden zum Spieltisch trug, war auch bemerkenswert! Ich fing wieder mit zehn

Gulden und wieder mit passe an. Ich habe eine Vorliebe für passe. Ich verlor. Nun blieben mir noch sechzig Gulden in Silber; ich dachte nach und zog zéro vor. Ich fing an, jedesmal fünf Gulden auf zéro zu setzen; beim dritten Einsatz kam plötzlich zéro; ich wäre beinahe vor Freude gestorben, als ich hundertfünfundsiebzig Gulden erhielt; als ich damals hunderttausend Gulden gewonnen hatte, war ich nicht so froh gewesen. Ich setzte sofort hundert Gulden auf Rot und gewann; alle zweihundert auf Rot – wieder gewonnen; alle vierhundert auf Schwarz – Schwarz gewann; alle achthundert auf manque – es kam manque; mit dem Früheren zusammen hatte ich siebzehnhundert Gulden gewonnen, und das in weniger als fünf Minuten! Ja, in solchen Augenblicken vergißt man alle früheren Mißerfolge. Ich hatte das erreicht, indem ich mehr als mein Leben riskierte, ich hatte mich vermessen, es zu wagen und – siehe, ich zählte wieder zu den Menschen!

Ich nahm mir ein Zimmer im Hotel, schloß mich ein und saß bis drei Uhr nachts auf, mein Geld überzählend. Als ich am Morgen erwachte, war ich kein Lakai mehr. Ich beschloß, noch am selben Tag nach Homburg zu reisen. Dort hatte ich nicht als Lakai gedient und nicht im Gefängnis gesessen. Eine halbe Stunde vor Abgang des Zuges ging ich in den Spielsaal, um zweimal zu setzen, nicht mehr – und verlor fünfzehnhundert Gulden. Ich reiste aber trotzdem nach Homburg, und nun bin ich schon seit einem Monat hier...

Ich lebe natürlich in ständiger Unruhe, spiele mit den allerkleinsten Einsätzen und warte auf irgend etwas, berechne, stehe tagelang am Spieltisch und *beobachte* das Spiel, träume sogar davon – aber bei alledem scheint es mir, als ob ich stumpfsinnig geworden sei, als ob ich im Schlamm steckte. Meine Begegnung mit Mister Astley läßt mich diese Schlußfolgerung ziehen. Wir hatten uns seit jener Zeit nicht mehr gesehen und trafen uns ganz zufällig. Das spielte sich so ab. Ich ging im Park spazieren und überlegte, daß ich jetzt fast ganz ohne Mittel sei, immerhin aber noch fünfzig Gulden besäße; außerdem hatte ich in dem Hotel, wo ich ein kleines Kämmerchen bewohnte, erst vorgestern meine Rechnung bezahlt. Ich habe also die Möglichkeit, noch einmal zum Roulett zu gehen; gewinne ich nur eine Kleinigkeit, kann ich das Spiel fortsetzen; verliere ich, muß ich wieder Lakai werden, falls ich nicht sofort Russen finde, die einen Hauslehrer brauchen.

Mit diesen Gedanken beschäftigt, machte ich meinen täglichen Spaziergang durch den Park und durch den Wald ins nächste Fürstentum.

Manchmal wanderte ich auf diese Weise vier Stunden lang und kehrte müde und hungrig nach Homburg zurück. Kaum hatte ich den Park betreten, als ich plötzlich auf einer Bank Mister Astley entdeckte. Er hatte mich zuerst gesehen und mich angerufen. Ich setzte mich zu ihm. Als ich jedoch eine gewisse Zurückhaltung an ihm bemerkte, mäßigte ich meine Freude sofort; ich hatte mich nämlich ungemein über das Wiedersehen gefreut.

»Also Sie sind hier! Ich hatte es mir gedacht, daß ich Sie treffen würde«, sagte er zu mir. »Geben Sie sich keine Mühe, mir zu berichten: ich weiß, ich weiß alles; Ihr ganzes Leben in diesem Jahr und den acht Monaten ist mir bekannt.«

»Bah! So verfolgen Sie die Spuren Ihrer alten Freunde!« antwortete ich. »Es macht Ihnen Ehre, daß Sie sie nicht vergessen ... Übrigens bringen Sie mich auf einen Gedanken. Haben Sie mich vielleicht aus dem Roulettenburger Gefängnis losgekauft, wo ich für eine Schuld von zweihundert Gulden gesessen habe? Ein Unbekannter hat mich befreit.«

»Nein, o nein; ich habe Sie nicht aus dem Roulettenburger Gefängnis losgekauft, wo Sie für eine Schuld von zweihundert Gulden gesessen haben, aber ich habe gewußt, daß Sie für eine Schuld von zweihundert Gulden im Gefängnis saßen.«

»Sie wissen also, wer mich freigekauft hat?«

»O nein, ich kann nicht sagen, daß ich weiß, wer Sie losgekauft hat.«

»Seltsam; unsere Russen kannten mich nicht, auch würden die hiesigen Russen mich schwerlich loskaufen; das geschieht nur dort bei uns in Rußland, daß die Rechtgläubigen die Rechtgläubigen befreien. Ich hatte aber gedacht, daß irgendein Sonderling von Engländer es aus Spleen getan hätte.«

Mister Astley hörte mir mit einigem Erstaunen zu. Er hatte wohl erwartet, mich traurig und niedergeschlagen zu finden.

»Ich bin sehr erfreut zu sehen, daß Sie sich die Unabhängigkeit Ihrer Gesinnung und sogar Ihre Heiterkeit bewahrt haben«, bemerkte er mit recht unfreundlicher Miene.

»Das heißt, innerlich knirschen Sie vor Ärger, daß ich nicht niedergeschlagen und vernichtet bin«, sagte ich lachend.

Er verstand nicht gleich, dann aber lächelte er.

»Ihre Bemerkungen gefallen mir. Ich erkenne in diesen Worten meinen früheren klugen, alten, begeisterten und zugleich zynischen Freund. Nur die Russen vermögen es, gleichzeitig so viele Gegensätze in sich zu vereinen. Der Mensch liebt es in der Tat, seinen besten Freund erniedrigt vor sich zu sehen; auf der Erniedrigung beruht zum größten Teil alle Freundschaft; das ist eine alte, allen klugen Leuten bekannte Wahrheit. Im vorliegenden Fall aber bin ich aufrichtig erfreut, daß Sie nicht verzagen, ich versichere Sie. Sagen Sie mir, haben Sie nicht die Absicht, das Spielen zu lassen?«

»Oh, der Teufel soll es holen! Ich werde es sofort lassen, nur...«

»Nur müßten Sie erst noch einmal gewinnen? Das hatte ich mir gedacht; reden Sie nicht zu Ende – ich weiß, Sie haben das unversehens gesagt, folglich wahr gesprochen. Sagen Sie mir, haben Sie noch eine andere Beschäftigung als das Spiel?«

»Nein, ich habe keine...«

Er fing an mich zu examinieren. Ich wußte nichts, ich hatte fast nie eine Zeitung in die Hand genommen und die ganze Zeit hindurch kein einziges Buch gelesen.

»Sie sind stumpf geworden«, bemerkte er, »Sie haben sich nicht nur vom Leben losgesagt, von Ihren eigenen und den Interessen der Allgemeinheit, von der Pflicht des Bürgers und Menschen, von Ihren Freunden, und Sie haben doch welche gehabt – Sie haben nicht nur jedes Lebensziel mit Ausnahme des Gewinnes im Spiel aufgegeben, sondern sogar Ihre Erinnerungen. Ich habe Sie in einem leidenschaftlichen und großen Moment Ihres Lebens gekannt; aber ich bin überzeugt, daß Sie Ihre besten damaligen Eindrücke vergessen haben; Ihre Träume, Ihre jetzigen täglichen Wünsche reichen nicht weiter, als pair, impair, rouge, noir, die zwölf Mittleren und so weiter, und so weiter. Ich bin überzeugt davon.«

»Genug, Mister Astley! Bitte, bitte, erinnern Sie mich nicht daran!« rief ich ärgerlich, beinahe zornig. »Sie müssen wissen, daß ich rein gar nichts vergessen habe; ich habe das alles nur zeitweilig aus meinem Kopf verbannt, sogar die Erinnerung – bis zu der Zeit, da ich meine Verhältnisse von Grund aus gebessert habe; dann ... dann werden Sie sehen, wie ich von den Toten auferstehe!«

»Sie werden noch nach zehn Jahren hier sein«, sagte er. »Ich will mit Ihnen wetten, daß ich Sie auf dieser selben Bank daran erinnern werde, wenn ich am Leben bleibe.«

»Genug«, unterbrach ich ihn ungeduldig, »und um Ihnen zu beweisen, daß ich in bezug auf das Vergangene durchaus nicht so vergeßlich bin, gestatten Sie mir die Frage: Wo ist Fräulein Paulina jetzt? Wenn Sie mich nicht losgekauft haben, so ist es bestimmt Paulina gewesen. Ich habe seit jener Zeit nie wieder etwas von ihr gehört.«

»Nein, o nein! Ich glaube nicht, daß Miß Paulina Sie losgekauft hat. Sie ist jetzt in der Schweiz, und Sie werden mir ein großes Vergnügen machen, wenn sie aufhören, mich über Miß Paulina auszufragen«, sagte er entschieden und sogar zornig.

»Das bedeutet, daß sie auch Ihnen ein paar schwere Wunden geschlagen hat«, lachte ich unwillkürlich auf.

»Miß Paulina ist das beste aller Geschöpfe, die der größten Achtung würdig sind, aber ich wiederhole Ihnen, Sie werden mir ein großes Vergnügen machen, wenn Sie aufhören, mich über Miß Paulina auszufragen. Sie haben sie niemals gekannt, und ihr Name in Ihrem Mund bedeutet für mich eine Beleidigung meines moralischen Gefühls.«

»So steht es! Übrigens sind Sie im Unrecht; wovon sollte ich denn mit Ihnen reden, wenn nicht davon, sagen Sie doch selber? Daraus bestehen ja unsere einzigen Erinnerungen. Zudem können Sie ganz ruhig sein; ich will nichts von Ihren inneren geheimen Angelegenheiten wissen. Mich interessieren, wie gesagt, nur die äußeren Lebensumstände Paulinas, ihre augenblicklichen äußeren Verhältnisse. Das läßt sich doch in zwei Worten sagen.«

»Gut, unter der Bedingung, daß mit diesen zwei Worten alles abgemacht ist. Miß Paulina war lange krank; sie ist auch jetzt noch krank; eine Zeitlang lebte sie bei meiner Mutter und meiner Schwester in Nordengland. Vor einem halben Jahr ist ihre Großtante gestorben – Sie erinnern sich doch jener verrückten Frau? – und hat ihr persönlich siebentausend Pfund hinterlassen. Jetzt ist Miss Paulina mit der Familie meiner Schwester, die sich verheiratet hat, auf Reisen. Ihre kleinen Geschwister sind durch das Testament der Großtante auch sichergestellt und werden in London erzogen. Ihr Stiefvater, der General, ist vor einem Monat in Paris einem Schlaganfall erlegen. Mlle. Blanche hat ihn gut behandelt, hat aber alles, was er von der Großtante erhalten hat, auf sich überschreiben lassen ... So, das ist wohl alles.«

»Und de Grieux? Bereist er vielleicht ebenfalls die Schweiz?«

»Nein, de Grieux bereist die Schweiz nicht, und ich weiß nicht, wo er ist; außerdem warne ich Sie ein für allemal davor, solche Anspielungen und unwürdigen Vermutungen auszusprechen, sonst bekommen Sie es unbedingt mit mir zu tun.«

»Ich bitte tausendmal um Vergebung, Mister Astley ... Aber erlauben Sie: da ist doch nichts Beleidigendes und Unwürdiges; ich beschuldige ja Miß Paulina in keiner Weise. Und im übrigen ist ein Franzose und ein russisches Fräulein, ganz allgemein gesprochen, eine Zusammenstellung, Mister Astley, die wir beide nie völlig begreifen oder ergründen können.«

»Wenn Sie den Namen de Grieux nicht mehr mit einem anderen Namen zusammen nennen wollen, so möchte ich Sie bitten, mir zu erklären, was Sie unter dem Ausdruck ‚ein Franzose und ein russisches Fräulein‘ verstehen? Was ist das für eine Zusammenstellung? Und warum gerade ein Franzose und unbedingt ein russisches Fräulein?«

»Sehen Sie, nun interessieren Sie sich dafür. Aber das ist eine lange Geschichte, Mister Astley. Ein Franzose, das ist die vollendete schöne Form. Sie als Brite sind damit vielleicht nicht einverstanden; ich als Russe bin auch nicht einverstanden, meinetwegen aus Neid; unsere russischen jungen Damen können aber anderer Meinung sein. Sie finden Racine vielleicht gespreizt, entstellt und parfümiert, und werden ihn sicherlich nicht lesen. Ich finde ihn auch gespreizt, entstellt und parfümiert, in gewissem Sinn sogar lächerlich; aber er ist herrlich und vor allem ein großer Dichter, ob Sie und ich das nun wollen oder nicht. Die nationale Form des Franzosen, das heißt des Parisers, war bereits eine schöne und geschmackvolle, als wir noch Bären waren. Die Revolution hat das Erbe des Adels übernommen. Jetzt kann jeder, auch der platteste Franzosenjüngling, Manieren, Allüren, Ausdrucksformen, ja sogar Gedanken von vollendeter Form besitzen, ohne daran weder aus eigenem Antrieb noch mit Herz oder Seele beteiligt zu sein; er hat das alles als Erbe erhalten. An und für sich kann er platter als platt, gemeiner als gemein sein. Jetzt aber muß ich Ihnen sagen, Mister Astley, daß es auf der Welt nichts Vertrauensseligeres und Aufrichtigeres gibt als ein gutes, kluges und nicht allzu geziertes junges russisches Mädchen. Wenn de Grieux in irgendeiner Rolle, in irgendeiner Maske erscheint – kann er ihr Herz mit ungewöhnlicher Leichtigkeit erobern; er besitzt eine elegante Form, Mister Astley, und das Fräulein hält diese Form für seine eigene Seele, für die natürliche Form seiner Seele und seines Herzens, nicht aber für ein Gewand, das ihm als Erbteil zugefallen ist. Zu Ihrem größten Mißvergnügen muß ich Ihnen gestehen, daß die Engländer in der Mehrzahl eckig und unelegant sind, die Russen aber haben ein ziemlich feines Gefühl für Schönheit und sind sehr darauf erpicht. Um aber die Schönheit der Seele und die Echtheit der Persönlichkeit zu erkennen, dazu gehört unvergleichlich mehr Selbständigkeit und Freiheit, als unsere Frauen, besonders unsere jungen Mädchen besitzen – und vor allen Dingen viel mehr Erfahrung. Miß Paulina jedoch wird sehr, sehr lange Zeit zur Entscheidung brauchen, ehe sie Ihnen den Vorzug vor dem Schuft de Grieux gibt. Sie kann Sie würdigen, kann Ihnen ihre Freundschaft schenken, Ihnen ihr ganzes Herz eröffnen, aber in diesem Herzen wird doch der verhaßte Schuft, der erbärmliche niedrige Wucherer de Grieux thronen. Und dabei bleibt sie, sozusagen aus Eigensinn und Eigenliebe, weil dieser de Grieux ihr einmal in der Glorie des eleganten Marquis, des blasierten Liberalen erschienen ist, der sich ruiniert hat (wirklich?), um ihrer Familie und dem leichtsinnigen General zu helfen. Alle diese Machenschaften sind erst später aufgedeckt worden. Aber das schadet nichts, daß sie aufgedeckt wurden: gebt ihr den früheren de Grieux wieder – das ist's, was sie braucht! Und je mehr sie den jetzigen de Grieux haßt, um so stärker sehnt sie sich nach dem früheren, obwohl auch dieser frühere nur in ihrer Einbildung existierte. Sie sind Zuckersieder, Mister Astley?«

»Ja, ich bin Teilhaber der bekannten Zuckerfabrik von Lowell & Co.«

»Nun sehen Sie, Mister Astley! Auf der einen Seite ein Zuckersieder, auf der anderen der Apollo von Belvedere; das läßt sich nicht recht vereinigen. Und ich bin nicht einmal ein Zuckersieder, ich bin nur ein kleiner Roulettspieler und bin sogar Lakai gewesen, was Miß Paulina sicherlich schon weiß, da sie eine gute Polizei zu haben scheint.«

»Sie sind verbittert, darum reden Sie all dies dumme Zeug«, sagte Mister Astley nach einigem Nachdenken kaltblütig. »Zudem liegt in Ihren Äußerungen nichts Originelles.«

»Zugestanden! Aber das ist ja gerade das Furchtbare, verehrter Freund, daß alle diese meine Anklagen, so veraltet, so abgeschmackt, so lustspielmäßig sie sein mögen, dennoch wahr sind! Immerhin haben weder Sie noch ich etwas erreicht!«

»Das ist abscheulicher Unsinn ... weil, weil ... wissen Sie denn«, sagte Mister Astley mit zitternder Stimme und funkelnden Augen, »wissen Sie denn, Sie undankbarer und unwürdiger, kleinlicher und unglücklicher Mensch, daß ich absichtlich nach Homburg gekommen bin, in Miß Paulinas Auftrag, um Sie zu sehen, ausführlich und herzlich mit Ihnen zu sprechen, und ihr dann über alles – Ihre Gefühle, Gedanken, Hoffnungen und – Erinnerungen zu berichten?«

»Ist das möglich? Ist das möglich?« rief ich, und Tränen entströmten meinen Augen.

Ich konnte sie nicht zurückhalten, und das geschah mir wohl zum erstenmal in meinem Leben.

»Ja, Sie Unseliger, sie hat Sie geliebt, und ich kann Ihnen das verraten, weil Sie ein Verlorener sind. Nicht genug, wenn ich Ihnen auch sage, daß sie Sie bis heute liebt, so werden Sie doch hierbleiben! Ja, Sie haben sich zugrunde gerichtet. Sie besaßen gewisse Fähigkeiten, einen lebhaften Charakter und waren kein schlechter Mensch. Sie hätten sogar Ihrem Vaterland, das Männer so nötig hat, nützlich sein können, aber – Sie werden hier bleiben, und Ihr Leben ist zu Ende. Ich klage Sie nicht an. Meiner Ansicht nach sind alle Russen so; oder sie haben die Neigung, so zu sein. Ist's nicht das Roulett, so ist's etwas anderes, Ähnliches. Ausnahmen sind sehr selten. Sie sind nicht der erste, der es nicht begreift, was arbeiten heißt ... ich spreche nicht von Ihrem Volk. Das Roulett ist ein vorzugsweise russisches Spiel. Bis jetzt waren Sie ehrlich und haben es vorgezogen, Lakai zu werden, statt zu stehlen ... Ich denke aber mit Schrecken daran, was in Zukunft geschehen kann. Genug, leben Sie wohl! Sie brauchen natürlich Geld? Hier gebe ich Ihnen zehn Louisdor, mehr nicht, da Sie sie ohnehin verspielen werden. Nehmen Sie, und leben Sie wohl! So nehmen Sie doch!«

»Nein, Mister Astley, nach allem, was jetzt gesagt worden ist ...«

»Neh–men Sie!« rief er. »Ich bin überzeugt, daß Sie noch ehrenhaft sind, und gebe es Ihnen so, wie ein Freund es seinem wahren Freund geben kann. Wenn ich sicher sein könnte, daß Sie den Spieltisch und Homburg sofort verlassen und in Ihre Heimat reisen würden – wäre ich bereit, Ihnen unverzüglich tausend Pfund zu geben, damit Sie ein neues Leben beginnen können. Aber ich gebe Ihnen eben deshalb keine tausend Pfund, sondern nur zehn Louisdor, weil tausend Pfund und zehn Louisdor für Sie jetzt vollständig ein und dasselbe sind. Sie verspielen es ja doch. Nehmen Sie das Geld, und leben Sie wohl.«

»Ich werde es nehmen, wenn Sie mir gestatten, Sie zum Abschied zu umarmen.«

»Oh, das tue ich mit Vergnügen!«

Wir umarmten uns herzlich, und Mister Astley ging fort.

Nein, er hat nicht recht! Wenn ich jetzt schroff und dumm über Paulina und de Grieux geredet hatte, so war das, was er von den Russen gesagt hatte, ebenso schroff und leichtfertig. Von mir selber sage ich nichts. Übrigens ... übrigens kommt es vorläufig auf dies alles gar nicht an. Das sind nur Worte, Worte und Worte, nötig aber ist die Tat! Jetzt in die Schweiz – das ist die Hauptsache! Gleich morgen – oh, wenn es möglich wäre, gleich morgen abzureisen! Wieder aufzuleben, aufzuerstehen! Ich muß ihnen beweisen ... Paulina soll wissen, daß ich noch ein Mensch sein kann. Es gilt nur ... Jetzt ist es übrigens zu spät – aber morgen ... oh, ich habe eine Vorahnung, und es kann nicht anders sein! Ich besitze jetzt fünfzehn Louisdor und habe schon einmal mit fünfzehn Gulden angefangen! Wenn man vorsichtig beginnt ... Ja, bin ich wirklich ein kleines Kind? Begreife ich denn nicht, daß ich selber ein verlorener Mensch bin? Allein – warum sollte ich nicht auferstehen können! Ja! Es gilt, nur einmal im Leben berechnend und geduldig zu sein – das ist alles! Es gilt, nur einmal fest zu bleiben, und ich kann in einer Stunde mein ganzes Schicksal ändern! Hauptsache – charakterfest sein! Ich brauche nur daran zu denken, was ich vor sieben Monaten in Roulettenburg erlebt habe, vor meinem endgültigen Verlust. Oh, das war ein bemerkenswerter Fall von Entschlossenheit. Ich hatte damals alles verspielt, alles ... Ich verließ den Kursaal und bemerkte plötzlich, daß in meiner Westentasche noch ein Gulden steckte. Ah, so habe ich doch noch etwas für ein Mittagessen! dachte ich, aber nach weiteren hundert Schritten hatte ich es mir überlegt und kehrte um. Ich setzte diesen Gulden auf manque (diesmal auf manque) und wahrlich, es ist eine seltsame Empfindung, wenn man allein, fern von der Heimat und den Freunden und ohne zu wissen, was man heute essen wird, seinen letzten Gulden setzt, seinen aller-

allerletzten! Ich gewann und verließ zwanzig Minuten später den Kursaal mit hundertsiebzig Gulden in der Tasche. Das ist eine Tatsache! So viel kann zuweilen der letzte Gulden bedeuten. Was wäre geschehen, wenn ich damals den Mut verloren, wenn ich nicht gewagt hätte, einen Entschluß zu fassen? ...

Morgen, morgen hat alles ein Ende!

ANHANG

NACHWORT

Zu Beginn der zwanziger Jahre unseres Jahrhunderts veröffentlichte Dostojewskijs Tochter Aimée (= Ljubow) eine Biographie ihres Vaters, in der sie unter anderem von einer leidenschaftlichen Liebe zwischen Dostojewskij und einer gewissen Apollinarija (= Polina oder Pauline) Suslowa berichtete. Zur selben Zeit erschien in Prag ein Artikel des russischen Literarhistorikers Alfred Bem, der von einem sensationellen Fund Kunde gab: Er hatte noch vor der Revolution in einem Archiv das Tagebuch und anderes Material aus dem Nachlaß eben dieser Suslowa aufgestöbert. Beide Ereignisse am Rande der Literatur eröffnen überraschende Einsichten in den autobiographischen Hintergrund zu Dostojewskijs Roman ›Der Spieler‹.[1] Es zeigt sich, daß der authentische Hintergrund die Handlung des Romans an Spannung und Dramatik noch überbietet.

Dostojewskijs Affäre mit Pauline Suslowa kann als Reaktion auf seine fehlgeschlagene erste Ehe verstanden werden. Bald nach der Entlassung aus dem Arbeitslager in Omsk hatte Dostojewskij im Jahr 1857 die Witwe Marija Dmitrievna Isajewa geheiratet – die erste Frau, mit der er nach vierjähriger Isolation gesellschaftlich bekannt geworden war. Nach Aussage seiner Tochter war Marija Dmitrievna eine kaltherzige und berechnende Frau, die den Schriftsteller teils aus Mitleid, teils in der Hoffnung auf eine bessere Zukunft zum Mann nahm. Bereits während der Verlobungszeit mit Dostojewskij unterhielt sie Beziehungen zu einem jungen Lehrer, die sie auch nach der Hochzeit fortsetzte. Ab 1860 lebte Dostojewskij von seiner Frau getrennt. Marija Dmi-

---

[1] Aimée Dostojewski: Dostojewski. Geschildert von seiner Tochter A. Dostojewski. München 1920; A. Bem: ›Igrok‹ Dostoevskogo. (V svete novych biografičeskich dannych). In: Sovremennye zapiski, H. XXIV, Paris 1925; A. S. Dolinin (Hrsg.): A. P. Suslova. Gody blizosti s Dostoevskim. Dnevnik – povest' – pis'ma. Moskau 1928; E. Wasiolek (Hrsg.): F. Dostoevsky. The Gambler with Polina Suslova's Diary. (Translated by V. Terras). Chicago 1972.

trievna ließ sich in Twer nieder, da sie das rauhe Klima der Hauptstadt nicht vertrug. Als sie an Schwindsucht erkrankte, verließ sie ihr Geliebter. Zutiefst enttäuscht rächte sich die Kranke – an ihrem Ehemann: Ihm erzählte sie die Affäre mit allen undelikaten Einzelheiten, und ihm schob sie auch die gesamte Schuld daran zu.

In dieser deprimierenden Situation einer zerstörten Ehe lernt Dostojewskij Apollinarija Suslowa, eine »spezifisch russische Schönheit« (Rosanow), kennen. Ihr Vater war vom leibeigenen Bauern zum Gutsverwalter und Fabrikbesitzer aufgestiegen. Seine beiden Töchter hatten eine erstklassige Erziehung erhalten und sich an der Universität in St. Petersburg inskribiert. Im Gegensatz zu ihrer Schwester, die ein Medizinstudium begann und Rußlands erste Ärztin wurde, betrieb Apollinarija das Studium nur sehr oberflächlich. Sie soll eine stolze und arrogante junge Schönheit gewesen sein, die sich bald radikalen Studentenkreisen anschloß und zu den emanzipierten Frauen der Generation der sechziger Jahre zählte. Der Schriftsteller Wasilij Rosanow, der sie einige Jahre nach Dostojewskijs Tod aus Verehrung für den verstorbenen Autor heiratete – und sechs Jahre darauf wieder von ihr verlassen wurde –, verglich sie mit Katharina de Medici und bemerkte, daß er sie sogar eines Verbrechens für fähig halte. In ihrer Jugend hatte sich Suslowa schriftstellerisch versucht. Sie scheint Dostojewskij bewundert zu haben. Aimée Dostojewskij berichtet von einem Brief, in dem die Suslowa ihrem Vater ihre Liebe gesteht. Dostojewskij lädt sie zu sich ein und veröffentlicht eine ihrer Erzählungen in seiner Zeitschrift.[2] Es entspinnt sich eine immer engere Beziehung zwischen beiden, ein Verhältnis, das im Frühjahr 1863 auch seinen äußeren Ausdruck findet, als Dostojewskij vorschlägt, den kommenden Sommer gemeinsam in Paris zu verbringen. Die Abreise verzögert sich, als die russische Regierung die Zeitschrift der Brüder Dostojewskij unvermutet einstellt. Pauline verbringt den Sommer allein in Paris.

Es ist bereits August, als sich Dostojewskij endlich auf den Weg macht. In Deutschland unterbricht er die Reise, um Roulette zu spielen. Er gewinnt 10 400 Franken in Wiesbaden und sendet die Hälfte der Summe an seine todkranke Frau. Einige Tage später verliert er jedoch den Rest seines

[2] A. S. – va: Pokuda. Povest'. In: Vremja, Nr. 10, Okt. 1861.

Gewinns am Spieltisch in Baden-Baden und sieht sich gezwungen, seine Frau telegraphisch zu bitten, einen Teil des eben übersandten Betrages wieder an ihn zurückzuschicken. Paris erreicht er erst Ende August, nur um herauszufinden, daß sich seine Geliebte inzwischen in einen südamerikanischen Medizinstudenten namens Salvador verliebt hat. Bei Dostojewskijs Eintreffen hat dieser sie bereits nach einer kurzen und leidenschaftlichen Affäre verlassen. Dostojewskij findet sich in einer ähnlichen Situation wie kurz zuvor, als ihn seine Frau mit einem Bericht über ihren Geliebten gequält hatte. Nur ist es diesmal die Geliebte, die ihm die Einzelheiten ihrer kurzlebigen Liebesgeschichte mit Salvador anvertraut – nichtsdestoweniger ein für ihn erniedrigendes Erlebnis. Aus dem Tagebuch Suslowas geht hervor, daß sie ihn zu dieser Zeit nicht mehr liebt, sondern bewußt ihr Spiel mit ihm treibt. Dostojewskij bietet ihr an, wie »Bruder und Schwester« miteinander zu leben und gemeinsam nach Italien zu reisen. Als dies wirklich geschieht, nützt Pauline allerdings die Situation, um sich an Dostojewskij für ihre eigene Erniedrigung durch Salvador zu rächen. Der Schriftsteller sieht sich in einem ähnlichen Dreiecksverhältnis wie seinerzeit in Twer. Wir finden es wieder im ›Spieler‹ in der Beziehung zwischen Pauline, dem Erzähler Alexej Iwanowitsch und de Grieux: Ähnlich wie die Suslowa spielt auch die Pauline des Romans mit den Leidenschaften, entflammt Gefühle, läßt sie aber stets unbefriedigt. Pauline Suslowa schiebt, wie schon Marija Dmitrievna, die Schuld an ihrem Unglück allein Dostojewskij zu. In ihrem Tagebuch lesen wir: »Ich hasse ihn einfach. Er hat mir soviel Leid verursacht, wie man es nicht ertragen konnte ... Wenn ich mich daran erinnere, was vor zwei Jahren geschehen ist, beginne ich ihn zu hassen. Er war der erste, der meinen Glauben tötete.« Ihre Vorwürfe scheinen nicht ohne Wirkung geblieben zu sein und in Dostojewskij Schuldgefühle hervorgerufen zu haben. Das zeigt eine weitere Tagebucheintragung, in der Suslowa überlegt, wie sie sich an Salvador rächen könnte: »Er müßte seine Schuld bekennen, voll Reue sein, daß heißt, ein Fjodor Michailowitsch (Dostojewskij) sein.« Nach eineinhalbmonatigem Aufenthalt in Italien fahren die beiden nach Berlin, wo sie sich trennen.

Im Oktober kehrt Dostojewskij nach Rußland zurück. Das folgende halbe Jahr bringt ihm eine Reihe von Katastrophen. Im April 1864 stirbt Marija Dmitrievna, im Juni sein

Lieblingsbruder Michael. Die Zeitschrift ›Epoche‹, die von den beiden Brüdern herausgegeben wird, findet keine Abonnenten. Die Schulden häufen sich. Dostojewskij übernimmt die Sorge für Michaels mittellose Familie und die Verantwortung für die gesamten Schulden seines Bruders. In dieser für ihn so schwierigen Zeit scheint er Trost bei verschiedenen Frauen gefunden zu haben. Es ist bekannt, daß er mehr als einmal an Heirat denkt.[3] Doch auch mit Suslowa bleibt er in Verbindung. Um seinen Gläubigern zu entgehen und wieder mit Pauline beisammen sein zu können, plant er sogar eine neuerliche Auslandsreise. Doch dafür und für die Bezahlung der dringlichsten Schulden benötigt er Geld. Diesen Moment nützt der skrupellose Verleger Stellowskij, der dem Autor für ein Honorar von 3000 Rubel anbietet, eine Gesamtausgabe seiner Werke einschließlich eines neuen Romans herauszubringen. Dieser neue Roman muß vor dem 1. November 1866 abgeliefert werden, ansonsten gehen alle Rechte an Dostojewskijs künftigen Arbeiten an Stellowskij über. In seiner Zwangslage unterschreibt Dostojewskij, reist umgehend nach Deutschland, nimmt die frühere Beziehung zu Pauline wieder auf und versucht sein Glück am Roulett-Tisch. Auch diesmal verliert er und muß seine Geliebte um Geld bitten. Und als er ihr erneut einen Heiratsantrag macht, wendet sich Suslowa erzürnt von ihm ab.

Mit Beginn des Jahres 1866 widmet sich Dostojewskij voll und ganz seinem ersten großen Roman: ›Schuld und Sühne‹; er erscheint ab Januar 1866 in Fortsetzungen in einer Zeitschrift. Sein vertragliches Versprechen an Stellowskij scheint ihm weiter wenig Sorgen gemacht zu haben. Als die Zeit jedoch knapp wird, engagiert er eine junge Stenografin, Anna Grigoriewna Snitkina, der er am 4. Oktober einen neuen Roman zu diktieren beginnt. Nach anfänglichen Schwierigkeiten schreitet die Arbeit rasch voran. Am 29. Oktober findet das letzte Diktat statt. Dostojewski kann den

---

[3] Dostojewskij machte nicht nur Pauline Suslowa mehrfach Heiratsanträge. Im Herbst und Winter 1864 hatte er ein vorübergehendes Verhältnis mit einer russischen Abenteurerin namens Martha Brown. Im Frühjahr 1865 wollte er mit Anna Korwin-Krukowskaja eine Ehe eingehen. Sie war wie Suslowa eine junge, schriftstellernde Dame und hatte Dostojewskij zwei Erzählungen zur Veröffentlichung eingesandt. Dostojewskij wurde abgewiesen.

vereinbarten Termin einhalten. Im Verlauf der Arbeit hat er an seiner jungen Gehilfin Gefallen gefunden, sein Heiratsantrag wird angenommen, und im Februar 1867 findet bereits die Hochzeit statt. Als die Gläubiger Dostojewskij ins Schuldgefängnis zu setzen drohen, unternimmt das Ehepaar im April 1867 eine Auslandsreise.[4] Obgleich Dostojewskij im eben erst fertiggestellten Roman ›Der Spieler‹ den Ruin eines Glücksspielers dargestellt hat, spielt er wiederum Roulett. Seine zweite Frau Anna Grigoriewna erzählt davon in ihren Erinnerungen: »Ich war gleich nach dem zu Anfang einsetzenden Verlust und dem mit dem Spiel verbundenen Aufregungen zu der festen Überzeugung gekommen, daß es meinem Mann nie gelingen würde, zu gewinnen; es könnte ja wohl hie und da zu einem Gewinn, vielleicht sogar zu einem bedeutenden Gewinn kommen, das gab ich zu, doch dieser würde gleich am selben Tage (und jedenfalls nicht später als am nächsten) wieder verspielt sein. Auch hatte ich mich überzeugen können, daß weder meine flehentlichen Bitten noch meine dringendsten Vorstellungen imstande waren, meinen Mann vom Spiele abzuhalten ... Bald jedoch hatte ich begriffen, daß es sich hier nicht um einfache ›Willensschwäche‹ handelte, sondern daß dies eine alles verzehrende ungestüme Leidenschaft, eine Elementargewalt war, der gegenüber selbst ein Charakter sich als ohnmächtig erweisen mußte.« Auch Dostojewskijs masochistische Selbstanklagen wiederholen sich, wie Anna Grigorjewna gleichfalls berichtet: »War kein Geld zum Spielen mehr da und konnte auch keines mehr beschafft werden, so fühlte sich Fjodor Michajlowitsch zuweilen so bedrückt, daß er in Schluchzen ausbrach, vor mir auf die Knie sank und mich anflehte, ihm zu vergeben, daß er mich durch sein Verhalten so quäle; dabei geriet er in die äußerste Verzweiflung. Und es kostete mich viele Anstrengungen, Vorstellungen, Bitten, um ihn zu beruhigen, ihm unsere Lage nicht gar so hoffnungslos erscheinen zu lassen, wie er glaubte, auf einen Ausweg zu sinnen, seine Aufmerksamkeit und seine Gedanken auf etwas an-

---

[4] Dostojewskij konnte erst vier Jahre später in seine Heimat zurückkehren. Während dieser Zeit flüchtete er immer wieder ins Roulettspiel. Auch die Verbindung mit Suslowa blieb anfangs weiter bestehen. Erst 1871 hatte er beide Leidenschaften endgültig überwunden.

deres zu lenken.«[5] Es kommt schließlich soweit, daß Dostojewskij selbst sein Hochzeitsgeschenk an seine Frau – eine Brosche und Ohrringe mit Brillanten und Rubinen – versetzt und den Erlös verspielt. Wie sein Held Alexej Iwanowitsch so klammert er sich immer wieder an die Vorstellungen, daß er letzten Endes gewinnen müsse, daß es ein unfehlbares und dabei einfaches »System« gebe: Man müsse nur stets ein ruhiges Gemüt bewahren. Falls er, was regelmäßig der Fall gewesen zu sein scheint, in der Aufregung des Spiels den Gleichmut verliert, schreibt er dies den äußeren Umständen zu, dem Gedränge am Spieltisch oder dem Verhalten der übrigen Spieler. Nach allem, was wir von Dostojewskij wissen, scheint er es allerdings meist selbst gewesen zu sein, der Unruhe an den Roulett-Tisch brachte, andere Spieler in der Aufregung anrempelte und zu streiten begann. Seine Frau Anna Grigorijewna fürchtet seine leichte Erregbarkeit, wie wir in ihren Erinnerungen nachlesen können: »Er kehrte vom Spieltisch zurück ..., es war schrecklich, ihn anzuschauen: sein Gesicht war hochrot, seine Augen rot unterlaufen, als ob er betrunken wäre.«

Vor diesem biographischen Hintergrund zeichnet sich im ›Spieler‹ ein persönlicher Bewältigungsversuch des Autors ab, der vorrangig zweierlei Zielsetzungen hat: Einmal will sich Dostojewskij über die Ursachen, die psychischen Voraussetzungen und die Folgen der Spielleidenschaft Rechenschaft ablegen, andererseits projiziert er sein eigenes komplexes Verhältnis zu Apollinarija Suslowa in die fiktiven Gestalten des Romans, um diese problematische Beziehung eher in den Griff zu bekommen.

Die Tatsache, daß Dostojewskij zur Niederschrift des ›Spielers‹ nur drei Wochen benötigt, deutet an, daß er auf Vorarbeiten bauen konnte. Tatsächlich findet sich der erste ausführliche Hinweis auf das Sujet des ›Spielers‹ in einem Brief Dostojewskijs von Ende September 1863 an seinen Freund, den Philosophen Nikolaus Strachow: »Meine Erzählung soll eine typische Gestalt, einen im Ausland lebenden Russen schildern. Sie wissen ja: Im letzten Sommer war in unseren Zeitschriften sehr viel von den im Ausland lebenden Russen die Rede. Dies alles wird sich auch in meiner

[5] W. E. Groeger (Hrsg.): Zwei Frauen. Die Gräfin Tolstoj und Frau Dostojewskij. Berlin ³1926, S. 185–187.

Erzählung widerspiegeln. Auch der augenblickliche Zustand unseres inneren Lebens (selbstverständlich so gut es geht) soll mit hereingezogen werden. Ich schildere einen Menschen mit einem durchaus offenen Charakter, einen zwar vielseitig entwickelten, doch in allen Dingen unfertigen Menschen, der jeden Glauben verloren hat, zugleich *aber nicht wagt, ungläubig zu sein,* der sich gegen alle Autoritäten auflehnt und sie zugleich fürchtet. Er tröstet sich damit, daß er in Rußland angeblich *nichts zu schaffen habe,* und verurteilt daher aufs Grausamste die Leute, die die im Ausland lebenden Russen nach Rußland zurückrufen wollen ... Die Gestalt ist sehr lebendig (ich sehe sie förmlich vor mir stehen), und wenn die Erzählung einmal fertig wird, verdient sie gelesen zu werden. Der Hauptwitz besteht aber darin, daß er alle seine Lebenssäfte, Gut und Kraft für das *Roulett* verwendet hat. Er ist ein Spieler, doch kein gewöhnlicher Spieler, ebenso wie der ›geizige Ritter‹ von Puškin kein gewöhnlicher Geizhals ist ... Er ist in seiner Art Poet, doch schämt er sich dieser Poesie, denn er empfindet tief ihre Gemeinheit; obwohl das *Bedürfnis, etwas zu riskieren,* ihn in seinen eigenen Augen veredelt. Die ganze Erzählung handelt davon, wie er drei Jahre lang Roulett spielt.«

Dostojewskij wurde in der Folge von verschiedenen anderen Projekten abgelenkt und konnte erst wieder im Jahre 1866 daran denken, sein Vorhaben aufzugreifen. Im Juni 1866 schrieb er an Frau A. V. Korvin-Krukovskaja: »Ich möchte eine noch nicht dagewesene und exzentrische Sache machen, in vier Monaten 30 Druckbögen schreiben für zwei verschiedene Romane, von denen ich den einen am Morgen, den anderen am Abend schreiben werde und die ich beide fristgerecht fertigstellen möchte.« Einen Monat später fügt Dostojewskij in einem Brief an A. P. Miljukow hinzu, daß er den »Plan zu einem recht anständigen kleinen Roman« habe, in dem sogar »Schatten von wirklichen Charakteren« vorkommen. Dostojewskij hat sich demnach immerhin drei Jahre mit dem Gedanken getragen, einen Roman über einen Spieler zu schreiben. Dabei konnte er sich auf literarische Vorbilder stützen. Wir finden z. B. einige Handlungsdetails des ›Spielers‹ in Puškins bekannter Erzählung ›Pikdame‹, deren Held Hermann gleichfalls ein Glücksspieler ist. Auch in Lermontows Drama ›Maskarade‹ (1835) ist der Held ein leidenschaftlicher Spieler. Dieses Werk dürfte Dostojewskij gleichfalls beeinflußt haben. Auch Balzacs Roman ›Das Chagrinleder‹ (1831) erzählt von einem Spieler, der im Palais Royale sein letztes Goldstück verspielt. Bei Balzac kommt eine Pauline vor, die den Helden liebt, ihn aber nicht zu retten vermag. Von größerem Einfluß scheint Thackerays Skizze ›The Kicklebury on the Rhine‹ (1850) gewesen zu sein, in der ein deutscher Kurort namens Rougetnoireburg erwähnt wird, der in der russischen Übersetzung als Roulettenburg erscheint.[6]

Das übergreifende, der gesellschaftlichen Entwicklung der Zeit entnommene Thema des Spielers ist der *Auslandsrusse*. Nach zeitgenössischen Pressemeldungen sind allein im Jahre 1860 über 275 000 Russen ins Ausland gereist. Auch Turgenew hat sich dieser aktuellen Thematik im Roman ›Rauch‹ (1867) angenommen. Im ›Spieler‹ ist der russische General der typische, verwestlichte Auslandsrusse der sechziger Jahre. Die Familie des Generals wiederum ist die typische »zufällige« Familie, die wir in Dostojewskijs großen Romanen wiederfinden.

Es fällt auf, daß die Repräsentanten westeuropäischer Nationalitäten im ›Spieler‹ durchwegs klischeehaft gezeichnet sind. Dies ist weniger eine Folge der großen Eile, in der Dostojewskij den Roman schrieb, sondern entspringt vielmehr seinem Geschichtsverständnis. Wie manche Historiker des 19. Jahrhunderts so glaubt auch er, daß die großen europäischen Nationen ihre Kraft erschöpft hätten. Ihr Nationalcharakter, meint er, wäre durch Geschichte und Tradition fixiert, während der Russe als Vertreter eines jungen Volkes erst seine Identität suche. So ist der Zuckersieder und Teilhaber der »bekannten Zuckerfabrik von Lovell und Co.« (S. 152), Mr. Astley, der typische, stets korrekte, aber gefühlsarme und trockene Engländer.[7] Der Hochstapler und

[6] Dies war auch der Arbeitstitel von Dostojewskijs Roman. Im übrigen ähnelt die Kurtisane Blanche im ›Spieler‹ der Mme. la Princesse de Magador bei Thackeray. Weitere, allerdings unbedeutende Handlungsdetails finden sich in beiden Texten. Die Literaturwissenschaft hat auch in E. T. A. Hoffmanns Spielertypen Vorbilder für Dostojewskijs Figuren gesehen.

[7] Die an sich recht positive Gestaltung des Engländers Astley ist wohl nicht zuletzt durch Dostojewskijs Verehrung für Charles Dickens motiviert, dessen Romane er gut kannte und schätzte. Dickens' gute und edle Helden waren vorbildhaft für Dostojewskij.

Betrüger de Grieux wiederum ist der typische französische Bourgeois. Als nationaler Typ verkörpert er die »vollendete schöne Form«, (S. 151). »Buver du lait sur l'herbe fraiche« ist Dostojewskijs drastische Formel für das idyllische Lebensideal des Bourgeois, der damit seine Unmoral verdeckt.[8] Er verführt die schöne Pauline und bringt zusammen mit der Kurtisane Blanche, bzw. »Comtesse de Cominge«, den General um Hab und Gut. Am schlimmsten kommt der Deutsche weg, dessen nationaler Charakter am ausführlichsten geschildert wird (S. 28–30). Dostojewskij weist auf die kleinbürgerlichen Wurzeln und die Beschränktheit der Ideale des deutschen Bürgers hin, für den, wie er meint, das Ich nur ein »notwendiges Anhängsel zum Kapital« ist.

Im Gegensatz zu den westlichen Menschen im ›Spieler‹ sind die drei russischen Hauptfiguren in größerem Maße individualisiert. Dem Charakter der alten Großtante – eine der gelungensten Figuren in Dostojewskijs Werk überhaupt – verlieh der Autor einige positive Züge des russischen Nationalcharakters, wie er ihn verstand. Im Vergleich zur Baronin Würmerhelm und anderen älteren Kurgästen ist sie, die man schon tot wähnt, die Verkörperung des Lebenswillens und der Fähigkeit alles auszuprobieren, sich allem Neuen hinzugeben, nach Dostojewskij ein wesentlicher Zug des russischen Charakters überhaupt. Vor allem aber ist es die Lebensechtheit in der Schilderung des Erzählers Alexej Iwanowitsch und der hübschen Pauline, die schon den zeitgenössischen Leser beeindruckte. Alexej, ein 25-jähriger Exstudent, ist der wurzellose russische Adelige, der wie einst Tschazkij in Gribojedows Drama ›Verstand schafft Leiden‹ ins Ausland reist, da er in der Heimat keine Erfüllung findet. Alexej kennzeichnet sich selbst als »krank, nervös, gereizt, überspannt«. Es kommt ihm vor, als ob er die Herrschaft über sich »vollständig verliere« (S. 43). Er kennt keine sittlichen Maßstäbe. Geld bedeutet ihm alles. Seine Liebe zur schönen Pauline ähnelt seiner Leidenschaft für das Roulettspiel. Sie ist ebenso maßlos, egoistisch und negativ akzentuiert – eine Haßliebe. Allerdings wird sie von der weit mächtigeren Spielleiden-

---

[8] Vgl. die Figur des de Grieux mit der des »natürlichen Menschen«, dem Rousseauschen »homme de la nature et de la vérité«, wie ihn Dostojewskij in seinen ›Aufzeichnungen aus dem Kellerloch‹ nennt.

schaft überschattet: »... aber sonderbar – von dem Augenblick an, da ich gestern mit dem Spieltisch in Berührung getreten war und angefangen hatte, die Goldhaufen einzuheimsen, war die Liebe zur Nebensache geworden.« (S. 132) Eine autobiographisch sicher bedeutsame Schilderung! Wenn er gerade nicht spielt, versinkt Alexej in den Zustand »tiefer Traurigkeit und äußerster Langeweile« (S. 136). Pauline ist für Dostojewskij die Verkörperung der jungen Russin der sechziger Jahre, die, selbstbewußt und ohne auf Konventionen bedacht zu sein, ihre Ziele verfolgt. Sie versteht es, die Leidenschaft Alexejs zu nützen, teils um ihre Geschäfte voranzutreiben, teils um sich an seiner seelischen Qual zu weiden. »... innerlich aber verachtete sie mich aus ganzer Seele«, meint Alexej (S. 136). Die Großtante spricht von Paulines »greulichem Charakter« und vergleicht sie mit einer Wespe (S. 101). Der leidenschaftliche Wunsch des Spielers, sie für sich zu gewinnen und ihre »Geheimnisse« zu enträtseln, bildet die treibende Kraft der Handlung. Als zweiter Spannungsträger fungiert das Roulettspiel.

Der Großteil des Romans (15 von insgesamt 17 Kapiteln) ist dramatisch auf einen Ort, den fiktiven Kurort Roulettenburg, und die kurze Zeitspanne von acht Tagen konzentriert. Im Mittelpunkt der Handlung steht der sechste Tag nach Einsetzen der Romanhandlung, dem allein sechs Kapitel (Kap. 7–12) gewidmet sind. Er kulminiert in der Ankunft der totgeglaubten Großtante und ihren drei Besuchen im Spielsalon am Vormittag, Nachmittag und Abend dieses Tages. Am Beispiel der Großtante variiert Dostojewskij das Thema des Glückspiels und nimmt zugleich das traurige Ende des Alexej Iwanowitsch vorweg. Die drei der Großtante gewidmeten Kapitel (10, 11, 12) zählen zu den spannendsten und dramatischsten Szenen in Dostojewskijs Werk. In einem Crescendo plötzlicher Spielleidenschaft verliert die Großtante zum Entsetzen ihres Neffen, des Generals, fast ihr gesamtes Bar- und Wertpapiervermögen im Ausmaß von 100 000 Rubel. Dieser Anschauungsunterricht über die bösen Folgen der Spielleidenschaft kann aber Alexej Iwanowitsch nicht vor seinem eigenen, nunmehr ganz erwachten Spieldrang bewahren. Unter dem Vorwand, Geld für Pauline beschaffen zu wollen, setzt er sein letztes Bargeld am Roulett-Tisch (14. Kapitel). In einer kontrapunktisch als Gegenpol zum Spielverlust der Großtante angelegten Szene – Alexej gewinnt ebendieselbe Summe, die die Großtante verloren hat – schildert Dostojewski, wie es Alexej gelingt, die Bank zu sprengen. Doch sein Gewinn ist zugleich sein Verderben. Es erweist sich, daß für Pauline das Geld, das sie benötigt, um eine vermeintliche Schuld an de Grieux zurückzuzahlen, keineswegs ausschlaggebend ist, vielmehr liebt sie Alexej und sucht bei ihm seelische Hilfe. Alexej bietet ihr jedoch statt Liebe Geld. Sie wirft es ihm ins Gesicht, denn sie versteht sein Angebot als Versuch, sie zu kaufen. Beschämt und erzürnt flieht sie zu dem edlen Mr. Astley. Damit ist der Bruch zwischen ihr und dem Spieler vollzogen. Alexej vergeudet seinen Gewinn an der Seite der Kurtisane Blanche in Paris. Nach drei Wochen hat er Geld und Freundin verloren und zieht zurück nach Deutschland. Das Kapitel 17 schildert das vollständige Absinken des Spielers bis zum Lakaien. Das Glücksspiel ist für ihn zu einer Sucht geworden, die ihn nicht mehr losläßt. Das pathetische Ende des Romans zeigt, daß er nicht aus seiner Erfahrung gelernt hat. Er will noch einen letzten Versuch machen, um durch einen großen Spielgewinn am Roulett-Tisch »aufzuerstehen« und zu Pauline zurückzukehren. Die Illusion, in deren Zeichen sein Leben steht, dauert weiter an. Es gilt, was der Spieler selbst schon erkannt hat: »... ich verliere von neuem jedes Gefühl für Ordnung und Maß und bewege mich immer im Kreise, im Kreise, im Kreise ...« (S. 105). Damit zeichnet Dostojewskij zugleich ein eindrucksvolles Bild seiner eigenen Situation im Jahre 1866, als er selbst mit Schulden kämpfte und immer wieder am Roulett-Tisch und bei Frauen, vor allem seiner femme fatale, Pauline Suslowa, Zuflucht und Trost suchte.

Rudolf Neuhäuser

ZEITTAFEL

1821 Fjodor Michailowitsch Dostojewskij am 11. November als Sohn eines Armenarztes in Moskau geboren.

1837 Am 11. März Tod der Mutter durch Schwindsucht.

1838–43 Besuch der Ingenieurschule der Petersburger Militärakademie. Lektüre und erste dichterische Versuche; besondere Begeisterung für Schiller und Puschkin.

1839 Ermordung des Vaters durch Leibeigene auf seinem Landgut.

1842 Ernennung zum Leutnant.

1843 Anstellung als technischer Zeichner im Kriegsministerium.

1844 Entschluß, als freier Schriftsteller zu leben; Aufgabe der Stellung im Ministerium.

1845 Bekanntschaft mit den Dichtern Nekrassow und Turgenjew und dem Literaturkritiker Wissarion Belinskij.

1846 Dostojewskijs Erstling, der Briefroman *Bednye ljudi* (dt. *Arme Leute*), erscheint mit triumphalem Erfolg in Nekrassows *Petersburger Almanach*. Unter dem Einfluß Belinskijs erster Kontakt zu der revolutionären Geheimgesellschaft um Petraschewskij und Durow.

1847 Novelle *Die Wirtin*. Bruch mit Belinskij.

1848 Mehrere Erzählungen, darunter *Weiße Nächte, Das schwache Herz, Der ehrliche Dieb*.

1849 Am 5. Mai Verhaftung Dostojewskijs und aller anderen Mitglieder der Petraschewskij-Gruppe. Im September Prozeß mit Todesurteil, dessen Umwandlung zu vier Jahren Zwangsarbeit und vier Jahren Militärdienst in Sibirien erst auf dem Richtplatz verkündet wird. In der Untersuchungshaft Abfassung der Erzählung *Ein kleiner Held*.

1850–54 Strafhaft in der Festung Omsk (Sibirien). Dort Auftreten der ersten schweren epileptischen Anfälle.

1854–56 Militärdienst in Semipalatinsk in Sibirien.

1856 Beförderung vom Unteroffizier zum Fähnrich.

1857 Am 14. Februar Eheschließung mit Marja Dmitrijewna Isajewa.

1859 Rückkehr nach Rußland. Der Roman *Das Dorf Stepantschikowo und seine Bewohner* erscheint.

1861 Bekanntschaft mit Gontscharow, Tschernyschewskij, Dobroljubow, Ostrowskij und Saltykow-Schtschedrin. Beginn der leidenschaftlichen Liebe zu Apollinarija (»Polina«) Suslowa. Die *Aufzeichnungen aus einem toten Hause*, Darstellungen der sibirischen Wirklichkeit, und der Roman *Erniedrigte und Beleidigte* erscheinen.

1861–63 Mit seinem Bruder Michail Herausgeber der Zeitschrift *Wremja*. Zusammenarbeit mit Nikolai Strachow und Apollon Grigorjew.

1862 Erste Europareise: Berlin, Dresden, Paris, London, Genf, Florenz, Mailand, Venedig, Wien. In London Zusammentreffen mit dem exilierten russischen Publizisten und Revolutionär Alexander Herzen sowie mit Bakunin.

1863 Zweite Europareise, z. T. in Begleitung Polinas. In Wiesbaden erstmals am Roulett-Tisch. Große Spielverluste in Baden-Baden und Bad Homburg. Im April Verbot der *Wremja*. Veröffentlichung des Berichts über die erste Europareise: *Winterliche Aufzeichnungen über sommerliche Eindrücke*.

1864 Am 27. April Tod seiner Frau Marja Dmitrijewna. Am 22. Juli Tod des Bruders Michail. Die *Aufzeichnungen aus einem Kellerloch* erscheinen.

1865 Dritte Europareise (Wiesbaden, Kopenhagen). Erneutes Zusammensein mit Polina. Wieder große Spielverluste.

1866 Der Roman *Prestuplenie i nakasanie* (dt. *Schuld und Sühne, Rodion Raskolnikow*) erscheint in der Zeitschrift *Russkij westnik*. Der in 26 Tagen niedergeschriebene Roman *Der Spieler* erscheint im Verlag Stellowskij.

1867 Am 27. Februar Eheschließung mit Anna Grigorjewna Snitkina. Im April Flucht beider vor den Gläubigern ins Ausland.

1867–71 Dauernder Aufenthalt in Westeuropa, überwiegend in Deutschland. Unüberwindliche Spielsucht; ständige Verluste. In Baden-Baden Zusammenkunft mit Turgenjew; endgültiger Bruch.

1868 Am 5. März in Genf Geburt der Tochter Sonja; am 24. Mai Tod des Kindes. *Der Idiot* erscheint.

1869 Am 26. September in Dresden Geburt der Tochter Ljubow.

1871 Im Juli Rückkehr nach St. Petersburg, wo der Sohn Fjodor geboren wird. Der Roman *Besy* (dt. *Die Dämonen*) beginnt in der Zeitschrift *Russkij westnik* zu erscheinen. Neuer literarischer Ruhm.

1873 Dostojewskij übernimmt für 15 Monate die Schriftleitung der Zeitschrift *Grashdanin*.

1875 Geburt des zweiten Sohnes Aljoscha (gest. 1878). Wegen eines Lungenemphysems Kuraufenthalt in Bad Ems. Der Roman *Der Jüngling* erscheint in *Otetschestwennye Sapiski*.

1876–77 Herausgeber und alleiniger Autor der Monatsschrift *Tagebuch eines Schriftstellers*.

1877/78 Aufnahme in die Kaiserliche Akademie der Wissenschaften als korrespondierendes Mitglied.

1879-80 *Die Brüder Karamasow* erscheinen in der Zeitschrift *Russkij westnik*.
1880 Am 20. Juni Ansprache anläßlich der Enthüllung des Puschkin-Denkmals in Moskau (*Puschkin-Rede*).
1881 Dostojewskij stirbt am 9. Februar an den Folgen eines Blutsturzes in St. Petersburg. Beisetzung im Alexander-Newskij-Kloster.
1882-83 *Polnoe sobranie sotschinenij*, 14 Bde. (St. Petersburg).
1906-19 *Sämtliche Werke*, 22 Bde., übers. v. E. K. Rahsin (München).

(Die Daten der Zeittafel sind nach dem Kalender neuen Stils angegeben.)

LITERATURHINWEISE

BIBLIOGRAPHIEN

Muratova, K. D. (Hrsg.): Istorija russkoj literatury XIX veka. Bibliografičeskij ukazatel'. Moskau/Leningrad 1962.

Seduro, Vladimir: Dostoyevski in Russian Literary Criticism 1846–1956. New York 1957.

Ders.: Dostoevski's Image in Russia Today. Belmont, Massachusetts: Nordland 1975.

F. M. Dostoevskij. Bibliografija proizvedenij F. M. Dostoevskogo i literatury o nem: 1917–1965. Hrsg. von A. A. Belkin, A. S. Dolinin, V. V. Kožinov. Moskau 1968.

Kampmann, Theoderich: Dostojewski in Deutschland. Münster 1931.

Setschkareff, V.: Dostojevskij in Deutschland. In: Zeitschrift für slavische Philologie, 22, 1954, S. 12–39.

Gerigk, Horst-Jürgen: Notes Concerning Dostoevskii Research in the German Language after 1945. In: Canadian-American Slavic Studies, VI, 1972, 2, S. 272–285.

Neuhäuser, Rudolf (Hrsg.): Bulletin of the International Dostoevsky Society, I–VII, 1972–1977. [Vertrieb durch: Douglas Freeman, University of Tennessee Library, Knoxville, Tenn. USA 37916.]

AUSGABEN

Igrok. In: F. M. Dostoevskij: Polnoe sobranie sočinenij. Bd. III. St. Petersburg 1866.

Igrok. In: F. M. Dostoevskij: Polnoe sobranie sočinenij. Bd. 5. Leningrad 1973.

Übersetzungen: Der Spieler. Roman aus dem Badeleben. Bearbeitet von A. Scholz. Berlin 1889; Der Spieler. Aus den Erinnerungen eines jungen Mannes. Übers. von L. H. Hauff. Berlin 1890; Der Spieler. Übers. von E. K. Rahsin. München 1949, ²1959; Der Spieler. Übers. von A. Eliasberg. Reinbek 1960.

ZU LEBEN UND WERK

Dostoevskaja, Anna G.: Vospominanija, hrsg. von L. P. Grossman. Moskau, Leningrad 1925. Deutsch: Die Lebenserinnerungen der Gattin Dostojewskijs, hrsg. von René Fülöp-Miller und Friedrich Eckstein. München 1925.

Fülöp-Miller, R./F. Eckstein: Dostoevskij am Roulette. München 1925.

Nötzel, Karl: Das Leben Dostojewskis. Leipzig 1925. Reprint Osnabrück 1967.

Dostoevskij, F. M.: Pis'ma [Briefe], 4 Bde. Hrsg. von A. S. Dolinin. Moskau/Leningrad 1928–1959. Deutsch in Auswahl: Dostojevskij: »Als schwanke der Boden unter mir«. Briefe 1837–1881. Übersetzt von Karl Nötzel, hrsg. von Wilhelm Lettenbauer. Wiesbaden 1954; sowie: Gesammelte Briefe 1833–1881. Übersetzt, herausgegeben und kommentiert von Friedrich Hitzer, unter Benutzung der Übertragung von Alexander Eliasberg. München 1966.

Carr, Erward Hallet: Dostoevsky. A new biography. London 1931. Neuaufl. 1949.

Dempf, A.: Die drei Laster. Dostoevskijs Tiefenpsychologie. München 1946.

Lauth, Reinhard: »Ich habe die Wahrheit gesehen«. Die Philosophie Dostojewskis in systematischer Darstellung. München 1950.

Doerne, Martin: Gott und Mensch in Dostojewskijs Werk. Göttingen 1957.

Grossman, L. P.: Dostoevskij-chudožnik. In: Tvorčestvo Dostoevskogo, hrsg. von N. L. Stepanov. Moskau 1959.

Onasch, Konrad: Dostojewski-Biographie. Zürich 1960.

Kovalevskaja, Sonja: V.: Vospominanija i pis'ma. Moskau 1961. Deutsch: Sonja Kowalewski: Jugenderinnerungen. Frankfurt am Main 1968.

Onasch, Konrad: Dostojewskij als Verführer. Zürich 1961.

Magarshak, David: Dostoevsky. New York 1962. Reprint: Westport, Connecticut: Greenwood Press 1976.

Wellek, René (Hrsg.): Dostoevsky. A Collection of Critical Essays. Englewood Cliffs, New Jersey: Prentice Hall 1962.

Lavrin, Janko: Fjodor M. Dostojewskij. Reinbek b. Hamburg 1963.

Troyat, Henri: Dostojewski. Freiburg i. B. 1964.

Dolinin, A. S. (Hrsg.): F. M. Dostoevskij v vospominanijach sovremennikov. 2 Bde., Moskau 1964.

Fanger, Donald: Dostoevsky and Romantic Realism. Cambridge, Mass.: Harvard University Press 1965.

Jackson, Robert Louis: Dostoevsky's Quest for Form. A Study of his Philosophy of Art. New Haven/London 1966.

Bachtin, Michail: Problemy poetiki Dostoevskogo. 2. Aufl. Moskau 1963. Deutsch: Michail Bachtin: Probleme der Poetik Dostojewskijs. München 1971.

Holthusen, Johannes: Prinzipien der Komposition und des Erzählens bei Dostojewskij. Köln/Opladen 1969.

Thieß, Frank: Dostojewski. Realismus am Rande der Transzendenz. Stuttgart 1971.

Schmid, Wolf: Der Textaufbau in den Erzählungen Dostoevskijs. München 1973.

Braun, Maximilian: Dostojewskij. Das Gesamtwerk als Vielfalt und Einheit. Göttingen 1976.
Müller, Ludolf: Dostoevskij. Tübingen. 1977 (= Skripten des Slavischen Seminars der Universität Tübingen, 11).
Neuhäuser, Rudolf: Das Frühwerk Dostoevskijs. Literarische Tradition und gesellschaftlicher Anspruch. Heidelberg 1979.

ZUM ROMAN

Dolinin, A.: Dostoevskij i Suslova. K biografiji Dostoevskogo. In: A. Dolinin (Hrsg.): F. M. Dostoevskij. Stat'i i materialy. Sbornik 2. Leningrad 1924, S. 153–284.
Bem, A.: Igrok Dostoevskogo. (V svete novych biografičeskich dannych). In: Sovremennye zapiski. Paris 1925, H. XXIV, S. 379–392.
Suslova, A. P.: Gody blizosti s Dostoevskim. Dnevnik – Povest' – Pis'ma. (Einleitung u. Anmerkungen A. S. Dolinin). Moskau 1928.
Savage, D. S.: The Idea of ›The Gambler‹ of Dostoevsky. In: Sewanee Review, Nr. 58, 1950, S. 281–298.
Curle, R. H.: Characters of Dostoevsky. Studies from Four Novels. London 1950, Neuausgabe New York 1966.
Slonim, M.: Tri ljubvi Dostoevskogo. New York 1953. (Englische Übersetzung: Three Loves of Dostoevsky. New York 1955).
Tenditnik, N. S.: Problematika romana F. M. Dostoevskogo ›Igrok‹. In: Trudy Irkutskogo universitety, Bd. XVIII, H. 1, 1959, S. 71–90.
Geha, Richard: Dostoevsky and The Gambler: A Contribution to the Psychogenesis of Gambling. Psychoanalytic Review 57, 1970, S. 95–123 u. S. 289–302.
Vonograde, Ann C.: ›The Gambler‹: Prokof'ev's Libretto and Dostevsky's Novel. In: Slavic and East European Journal 16, 1972, S. 414–418.
Braun, M.: Dostojewskij. Das Gesamtwerk als Vielfalt und Einheit. Göttingen 1976, S. 148–156.
Petuchov, E. V.: Iz serdečnoj žizni Dostoevskogo. In: Izvestija Krymsgogo pedagogičeskogo instituta, Bd. 2, 1977, S. 1–12.

INHALT

1. Kapitel	5
2. Kapitel	14
3. Kapitel	20
4. Kapitel	25
5. Kapitel	30
6. Kapitel	39
7. Kapitel	47
8. Kapitel	54
9. Kapitel	62
10. Kapitel	71
11. Kapitel	83
12. Kapitel	92
13. Kapitel	105
14. Kapitel	116
15. Kapitel	125
16. Kapitel	135
17. Kapitel	145

ANHANG

Nachwort	159
Zeittafel	170
Literaturhinweise	173